中国书籍学术之光文库

中唐吴中诗派研究

冯淑然 | 著

中国书籍出版社
China Book Press

图书在版编目（CIP）数据

中唐吴中诗派研究/冯淑然著.—北京：中国书籍出版社，2021.5
ISBN 978-7-5068-8068-8

Ⅰ.①中… Ⅱ.①冯… Ⅲ.①唐诗—文学流派研究 Ⅳ.①I207.22

中国版本图书馆CIP数据核字（2020）第210611号

中唐吴中诗派研究

冯淑然　著

责任编辑	杨铠瑞
责任印制	孙马飞　马　芝
封面设计	中联华文
出版发行	中国书籍出版社
地　　址	北京市丰台区三路居路97号（邮编：100073）
电　　话	（010）52257143（总编室）　（010）52257140（发行部）
电子邮箱	eo@chinabp.com.cn
经　　销	全国新华书店
印　　刷	三河市华东印刷有限公司
开　　本	710毫米×1000毫米　1/16
字　　数	208千字
印　　张	15.5
版　　次	2021年5月第1版　2021年5月第1次印刷
书　　号	ISBN 978-7-5068-8068-8
定　　价	95.00元

版权所有　翻印必究

摘 要

本书选取中唐时期的吴中诗派作为研究对象，吸取学界既有的研究成果，对它进行了较为深入的探讨。其主体部分包括五章：第一章，中唐吴中诗派人员构成的界定。主要为其正名，界定其主要成员范围：皎然、顾况、颜真卿、陆羽、张志和、秦系、朱放、李冶、灵澈，对其生平一一进行勾勒。第二章，中唐吴中诗派的形成原因分析。从地域、时代、社会、政治、文化、个人气质等诸多方面，深入地探讨了该诗派生成的内因外缘。第三章，中唐吴中诗派的活动形态探析。主要研究了该派诗人的交游唱和等活动状态，认定皎然为该派诗人的核心人物。由于该派成员人员复杂，三教九流无所不包，可谓儒释道文化集合。这些诗人多才多艺，书法、绘画、诗赋、音乐，无所不能。因此，赏景作画，听歌起舞，酣酒醉书，即兴赋诗，便自然成为该派成员重要的活动内容，因此，它是一个典型的艺术沙龙。不过，举办诗会才是吴中诗派最重要的文学活动，湖州诗会是中唐诗坛一道靓丽的现象，堪称一时佳话。而更多的时候，湖州诗会，是以茶会的形式举行的，暗示中唐士风、诗风的新变。第四章，中唐吴中诗派的诗歌创作讨论。该派诗人诗作中鲜明的地域特色，与他们的人格精神是一致的。亦俗亦奇是他们共同的审美趣尚。现实生活中，他们通脱狂放；而在艺术上，则追求不主故常、惊世骇俗、以谐俗为奇。从实质上说，是对时代审美潮流的反动。第五章，中唐吴中诗派的文学史定位。一方面，该派诗人诗作集中体现了李肇所谓"贞元之风尚荡"的特点；另一方面，下肇元和新变。

目 录
CONTENTS

绪 论 …………………………………………………………… 1

第1章 中唐吴中诗派的构成人员界定 ………………………… 27
 1.1 关于这一诗派的命名 ………………………………… 27
 1.2 这一诗派的人员构成 ………………………………… 32

第2章 中唐吴中诗派的形成原因分析 ………………………… 58
 2.1 吴中特有的地理人文环境 …………………………… 58
 2.2 中唐前期的社会、文化状况 ………………………… 68
 2.3 坎坷的人生与清狂的人格 …………………………… 79

第3章 中唐吴中诗派的构成形态探析 ………………………… 94
 3.1 交游与酬唱 …………………………………………… 95
 3.2 宗教和艺术 …………………………………………… 105
 3.3 诗会与茶会 …………………………………………… 120

第 4 章　中唐吴中诗派的诗歌创作讨论 ………………… 145
4.1　吴中诗派对通俗之美的追求 ……………………… 146
4.2　吴中诗派对新奇之美的追求 ……………………… 177

第 5 章　中唐吴中诗派的文学史地位 …………………… 200
5.1　吴中诗派与贞元诗风 ……………………………… 201
5.2　吴中诗派与元白诗派 ……………………………… 204
5.3　吴中诗派与韩孟诗派 ……………………………… 206

结　论 ………………………………………………………… 210

参考文献 ……………………………………………………… 213

附论：顾况长寿之秘考论 …………………………………… 228

绪 论

一、论题的由来以及研究现状

"白小群分命，天然二寸鱼"，杜甫的这两句诗，被钱钟书先生用来比喻"细小微末""大伙儿合起来才凑得一条性命"的小诗人群体①，以是观照，本选题所要讨论的"中唐吴中诗派"，无论其规模、成就，还是在文学史上的重要性，显然都远超过了钱先生用来打比方的"永嘉四灵"。所谓中唐吴中诗派，是指中唐大历贞元年间活动于吴中之地的一个诗歌流派，包括皎然、顾况、颜真卿、陆羽、张志和、秦系、朱放、李冶、灵澈等数人。诚然，笔者并非吃螃蟹第一人，吴中诗派的提法非笔者首创，而是出自赵昌平先生的《"吴中诗派"与中唐诗歌》②一文。虽有方便拿来之嫌，但亦事出有因。

以此选题作为博士后在站研究的主要任务，源自本人的博士论文。读博期间，选了中唐时期的重要诗人顾况，做个案研究。在阅读梳理有关古今文献资料时，常与吴中诗派的其他某些成员不期而遇，尤其是皎然，而由开始无意间的邂逅到后来的自觉关注，自然是受了赵先生的指

---

① 钱钟书：《宋诗选注》，北京：人民文学出版社1997年版，第220页。
② 赵昌平：《"吴中诗派"与中唐诗歌》，《中国社会科学》，1984年第4期，第191—212页。

引。因此，在对顾况其人其诗进行全面研究的基础上，对吴中诗派也有了一个感性的基本的认识。而由点到面的思维习惯，便使得博士后选题顺理成章地落在了流派上，从这个意义上讲，本论题确属名副其实的后续研究。

赵昌平先生的《"吴中诗派"与中唐诗歌》一文，是唐代诗歌流派研究方面的力作，其开拓之功甚著。之前，学界皆知唐有吴中四士，而未闻吴中诗派，是赵先生的文章开掘发现了这个诗人群体。文章虽以地域文化命名流派，其实是以文学史的视域来观照的，认为：大历贞元诗坛上，吴中地区存在着一个诗人群，其核心人物是皎然和顾况。此外包括秦系、朱放、灵澈、张志和、陆羽等。全文阐述了两个相关联的问题：一是这群诗人关系密切，形成一个在诗论与创作方面有鲜明特征的诗歌流派，姑称"吴中诗派"。谢鲍以来，江东历史悠久而富于特色的文人与民间诗歌，是这一诗派的渊源；安史之乱后文化重心的一度南移，是其形成并能发生影响的客观条件；共同的经历、思想与创作倾向是维系这一诗派的纽带。二是吴中诗派顺应诗史发展的必然趋向，坚持复古通变，在一定程度上纠正了当时泥古不变与变而失古意的两种倾向；又主张奇变，直接影响了元和诸大家，为唐诗的再度繁荣做了准备。他们是大历诗人与元和诗人的中介。结合这两个问题的阐述，文章对中唐诗的发展、元和两大诗派的关系，提出了探讨性的意见，以其厚重翔实的论析，彰显出无比的说服力，因而具有重大的学术价值和意义。但宏观的视角和刊物的篇幅要求，制约了文章对研究对象的细致梳理和微观处理：文中对地理意义上的"吴中"及其与诗派的关系论述不够充分；而诗派成员的个体例析，亦仅限于皎然和顾况两家，余者面目模糊；论述共性有余，而个性凸显不足。正因如此，却为笔者的选题留下了足以拓展的空间。

诚然，自赵先生倡吴中诗派之说后，这一诗人群体便开始受到学界的关注，不少论著中直接或间接承袭赵先生的命名，如许连军先生

《皎然〈诗式〉研究》①中，在论述皎然诗歌理论对中唐诗人创作的影响时，就直接使用了吴中诗派的名称，认为吴中诗派诸人生活态度和艺术追求，同皎然《诗式》诗学主张的产生存在着密切联系。在皎然是在诗歌创作中实践着自己的诗学主张，在其他诗人则是以诗歌创作印证着这种诗学主张。从而推断出《诗式》是吴中诗派诗歌创作的理论总结。赵睿才先生《时代精神与风俗画卷·唐诗与民俗》②亦直接使用这一诗派名称。而吾师姜剑云先生在其《审美的游离——论唐代怪奇诗派》③一书中，则变通为吴中清狂派，与箧中复古派、京洛才子派、江南仕宦派，共同构成了中唐前期诗坛的诗歌流派，对其流派类型特征、人员构成、精神个性、诗歌风貌进行了分析，文中着意突出了这一诗派有别于其他流派的特征：从人格到文艺风格的清狂特质。认为该派的创作理论和实践对而后的怪奇诗派产生了多方面的直接而重要的影响。但在这些著作中，吴中诗派都是作为研究主体的配角出现的，或作为时代背景构成要素，或作为史的环节勾连，或作为论证依据，等等，大多龙套性质，而非正面议论，细致探讨。

近年来发表的论文，也有一些关于吴中诗派的论述，如尹占华先生《大历浙东和湖州文人集团的形成和诗歌创作》④，考察了大历时期分别以江东的浙东和湖州为创作中心的两个文人集团的形成，认为这与当时当地的人文、自然环境有重要关系。文中所谓的湖州文人集团，即吴中诗派。丁国强《大历湖州文人集团联句活动考》⑤，与尹文使用了同样的称谓。该文以颜真卿任湖州刺史的近五年间的湖州诗会为讨论对象，

---

① 许连军：《皎然〈诗式〉研究》，北京：中华书局，2006年版，第85页。
② 赵睿才：《时代精神与风俗画卷·唐诗与民俗》，石家庄：河北人民出版社，2002年版，第112页。
③ 姜剑云：《审美的游离——论唐代怪奇诗派》，北京：东方出版社，2002年版，第43—50页。
④ 尹占华：《大历浙东和湖州文人集团的形成和诗歌创作》，《文学遗产》，2000年第4期。
⑤ 丁国强：《大历湖州文人集团联句活动考》，《浙江学刊》，2006年第2期。

认为以颜真卿为首,汇集了一大批文人雅士,多次举行联句活动,《全唐诗》共收录联句 136 首,属中唐时期的有 103 首,而在湖州创作的有 53 首。从而推断出中唐的联句活动,多半发生在湖州。并分析了湖州文人集团形成的原因,指出:湖州特有的自然和人文环境,加上集团内部成员心境志趣上的一致是这个文人集团形成的基础。诗人们在诗酒唱和、雅集联句中吟咏情性、消遣娱乐、竞技斗巧,调节紧张和烦恼的情绪,表现愉快、闲适的心情。他们将日常生活进行了诗意化的浓缩,以此获得精神上的自慰和自足。即使这些联句诗歌本身佳作不多,但对中国诗歌的整体发展,仍然具有积极的意义。另外,丁先生在《唐中叶"湖州文人集团"成因探析》[1] 中专门分析了湖州文人集团形成的原因,文中指出,唐代宗大历年间到德宗贞元中之间的唐代中叶,在浙江湖州,以颜真卿、皎然为中心,以修订《韵海镜源》为主要任务,聚集了大批文人雅士,诞生了一个较为固定的文人集团。他们诗酒唱和、雅集联句,开展了丰富多彩的创作活动,形成了当时除首都长安之外的又一文学活动中心,称为"湖州文人集团"(或"浙西诗人群")。这一文人集团的形成,既有历史生成的原因,也有自然地理、人文环境和成员志趣一致等的因素。湖州文人集团开启了一代文学风貌,对后世文学创作和文学批评的影响极为深远。上述文章皆未使用"吴中诗派"的名称,而直接承袭"吴中诗派"这一名称的论文也有几篇,如嵇发根《颜真卿湖州联句与中唐"吴中诗派"》[2]认为,以颜真卿及其周围皎然、陆羽等一批文士、诗人组成的"吴中诗派"(或曰"湖州文人集团"),成为开启和发展闲恬、淡泊的中唐大历诗风的主要力量之一。他们的诗歌创作以唱和联句为主。促成其形成的是湖州"山水清远"的地理环境和"簪冠之盛"的人文环境。湖州联句在唐诗由盛唐向中

---

[1] 丁国强:《唐中叶"湖州文人集团"成因探析》,《学术交流》,2009 年第 9 期。
[2] 嵇发根:《颜真卿湖州联句与中唐"吴中诗派"》,《湖州职业技术学院学报》,2005 年第 3 期。

唐的发展演变中起到了重要作用。其论述有一定的新见。丁彩云《"吴中诗风"与皎然"三格四品"说》①认为，安史之乱后唐诗进入到一个相对沉寂的时期，而此时江南吴中地区活跃着一批身份各异的诗人，他们以诙谐善辩、潇洒自适、放荡不羁的诗歌创作风格为当时笼罩在盛唐诗歌阴影下的中唐诗歌注入了一股新风，为大历、贞元后的中国诗歌指出了一条创新、发展的路径。皎然《诗式》中的"三格四品"说正是对"吴中诗风"的理论总结，它的形成、内涵和"吴中诗风"是紧密不可分的。因此，研究"吴中诗风"，不能不对皎然的"三格四品"说作深入分析。显然，文章的论述重心放在了皎然的诗歌理论方面。

此外，在关于韩孟诗派研究的文章，对吴中诗派也有提及或附论，如许总先生《论韩孟诗派的组合条件及其文化史意义》②认为，作为中唐时期的重要文学流派的韩孟诗派，其聚合有必然性，首先与大历、贞元年间江南诗人文学思想与创作倾向有着直接的师承关系。

综上所述，自赵文发表以来，吴中诗派日渐受到学界的重视，但研究还远远不够。首先，孔言，名不正，则言不顺，言不顺，则事不成。而对这一诗派的称谓还存在严重的混乱现象，或称湖州文人集团，或称浙西诗人群，或称吴中诗派，至今尚无定论，有待进一步辨析正名。其次，限于篇幅或其他因素，有关这一诗派的论述尚缺乏系统性，许多问题只是点到而未深入，多着眼于共性的探讨，而忽视了个性的分析。等等。正因如此，前辈或同仁的既有成果，为笔者的课题奠定了丰厚的学术基础，同时也留下了足够大的拓展空间。

二、关于本论题的理论思考

中唐吴中诗派，是一个以时代和地理为坐标而命名的诗歌流派。以

---

① 丁彩云：《"吴中诗风"与皎然"三格四品"说》，《湖州师范学院学报》，2005年第5期。
② 许总：《论韩孟诗派的组合条件及其文化史意义》，《齐鲁学刊》，2002年第3期。

时代为经,是以区别于初盛唐的吴中四士、元末的吴中诗派和明代吴中诗派;以地理为纬,是以突出它的地域性和历史文化特质,以别于同期其他地域的诗歌流派。以地理环境和地域文化作为视角,切入文学研究,并不是一个新的论题,而在中国古代诗歌史上,以地域命名诗歌流派突出其地理文化特征的,却是始于唐代,始于吴中,前有吴中四士,后有吴中诗派。为何出现在吴中?而非其他地域?这是一个值得深思的话题,古人有所谓的"江山之助",现在广义为地理文化。在进入正题之前,有必要对这一论题进行理论上的思考,以寻求本论题必不可少的理论支撑和文化支点。

(一)江山之助:地理环境论与古代文学

人类的生活、生存和发展,都必须依附于他们所处的自然地理环境,人们总是按一定的地域组成一定的社会结构,进行生产生活,同时创造出具有区域特色的文化。人类文化和地理环境有着深刻的内在联系,地理环境对人类文化的产生有着决定性的制约作用。中国古代文论史上著名的江山之助理论,即揭示了地理环境和文学创作的关系。江山之助,乃古代文学批评中的一个重要命题,它是由刘勰在《文心雕龙·物色篇》中首次提出来的,脱胎于传统的物感理论:

> 春秋代序,阴阳惨舒,物色之动,心亦摇焉。盖阳气萌而玄驹步,阴律凝而丹鸟羞,微虫犹或入感,四时之动物深矣。……岁有其物,物有其容;情以物迁,辞以情发。一叶且或迎意,虫声有足引心。况清风与明月同夜,白日与春林共朝哉!……若乃山林皋壤,实文思之奥府,略语则阙,详说则繁。然则屈平所以能洞监风骚之情者,抑亦江山之助乎?①

刘勰在盛论自然物色对诗人的感发作用之后提出江山之助的说法,

---

① 范文澜:《文心雕龙注》,北京:人民文学出版社,1958年版,第693-695页。

认为山林原野乃文思之奥府，是诗文创作的源泉，认为屈原流放而赋《离骚》，是受了楚地山水的影响。本来，传统的物感理论所说的物色，包括自然物候和自然物象，具体指春夏秋冬四季律动、雨雪风霜天气阴晴、花开叶落鸟飞虫鸣等等，如曹植《幽思赋》云："顾秋华之零落，感岁暮而伤心。"再如湛方生的《怀春赋》云："夫荣凋之感人，犹色象之在镜，事随化而迁回，人无心而虚映，眄秋林而情悲，游春泽而心忭，孰云知其所以，乘天感而叩性。"可以看到，这些赋作中所感的物色，皆是自然常景，非常普泛，不含任何显示个性的地域色彩。而实际上，现实中的自然物候和物象因为地域的不同而有差异很大，个性鲜明。大而言之，铁马秋风与杏花春雨，大漠孤烟长河落日与小桥流水古刹钟声，是绝不可以互换的，前者仅属塞北，后者仅属江南。明此再谈文学创作，生活于不同地域的作家所感物色自然不同，而刘勰超越以往物感理论之处，正是看到了这一点，虽然他的意识还比较模糊，在提出江山之助的时候，语气非常谨慎。但有一点刘勰是敢肯定的，即山水对文思的助益，"山沓水匝，树杂云合。目既往还，心亦吐纳。"可以说这是文学批评史上最早的地理环境论。

环境可以分为人文环境和地理环境。人文环境又有广义和狭义之分，广而言之，包括政治气候，经济状况，文化氛围，时代风尚；狭而言之，包括一地的劳动方式、生活方式，生活习惯、民风民俗等等，它们对文学的影响很大，也比较容易理解，所以古代文论对人文环境和文学的关系认识较早。如广义人文环境论，汉儒解经，已有治世之音与乱世之音的区分，而王充论文也阐述了文学随时代变化而变化的观点，对这一问题论述最为充分的是刘勰的《文心雕龙·时序篇》，"时运交移，质文代变"[1]，最后得出结论，"故知文变染乎世情，兴废系乎时序"[2]。再如狭义人文环境论，孔子删诗，按音乐区分风雅颂，定十五国风，最

---

[1] 范文澜：《文心雕龙注》，北京：人民文学出版社，1958年版，第671页。
[2] 范文澜：《文心雕龙注》，北京：人民文学出版社，1958年版，第675页。

具特色的是后人指责的郑卫之声，可以说已经注意到了各地诗歌的地域色彩，曹丕的《典论·论文》认为作家的秉性气质，人格精神不同，文体风格不同，所以作品的艺术风格会有差异。并从文与气的关系出发对建安作家进行批评，如批评徐干"时有齐气"，就因为徐干是齐地人，"齐气"是说受齐地风俗影响而形成的一种舒缓阔达的气质，转而影响到徐干的文风①。

　　文学批评领域对地理环境与文学的关系的认识要晚得多。什么是地理环境呢？刘安《淮南子·地形训》中说："地形之所载，六合之间，四极之内，照之以日月，经之以星辰，纪之以四时，要之以太岁，天地之间，九州八极，土有九山，山有九塞，泽有九薮，风有八等，水有六品。"②这里所说的地理，包括土地、山川、湖泽及其四时变化和日月星辰等自然物象。古代没有现代意义上的地理学，这段话大体代表了古人对地理概念的感性认识。美国学者哈特向的《地理学的性质》一书中说，地理是指人类进入之前某个地区的原生自然景观，更准确地说，是表示一个地区所有自然因素的总和，具体解释为地球外部可见的、可触摸的表面，包括植被、裸露的土地、冰雪、水体③。总之，地理环境就是人类赖以生存的必要的物质前提，包括地形、山川、土壤、气候、植被、地理位置等等，它对生命的孕育和塑造具有至关重要的作用，对文艺创作也有着或直接或间接的影响。中国古代很早就意识到了地理环境对人的个性气质和民风民俗的影响，有关论述散见于秦汉时期的典籍中。子曰："知者乐水，仁者乐山；知者动，仁者静；知者乐，仁者寿。"（《论语·雍也篇》）儒家的比德，已经暗含着山水对人的性格的影响。更为明确地表述地理环境对人的作用的是《礼记·王制》："凡居民材，必因其天地寒暖燥湿，广谷大川异制。民生其间异俗，刚柔轻

---

① 罗宗强：《魏晋南北朝文学思想史》，北京：中华书局，1996年版，第29-30页。
② 张双棣：《淮南子校释》卷四，北京：北京大学出版社，1997年版。
③ 理查德·哈特向：《地理学的性质》，北京：商务印书馆，1996年版，第3-4页。

重迟速异齐，五味异和，器械异制，衣服异宜。"这是较早地把地理环境与民风习俗联系起来考虑的论述。刘安进一步提出了"土地各以其类生"，而人"皆象其气，皆应其类"的理论：

> 土地各以其类生，是故山气多男，泽气多女，障气多喑，风气多聋，林气多癃，木气多伛，岸下气多肿，石气多力，险阻气多瘿，暑气多夭，寒气多寿，谷气多痹，丘气多狂。衍气多仁，陵气多贪，轻土多利，重土多迟，清水音小，浊水音大，湍水人轻，迟水人重，中土多圣人，皆象其气，皆应其类①。

认为地理环境如山川、水土、气候、物产等因素，直接影响人的身体素质和个性气质，"是故坚土人刚，弱土人肥，垆土人大，沙土人细，息土人美，秏土人丑。"而所处的地理位置甚至直接决定着人的外形特征、健康状况和寿命长短，"平土之人，慧而宜五谷。东方川谷之所注，日月之所出，其人兑形小头，隆鼻大口，鸢肩企行，窍通于目，筋气属焉，苍色主肝，长大早知而不寿；其地宜麦，多虎豹。南方，阳气之所积，暑湿居之，其人修形兑上，大口决眦，窍通于耳，血脉属焉，赤色主心，早壮而夭；其地宜稻，多兕象。西方高土，川谷出焉，日月入焉，其人面末偻，修颈卬行，窍通于鼻，皮革属焉，白色主肺，勇敢不仁；其地宜黍，多旄犀。北方幽晦不明，天之所闭也，寒水之所积也，蛰虫之所伏也，其人翕形短颈，大肩下尻，窍通于阴，骨干属焉，黑色主肾，其人蠢愚，禽兽而寿；其地宜菽，多犬马。中央四达，风气之所通，雨露之所会也，其人大面短颐，美须恶肥，窍通于口，肤肉属焉，黄色主胃，慧圣而好治；其地宜禾，多牛羊及六畜。"② 这是中国典籍中有关地理环境对人的影响的最为系统的论述。它是建立在古

---

① 张双棣：《淮南子校释》卷四，北京：北京大学出版社，1997年版。
② 张双棣：《淮南子校释》卷四，北京：北京大学出版社，1997年版。

代哲学"气"和"阴阳五行"理论基础之上的地理环境论。此外,《国语·鲁语下》也讲到:"沃土之民不材,逸也;瘠土之民莫不向义,劳也。"认为自然环境优越,容易使人坐享其成,不思劳作;自然环境恶劣,则逼迫人艰苦奋斗,从不懈怠。而司马迁在《史记·货殖列传》中广记中国东西南北各方的地理、物产和人民,"是故江淮以南,无冻饿之人,亦无千金之家。沂、泗水以北,宜五谷桑麻六畜,地小人众,数被水旱之害,民好畜藏,故秦、夏、梁、鲁好农而重民。三河、宛、陈亦然,加以商贾。齐、赵设智巧,仰机利。燕、代田畜而事蚕"。"中山地薄人众,犹有沙丘纣淫地余民,民俗懁急,仰机利而食,丈夫相聚游戏,悲歌慷慨"①。涉及了不同的地理环境对民性民风民俗的影响。司马迁年轻时为写作史记而走访各地的名山大川和名胜古迹,熟知各方的地理环境和民俗民风,其所见当是令人信服的。

　　如果说上面所谈仅是人类学和社会学意义的地理环境论,江山之助就是美学和文学意义上的地理环境论。二者理论层面虽不相同,但却是相通的,正可以互补。文学即人学,文学就是由人创作并表现人的,地理环境对人的影响,自然会在文学作品中或隐或显地表现出来,影响到作品的创作风貌。刘勰的江山之助的内涵主要是指地理环境如山水、林泉、原野等对作家文思的助益,因为他在《文心雕龙·物色篇》中着重讨论的是物感理论,而非江山之助问题。但刘勰毕竟是有着文学敏感和卓越见识的批评家,他从天地间纷繁的自然万象中抽绎出"江山"二字,于是不经意间便诞生了一种与物感说密切相关而又不同的文学理论——地理环境论。从前面我们对"地理"这一概念的解释中知道,山和水,是构成地形地貌的主要的要素,是"地理"概念的代名词。"江山之助",这个重要的理论范畴,刘勰本人并未料到它的重要价值,"略语则缺,详说则繁",而他还是选择了略语,只举屈原为例,认为他之所以能够洞察和欣赏《诗经》中的《国风》以及楚国民间骚体诗

---

① 司马迁:《史记》,北京:中华书局,1982年版,第3263页。

歌的情韵，从而创作出地方色彩非常浓郁的美丽哀怨的诗篇，应是得到了楚国江山风物的帮助。刘勰说的没错，《楚辞》的地域色彩是非常浓郁的，至今仍是学者们研究楚文化的重要资料。在这里，刘勰明确了地理环境对文学的直接影响和作用，于是，中国古代文学理论中又多了一个重要的理论命题。

我们知道，任何文学现象的出现都不是偶然的，江山之助的提出也不例外。能认识到山水为文思之奥府，只能是人对山水的审美意识觉醒和成熟之后，山水文学兴起之后。这样说似乎还太简单，江山之助这一理论的诞生，应有其特殊的时代背景以及文学实践的前提。

自汉末以来，战乱不断，时局动荡，朝代之更迭令人应接不暇。再加上五胡乱华，国无宁日，人无定所，南人被困北方，北人又流离江南。然而，当国破家亡的凄惶不安和痛哭流涕稍稍平复之后，竟发现自己完全站在一方崭新的土地之上，这里的土地、山水、花草、树木，一切都那么新鲜，一切都那么美丽。这就是晋氏播迁以后，东晋士人对吴越山水的发现和感受。道理很简单，因为北方多半是高山大川，平原旷野。战乱时期，更是"白骨露于野，千里无鸡鸣"（曹操《蒿里行》）的悲惨景象。南渡以后，文人生活的地理环境发生了转变，江南从建业到会稽一带，千山万壑，峰峦竞秀，令人耳目清爽，美不胜收，遂给东晋士人以莫大的慰藉。而江南山水的阴晴变化，更使山川景物淡妆浓抹，多姿多彩。面对眼前这一片明山秀水，东晋士人觉得无论调动多么美丽的语言赞美它们都不过分，顾长康从会稽回来，有人向他打听山川之美，他回答说："千岩竞秀，万壑争流，草木蒙笼其上，若云兴霞蔚。"[①] 山山秀色，山山流泉，草木蒙笼，无处不美。王子敬认为山阴道上的景色是最动人的，"从山阴道上行，山川自相映发，使人应接不暇。若秋冬之际，尤难为怀。"[②] 道壹道人不念风霜劳顿之苦，用形象

[①] 朱铸禹：《世说新语汇校集注》，上海：上海古籍出版社，2002年版，第123页。
[②] 朱铸禹：《世说新语汇校集注》，上海：上海古籍出版社，2002年版，第133页。

的语言描绘出途中所见到的雪景之美:"风霜固所不论,乃先集其惨淡;郊野正自飘瞥,林岫便已皓然。"① 人是自然之子,对山林本来就有一种亲和感,在经历了刀光剑影的血腥与残酷之后,在经历了千里逃亡的困顿与颠簸之后,终于有一方和平美好的土地可以接纳和安顿疲惫不堪的灵魂,于是,鼓角争鸣的喧嚣渐渐远去,恢复中原的忧患慢慢消解,江山风月是这样的美好可亲。东晋士人长期生活在这样的环境之中,与山川景物朝暮相处,日益亲融:

林公见东阳长山曰:"何其坦迤?"

简文入华林园,顾谓左右曰:"会心处必不在远,翳然林水,自有濠濮间想也,不觉鸟兽禽鱼,自来亲人。"

荀中郎在京。登北固望海云:"虽未睹三山,便自使人有凌云意。若秦汉之君,必当褰裳濡足。"

王司州至吴兴印渚中看,叹曰:"非唯使人情开涤,亦觉日月清明。"②

在此之前,还没有哪个时期的士人能像这样从审美的角度欣赏山水,充分领悟和享受山水之美。可以说,只有到了东晋时期,人对山水的审美意识才完全觉醒。人与山川的相感,在中国传统的哲学思想中可以找到理论上的依据。无论是儒家还是道家,都认为万物是一气所生而且可以相通相感。魏晋时代正是玄风大畅的时代,老庄认为道生万物,万物反过来又成为达道的媒介。宗炳《画山水序》中云:"山水以形媚道。"(张彦远《历代名画记》卷六) 在宇宙万物之中,自然山水最能体现道的内蕴与真美。这一时期的士人不仅以能否体会山水之美为标准

---

① 朱铸禹:《世说新语汇校集注》,上海:上海古籍出版社,2002年版,第134页。
② 朱铸禹:《世说新语汇校集注》,上海:上海古籍出版社,2002年版,第131、110、122、126页。

来衡量人、道关系，而且认为，以我之自然面对山水之自然，才是人、道关系的理想境界。东晋以降，玄佛合流，自然山水更成为体现玄学佛理的媒介。因此，在人与山水的审美关系、艺术关系建立的过程中，玄学的兴盛与玄佛的合流是起了催化作用的。士人阶层长期生活在三吴两浙之地，留恋盘桓于青山绿水之间，无数次领略着杂花生树、群莺乱飞的江南春景，无数次品味着青山隐隐，碧水悠悠的南国神韵，而这一次次美的感动便在他们的记忆深处沉淀下来，形成一种审美的讯息定向，这种讯息定向在新的审美过程中再以经验的形式出现，成为审美判断的基础①。吴越之地的湖光山色就这样陶冶了东晋士人的审美情趣，同时也培养出东晋士人清越萧散、放逸不拘的人格风神：

> 王子猷作桓车骑兵参军，桓谓王曰："卿在府久，比当相料理。"初不答，直高视以手版拄颊曰："西山朝来，致有爽气。"
> 谢车骑道谢公："游肆复无乃高唱，但恭坐捻鼻顾睐，便自有寝处山泽间仪。"
> 谢遏绝重其姊，张玄常称其妹欲以敌之。有济尼者并游张谢二家，人问其优劣，答曰："王夫人神情散朗，故有林下之风气。顾家妇清心玉映，自是闺房之秀。"②

久与山水相处，人的气质个性、举止风度也染上了山林之气。他们已经与山水之美难以分开，无论是在朝还是在野，都离不开山水，居处离不开山水，出游离不开山水，玄谈佛理离不开山水，品藻人物离不开山水。山水之美既与人格之美相关，因而能否领略山水之美，便成为衡量人格精神的一项重要标准。据《世说新语·赏誉》记载："孙兴公为

---

① 罗宗强：《魏晋南北朝文学思想史》，北京：中华书局，1996年版，第138页。
② 朱铸禹：《世说新语汇校集注》，上海：上海古籍出版社，2002年版，第464、534、589页。

庾公参军,共游白石山,卫君长在坐。孙曰:'此子神情,都不关山水,而能作文。'庾公曰:'卫风韵虽不及卿诸人,倾倒处亦不近。'孙遂沐浴此言。"① 在晋人眼里,能够欣赏山水的人才有资格称作名士,才有可能写出漂亮的文章。原来,文学创作才能的高低竟与山水密切相关。由此可知,晋人已经理智地意识到了地理环境对人的塑造,对人的气质性格的影响。《世说新语·言语》记载,王武子和孙子荆各言其土地人物之美,一个说,"其地坦而平,其水淡而清,其人廉而贞。"另一个说,"其山崔嵬以嵯峨,其水㳽漫而扬波,其人磊砢而英多。"② 地灵人杰,有什么样的山水,就出什么样的人物。他们从自己和同时代人的生活经验中得出了这样的结论。

  江南山水的灵秀之气,不仅陶冶了士人高雅的审美情趣和潇洒飘逸的人格风神,还直接影响到文学创作的题材。这里需要说明的是,山水审美意识的觉醒、山水审美情趣的培养与山水文学并非同步。其实,将山水作为审美对象写进文学作品,早在宋玉时代就做到了,楚人宋玉的《高唐赋》就是一篇描写巫山山川形胜的著名赋作。汉大赋时代,枚乘的《七发》描写了在广陵曲江观潮的壮观景象,司马相如在《上林赋》对上林苑中的山水描写也是别具一格的,两篇赋都写得纵横开阖、汪洋恣肆、酣杨淋漓,体现了汉赋特有的巨丽之美。山水描写出现在这些赋中,无疑与南方的自然环境有关,三位作家都是楚人。而司马相如之后,山水描写在赋中的地位急剧下降,代之而兴的是宫殿、苑囿等带有浓厚人为痕迹的生活环境的描写。这是因为汉朝定都长安之后,北方中原的地理环境比南方单调乏味,自然产生不同的审美情趣。等到山水再次被作为审美对象写入文学作品,已是山水审美意识完全觉醒的魏晋时代,具体说是晋室南渡之后。兰亭诗中已有许多山水之作,但并不是专写山水,而是借山水表达对宇宙人生的思索和体认。杨方、李颙、庾

---

 ① 朱铸禹:《世说新语汇校集注》,上海:上海古籍出版社,2002年版,第408页。
 ② 朱铸禹:《世说新语汇校集注》,上海:上海古籍出版社,2002年版,第75页。

阐、湛方生、殷仲文和谢混等人都写有不少山水诗作。晋宋之际，陶渊明和谢灵运成为首尾相望的两位山水大家，自然山水成为他们诗歌的主要题材。同写山水，二人风格却截然不同。一个重写意一个重摹象；一个重启示性一个重写实性。尤其是谢灵运的山水诗，可以说是江山之助的直接产物。据《宋书·谢灵运传》记载，谢灵运开山凿湖，四处遨游，"寻山陟岭，必造幽峻，岩嶂千重，莫不备尽。登蹑常著木屐，上山则去前齿，下山去其后齿。尝自始宁南山伐木开径，直至临海，从者数百人。临海太守王琇惊骇，谓为山贼，徐知是灵运乃安。"真是踏遍青山人未老，谢灵运几乎游遍了东南一隅的山山水水。即便是任永嘉太守期间，他也"肆意遨游，遍历诸县，动逾旬朔，民间诉讼，不复关怀"，而他的山水诗大部分创作于这一时期。他的诗作生动细致地描绘了永嘉、会稽、彭蠡湖等地的自然景色，如同一篇篇旅行日记。

　　谢灵运之后的整个元嘉时期，山水之美广泛进入文学作品，表现山水之美，成为一时之普遍好尚。伴随着山水诗的兴起，出现了山水散文和山水赋。如鲍照的《登大雷岸与妹书》、谢灵运的《山居赋》等。山水题材也于这一时期进入绘画领域，从而诞生了一个新的画种，并且宗炳的绘画理论《画山水序》应运而生，宗炳自序说他画的都是自己亲身游历过的山水。到刘勰之前的永明时期，还出了一位山水诗大家谢朓。谢朓善于从寻常景物中发现新鲜动人的美感，构造清丽的意象，语言精炼而又浅近易解，将山水诗的发展向前推进了一大步。

　　通过以上对魏晋以来山水审美意识的觉醒以及山水文学勃兴的简单勾勒，我们知道，东南地区（吴越）温润明秀的地理环境直接培育和影响了士人的审美情趣和人格精神，同时也激发了诗人、文人的创作灵感，从而促成了一种新的文学样式即山水文学的诞生。也就是说，当刘勰写作《文心雕龙》的时候，山水审美意识已经普遍觉醒，山水之美已经成了士人生活和创作的重要组成部分，刘勰正是在这样的背景和前提下提出了江山之助这一重要的理论范畴。刘勰《明诗》篇中说："庄老告退；而山水方滋。"① 罗宗强先生认为它不正确，"老庄之人生境界进入文学，乃是山水进入文学的前奏。山水意识是建立在老庄人生情趣之上的。"② 但不管怎么说，刘勰已经确确实实地认识到了山水对于文学的影响。就在《物色篇》中，刘勰写道："自近代以来，文贵形似，窥情风景之上，钻貌草木之中。吟咏所发，志惟深远，体物为妙，功在密附。故巧言切状，如印之印泥，不加雕削，而曲写毫芥。故能瞻言而见貌，即字而知时也。然物有恒姿，而思无定检，或率尔造极，或精思愈疏。"③ 刘勰这段话不是凭空议论，而是就文坛现状发表自己的看法，他对自谢灵运以来山水诗和咏物诗如同临摹的写实特点认识得非常清楚。由此可知，刘勰在同篇中提出江山之助的概念，当不属于偶然现象。

江山之助出现的时间正是地分南北、人分南北、文学分南北的时期。南北不同的地理环境和文化环境，造就了不同的人文精神和审美情趣，也造就了南北不同的文学思想和创作风貌，表现出极为鲜明的个性差异，南方重华采，北方重写实；南方尚明丽，北方崇浑朴④。刘勰于南朝齐梁之际提出江山之助的理论命题，可谓正合时宜。

在刘勰之前，已有人注意到了南北文化的差异，《世说新语·文学》就有这样的记载，"褚季野语孙安国云：'北人学问渊综广博。'孙答曰：'南人学问清通简要。'支道林闻之，曰：'圣贤固所忘言，自中人以还，北人看书如显处视月，南人学问如牖中窥月。'"⑤ 三人用清隽简约的语言点明了南北学问的不同，非常切当，但所论并非文学。可见，有识之士对当时所表现出来的不同地域不同的文化特色已经有了相当的认识，但并未及于文学。

---

① 范文澜：《文心雕龙》，北京：人民文学出版社，1958年版，第67页。
② 罗宗强：《魏晋南北朝文学思想史》，北京：中华书局，1996年版，第7页。
③ 范文澜：《文心雕龙注》，北京：人民文学出版社，1958年版，第694页。
④ 罗宗强：《魏晋南北朝文学思想史》，北京：中华书局，1996年版，第464页。
⑤ 朱铸禹：《世说新语汇校集注》，上海：上海古籍出版社，2002年版，第189页。

绪 论

当然，刘勰之前，也有人注意到了地理环境对作家性格的塑造，比如《文心雕龙·物色篇》注引袁山松论屈原："父老传言，原既流放，忽然蹔归，乡人喜悦，因名曰归乡。抑其山秀水清，故出俊逸，地险流疾，故其性亦隘。诗曰'唯岳降神，生甫及申，信与。'"[①] 认为正是地理环境影响了屈原的个性气质，但并没有进一步谈它和屈原创作的关系。丹纳在《英国文学史·序言》及《艺术哲学》中，结合具体的艺术现象，提出并详细论证了著名的"种族、环境、时代"三要素说。丹纳认为，环绕人的自然环境，包括气候、土壤等，会对人产生影响。他在《英国文学史·序言》中分析自然环境对阿利安人的影响时说："虽然我们只能模糊地追溯，阿利安人如何从他们共同的故乡到达他们最终分别定居的地方，但是我们却能断言，以日耳曼民族为一方面和以希腊民族与拉丁民族为一方面，二者之间所显出的深刻差异主要是由于他们所居住的国家之间的差异：有的住在寒冷潮湿的地带，深入崎岖潮湿的森林或濒临惊涛骇浪的海岸，为忧郁或过激的感觉所缠绕，倾向于狂醉和贪食，喜欢战斗流血的生活；其他的却住在可爱的风景区，站在光明愉快的海岸上，向往于航海或商业，并没有强大的胃欲，一开始就倾向于社会的事物，固定的国家组织，以及属于感情的气质方面的发展如雄辩术、鉴赏力、科学发明、文学、艺术等。"[②] 丹纳认为，地理环境是通过对人的影响而影响文学艺术的，地理环境和文学艺术之间有着非常密切的关系。

不管是支道林等人论南北文化差异还是袁山松论屈原个性气质的形成，都没有上升到文学理论高度，缺乏抽象的理论涵括力。刘勰江山之助的提出正填补了这一空白。但是，刘勰的理论论证并非尽善尽美。我们知道，地理环境对文学作品的影响比较复杂，大致说来，应该包括两个方面，一是通过影响人而间接地影响作品，二是直接影响作品的构思

---

① 范文澜：《文心雕龙注》，北京：人民文学出版社，1958年版，第697页。
② 伍蠡甫：《西方文论选》下卷，上海：上海文艺出版社，1963年版，第237-238页。

17

和题材内容。刘勰的注意力偏重在后者，认为江山风物有助于启发灵感和诗文创作，只以屈原为例，然后戛然而止。但刘勰毕竟已经迈出了第一步，他为文学理论界提出了一个崭新的命题，有待于后人进一步思考、补充和完善。

文学理论的发展离不开文学实践，刘勰而后的庾信、王褒等人由南而入北，风格大变，由原来的绮靡艳丽一变而为沉郁苍凉，这种风格的转变除了作家的乡关之思和北地固有的贞刚之气的因素而外，应该与北地的山川风貌有关，秋风边塞，阵云黄沙，骏马嘶鸣，落叶乱飘，这样的自然景物本身就是苍凉的。庾信、王褒在自己的作品中将南朝的绮丽辞采与河朔的壮大情思结合起来，从而开创出一种既浑厚老成又清新明丽的新诗风，而且把绮丽辞采带到北方，让北人接受①。隋与初唐时期是总结南北朝文学经验以建设本朝新文学的时期，这一时期的理论界多总结南北文风的不同，如由南北朝而入隋的颜之推，对南北文风深有了解，他在入隋后撰写的《颜氏家训·音辞》中写道："南方水土和柔，其音青举而切诣，失在肤浅，其辞多鄙俗。北方山川深厚，其音沉浊而钝，得其质直，其辞多古语。然冠冕君子，南方为优；闾里小人，北方为愈。"② 这段话讲的是地理环境对声音和语言的影响。水土的和柔与山川的深厚能够影响声音和语言风格，自然也会影响人的个性气质和创作风格。此外，论及南北文学差别的还有魏征和卢照邻：

> 江左宫商发越，贵于清绮；河朔词义刚贞，重乎气质。气质则理胜其词，清绮则文过其意。理深者便于时用，文华者宜于咏歌。此其南北词人得失之大较也。若能掇彼清音，简兹累句，各去所短，合其两长，则文质彬彬，尽善尽美矣③。

---

① 罗宗强：《魏晋南北朝文学思想史》，北京：中华书局，1996年版，第448-449页。
② 颜之推：《颜氏家训》卷七，天津：天津古籍出版社，1995年版，第201页。
③ 魏征等：《隋书·文学传序》，北京：中华书局，1973年版，第1730页。

> 北方重浊,独鲁黄门往往高飞;南国清绮,唯庾中丞时时不坠①。

这两段话对南北文学风尚的长短优劣辨别得十分清楚。所谓贞刚、重浊与清绮的区别,和前面颜之推论声音语言的差异极为类似。不言而喻,南北文学风尚的不同,与南北地理环境的不同密切相关。北土凝重,南方轻浮。影响所被,遂有此异。"在农业经济的社会条件下,自然环境决定了生活条件,由是而又影响生活方式,又由是而不知不觉地陶冶情趣,形成感情基调,形成一个地域的气质类型,这也便自然而然地影响到文风上来。"② 这一时期的南北文学差异论,虽不能肯定说是受了刘勰江山之助说的影响,但它却可以纳入江山之助的理论体系之中,使这一命题的内涵更加丰富。

江山之助理论最为直接的影响就是这一概念屡屡为后人借用,以表达自己对文学受地理环境影响的看法。这其中的情况又有不同,一种是直接沿袭刘勰的江山之助最初的批评模式,江山一词仅指楚地山川,批评对象也都与楚地相关,或生于楚地或后来到达楚地,比如张说,"谪岳州后,诗益凄惋,人谓得江山之助。"③ 宋祁在《江上宴集序》中说:"江山之助,出楚人之多才。"但理论含义与刘勰毕竟不完全相同,前者说张说诗风的转变是因为受楚地自然环境的影响,后者说楚地山川秀美,造就了众多有才华的人,是刘勰理论的进一步发展。另一种情况是,虽然借用江山之助一词,但已完全脱离了刘勰原来的语境,江山一词,由具体的狭义的楚地山水上升为纯粹的抽象的地理概念,批评对象不再限于楚人,如陆游《偶读旧稿有感》中说:"挥毫当得江山助,不到潇湘岂有诗?"《题庐陵萧彦毓秀才诗卷后》又说:"君诗妙处吾能

---

① 明霞:《照邻集 杨炯集·南阳公集序》,北京:中华书局,1980年版,第70页。
② 罗宗强:《魏晋南北朝文学思想史》,北京:中华书局,1996年版,第448页。
③ 《全唐诗·诗人小传》,北京:中华书局,1960年版,第918页。

会,正在山程水驿中。"很清楚,前诗中的江山与后诗中的山水正是同义,陆游从自己的诗文创作实践中认识到江山行旅对文思的助益,并将其升华为一种普遍的文学创作规律,同时,它又是陆游"功夫在诗外"理论的最好注脚。我们知道,陆游这些话都是有为而发,有着很强的现实针对性,即江西诗派闭门读书、闭门索句的风气。陆游提出江山之助,号召诗人走出书斋,走向广阔的江山原野,去感受自然,感受生活,对当时的文学创作是具有重大的理论指导意义的。杨万里有"处处山川怕见君"的趣闻轶事,范成大以四时田园杂兴60首而著名,他们哪一个没有得江山之助?可以说这是江山之助理论在创作实践上的一次普及。有意思的是,南宋私立书院兴盛,而这些书院大都建在远离闹市的风景区,如庐山的白鹿洞书院,岳麓山的岳麓书院,如此,学子们面对的就不只是枯燥的圣贤经书和十年寒窗,当还有水光山色,鸟语花香。可以说这是地理环境理论在人才培养上的一次积极的实践。很容易使人把它和陆游的诗论联系起来,和刘勰的江山之助联系起来。陆游之前,苏辙也谈过江山之助,他是有感于司马迁散文汪洋恣肆的风格,及其早年漫游名山胜水、寻访历史古迹的经历,从而认为作家须有江山之助,才能写出好的文章。与陆游的看法相似。到了清代,沈德潜认识到盛庭坚诗风变化与地理环境之间的联系,因此在《盛庭坚蜀诗集序》中再次得出这样的结论:"是江山之助,果足以激发人之性灵者也"。

当然,阐述地理环境论不一定非使用江山之助这一概念,如韩愈在《城南联句》中说,"蜀雄李杜拔",认为造就诗人,需要一个合适的地理环境,正是由于蜀地山川雄伟壮丽,李白杜甫的诗歌才出类拔萃。再如黄宗羲在《景州诗集序》中说:"诗人萃天地之清气,以月露风云花鸟之在天地间,俄顷灭没,而诗人能结之不散;常人未尝不有月露风云花鸟之咏,非其性情,极雕绘而不能亲也。"黄宗羲的说法太啰嗦,其实,地理环境对人的影响、对人才的造就,还有更为凝练、更为隽永的表述,即人人所知所晓而烂熟于口的两句话:一方水土养一方人,钟灵毓秀，地灵人杰。一方土地的山川灵秀之气丛聚于人，逐渐形成这一地域人群的特有文化传统、文化心理、文化性格，然后再影响到文学创作。这些都可以说是刘勰理论的最好注脚和补充。

罗宗强先生很为刘勰感到高兴，他说："刘勰看到了山林皋壤乃文思之奥府，看到江山对于文思之助益，他实在是把握到了中国士文学的一个重要特征。这也是他的文学思想中重自然的一面的表现。"同时，也很为他感到遗憾，"可惜，他这一命题尚未能充分展开。山林皋壤为文思之奥府，跟着而来的一个问题，便是不同山水风貌，不同自然景观，不同地域对文学创作的影响。这是很有意思的问题，刘勰似已走到了这问题的跟前，却错过了！"① 其实天生我才，刘勰对文学批评所做的贡献自有其万世不可磨灭的价值。江山之助只是其完整严密的理论体系中旁逸斜出的一个小小的枝杈，是他无意间散落在地上的一颗种子，至于是谁将枝杈剪下重新插芊，培育成参天大树，是谁为种子浇水施肥，长出幼苗，开出花朵，那是后人所做的工作。而刘勰当时只做了他能做的和该做的。而后来的人们并未忽视这个只用一句话表述出来的理论雏形，而是不断地在理论上丰富它，在创作中实践它，使其由涓涓细流融会成波滚浪翻的江河，绵延流长。

以上对江山之助的理论进行巡礼之后，再来关照本文的论题，可知江山之助的提出，与吴中地理环境以及相应的文化背景有着很深的渊源，而用吴中这一地理概念指称出生、活动于这一地区的诗人群体，自有其特定的地理文化内涵和精神风貌。皇甫湜评价顾况，② 认为正是吴中秀丽的湖光山色陶冶了顾况清狂不羁的人格精神，进而影响到他的诗歌创作，形成了骏发踔厉的风格特征。这是典型的用江山之助理论评价吴中诗派成员。清狂的个性，意外惊人的语言风格，不仅适用于评价顾

---

① 罗宗强：《魏晋南北朝文学思想史》，北京：中华书局，1996年版，第323页。
② 皇甫湜：《唐故著作佐郎顾况集序》，见《全唐文·卷六八六》，中华书局影印本，第7026页。

况，同样也适用于评价其他同派诗人。

（二）地域文化与唐代文学研究

近代以来，对古代文学进行地理学研究成果颇丰。章太炎、刘师培和梁启超是从地域环境地域文化角度研究古代学术、文学源流的早期著名学者。"视天之郁苍苍，立学术者无所因，各因地齐、政俗、才性发舒，而名一家。①"章太炎认为，地理环境、政教风俗、人之材性，共同影响了中国的学术派别。刘师培在《南北文学不同论》②中说："南方之文，亦与北方迥别。大抵北方之地土厚水深，民生其间，多尚实际。南方之地水势浩洋，民生其际，多尚虚无。民崇实际，故所著之文不外记事、析理二端；民尚虚无，故所著之文，或为言志、抒情之体。"主要阐述人和自然环境的关系，并在此基础上进一步阐述文学风格的形成和地理环境的关系。梁启超《中国地理大势论》也对不同地域文化以及由此而产生的不同的文学风格进行了精辟论述："燕赵多慷慨悲歌之士，吴楚多放诞纤丽之文，自古然矢。自唐以前，于诗于文于赋，皆南北各为家数；长城饮马，河梁携手，北人之气概也；江南草长，洞庭始波，南人之情怀也。散文之长江大河，一泻千里者，北人为优；骈文之镂云刻月善移我情者，南人为优。盖文章根于性灵，其受四围社会之影响特甚焉。"③而王国维的纵论南北同样精彩："南人之想象力之伟大丰富，胜于北方人远甚。彼等巧于比类，而善于滑稽。故言大则有北冥之鱼，语小有若蜗角之国；语久则大椿冥灵，语短则蟪蛄朝菌。至于襄城之野，七圣皆迷；汾水之阳，四子独往。此种想象，决不能于北方文学中发见之。""南方人性冷而遁世，北方人性热而入世；南方人善玄想，北方人重实行。故前者创作了富于幻想色彩的庄子散文，而后者则导致了诗三百的抒情短制。"（《静庵文集续编·屈子文章

---

① 章炳麟著、徐复注：《訄书·原学》，上海：上海古籍出版社，2000年版。
② 李妙根编著：《刘师培论学论政文集》，上海：复旦大学出版社，1990年版。
③ 梁启超：《中国现代学术经典》，石家庄：河北教育出版社，1996年版。

之精神》）对后学启发很大。此外，今人曹道衡先生的《南朝文学与北朝文学研究》①，以政治朝代与地理分界相吻合的南北朝文学为论述对象，以地理文化的南北分界，论述文学的差异和演变。

在唐代文学研究中，亦有以南北划分为切入点的研究，大多论述南北文风差异和融通，远如魏征早在《隋书·文学传序》就曾指出："自汉、魏以来，迄乎晋、宋，其体屡变，前哲论之详矣。暨永明、天监之际，太和、天保之间，洛阳、江左，文雅尤盛。于时作者，济阳江淹、吴郡沈约、乐安任昉、济阴温子升、河间邢子才、巨鹿魏伯起等，并学穷书圃，思极人文，缛彩郁于云霞，逸响振于金石。英华秀发，波澜浩荡，笔有余力，词无竭源。方诸张、蔡、曹、王，亦各一时之选也。闻其风者，声驰景慕，然彼此好尚，互有异同。"这是魏征在回顾魏晋以来文学状况时所作的评论，他敏感地认识到了影响文学的地域性因素，对南北文风的鲜明差异做了相当精辟的概述，并提出了取长补短相互融合的文学理想。近如余恕诚，其《地域、民族和唐诗刚健的特质》② 一文，即从南北整合的角度，分析了唐诗豪迈刚健的质性特征形成的地理民族原因。

改革开放以来，古代文学研究视域不断拓展，从诗人占籍和交通等角度研究唐代文学的论著亦应归入唐诗地理学和地域文化视角的研究范畴。占籍考主要考察诗人籍贯分布情况，史念海《两〈唐书〉列传人物本贯的地理分布》③，还不是文人或诗人的本贯分布，但却为文学研究中士族问题的讨论提供了方便。和此文相关的另有《唐代前期关东地区尚武风气的溯源》④ 一文。而陈尚君《唐诗人占籍考》⑤，戴伟华

---

① 曹道衡：《南朝文学与北朝文学研究》，江苏古籍出版社，1998年版。
② 余恕诚：《地域、民族和唐诗刚健的特质》，安徽师大学报，1987年第3期。
③ 史念海：《两〈唐书〉列传人物本贯的地理分布》，西安：陕西师范大学出版社，2010年版。
④ 史念海：《唐代前期关东地区尚武风气的溯源》，唐史研究会论文集，1980年。
⑤ 《唐代文学丛考》，北京：中国社会科学出版社，1997年版，第138-170页。

《唐方镇文职僚佐考》①，提供了唐代文人作家的占籍情况和任职地域。以严耕望巨著《唐代交通图考》为基础，李德辉《唐代交通与文学》②做了深入而全面的梳理和探讨。此书分为：唐代交通概述、水陆交通与文学创作、行旅生活与唐人心态的变化、唐代交通与文学传播、唐代交通与唐人创作方式的新变、唐代交通与文学母题的拓展、南北交通与唐南方落后地区文学的发展、唐代交通的发展与文学风格的变化、唐代交通与唐人行记等，一共九章，大凡涉及交通的方方面面，都尽可能给以分析，其书资料扎实、论述细密。

近年来，地域文化和唐代文学的关系越来越受到学界重视。李浩《唐代三大地域文学士族研究》，考察了唐代关中、山东、江南三大地域文学士族的构成、流动及其演变的历史过程与基本特征。杜晓勤《初盛唐诗歌的文化阐释》③，以江左、山东、关陇三大地域文化的整合和士庶力量消长为主要讨论内容。2003年复旦大学景遐东博士的学位论文《江南文化与唐代文学研究》，把以吴越为代表的江南区域文化与唐代文学的关系作为切入点，认为：江南文化是在吴越文化基础上发展起来的中国古代重要的区域文化，总体上经历了由尚武到崇文的转变。其发展与中国古代经济、文化重心的南移过程紧密相连。江南文化具有鲜明的柔润、刚勇、开放、崇文等特征，人文传统深厚。初盛唐时江南经济发展迅速，安史之乱迅速推动经济、文化南移的进程；中晚唐时期江南经济地位超过北方，大量百姓士人移民江南，同时江南世家大族与普通家族力量的此消彼长，构成江南文化与文学兴盛的重要社会背景。江南籍诗人是唐代文学创作的重要力量，在唐诗发展的各个时期尤其是中晚唐，他们都做出了重要贡献。江南诗歌创作兴盛是江南文化中心地位形成的重要标志。唐代江南家族诗人群体甚多，既是崇文文化传统使

---

① 戴伟华：《唐方镇文职僚佐考》，天津：天津古籍出版社，1994年版。
② 李德辉：《唐代交通与文学》，长沙：湖南人民出版社，2003年版。
③ 杜晓勤：《初盛唐诗歌的文化阐释》，北京：东方出版社，1997年版。

≪ 绪 论

然，也与唐代江南教育尤其是私学教育兴盛密切相关，私人授学、家学等作用尤其突出①。为本文的论题提供了重要的学术线索和研究基础。2007 年华东师大博士海滨的学位论文《唐诗与西域文化》，是从地域文化角度对唐诗进行考察研究的新探索。该文系统地厘清了与唐诗相关的主要西域文化现象，清晰地描述出唐诗在哪方面如何接受西域文化的影响，并显现前述现象和过程背后的诗学影响。

应该指出，这些研究成果的宗旨主要不是为了探讨中国古代关于地域文化与文学关系问题的理论，而旨在清理某个具体区域的地理文化对诗人作家、文学创作的影响和互动。而从总结地域文化与唐代文学关系理论的角度进行大力研究的，当属戴伟华先生，其《地域文化与唐代诗歌》一书，可说是近年来这方面研究的集大成之作。书中指出：中国文学研究呈开放性格局，人们可以从不同的角度来观照和解决文学问题。二十世纪后期，中国文学理论和方法的探讨已经成为热潮，这说明文学研究自身需要反思，学要突破。人们尝试在交叉学科中，去研究文学的生成和发展，文学风格的形成和重构，地域文化和文学的关系也就成了研究者关注的一个视角②。

而笔者所选的研究论题，却是以诗人流派为切入点的地域文化与文学关系研究。赵昌平先生的文章前已有述，不赘言。此外，贾晋华《唐代集会总集与诗人群研究》③ 始于对大历年间的浙东联唱与浙东诗人群的关注；阮堂明《睦州诗人群体的形成与创作》④，尹占华的《大历浙东和湖州文人集团的形成和诗歌创作》⑤，皆从不同方面将区域文化地理文化与唐代文学研究引向一个新的阶段，也为本文的论题提供了

---

① 参见景遐东：《江南文化与唐代文学研究》摘要，复旦大学博士学位论文，2003 年。
② 戴伟华：《地域文化与唐代诗歌》，北京：中华书局，2006 年版。
③ 贾晋华：《唐代集会总集与诗人群研究》，北京：北京大学出版社，2001 年版。
④ 阮堂明：《睦州诗人群体的形成与创作》，《天津大学学报》，2001 年第 1 期。
⑤ 尹占华：《大历浙东和湖州文人集团的形成和诗歌创作》，《文学遗产》，2000 年第 4 期。

可资借鉴的研究范式。

三、本论题所采用的研究方法、主要内容与结构

本文的研究思路：以既有成果为研究基础，充分利用地理环境论、文化地理学以及诗歌流派的有关理论，对中唐吴中诗派进行进行界定和清理，主要研究该派的人员构成、形成原因、活动形态、历时性特征以及诗歌创作情况。诗派既以吴中命名，当揭示其历史渊源、地理文化内涵和精神实质。同时将其放在宏大的时代背景之下，合适的时候，与其他诗派进行横向和纵向的比较，以凸显其在文学史上所占的位置。

在方法论上，本文主要运用传统小学、文艺学、比较文学、历史学的研究方法，对中唐吴中诗派进行多维度、多层面的考察，尽力厘清其流派构成、文学成就，对其特立独行的人格精神、诗歌特色进行分析论证，并充分把握共性，在静态剖析的同时，给以动态关照，以客观评价它在唐代诗歌发展流程乃至吴中地域文化发展史上的价值和地位。

本文主体部分为四章：第一章，概念界定，以诗歌流派理论和地理文化学为理论依据，为中唐吴中诗派正名，并界定人员范围；第二章，从地缘、社会、自身等方面分析其形成原因；第三章，勾勒这一流派的活动形式、存在状态、阶段划分，总结其历时性特征。第四章，集中概括讨论这一流派诗歌创作的质性特征、艺术规律。第五章，对这一诗派，尽可能客观地对其进行文学史定位。

第1章

中唐吴中诗派的构成人员界定

1.1 关于这一诗派的命名

对于本论题的研究对象，至今尚无统一名称。二十世纪九十年代以来，学界从不同角度进行了研究或讨论，对其使用了各种不同的称谓。各家歧说，综合有三：

第一，浙西诗人群、浙西联唱诗人群或浙西联唱集团。

钱仲联等主编的《中国文学大辞典》"风格流派·湖州诗会"条："诗社名。唐代宗大历至德宗贞元间，诗人皎然与颜真卿、陆羽、顾况、秦系、灵澈、张志和、萧存、孟郊等数十人创于湖州（今属浙江）……颜真卿大历中任湖州刺史，多召文士预撰大型类书《韵海镜源》，陆羽、张志和则为其幕客。诸人常集会赋诗，所作多清淡恬雅，且多联句，结集为《吴兴集》，形成浙西联唱诗人群，为中唐诗坛之一大盛会。[①]"使用了"浙西联唱诗人群"这一称谓。周勋初主编的《唐诗大

[①] 钱仲联、傅璇琮、王运熙、章培恒、鲍克怡主编：《中国文学大辞典》，上海：上海辞书出版社，1997年版，第319页。

辞典》"吴兴集"条称其为"浙西联唱集团"①。贾晋华《唐代集会总集与诗人群研究》一书批专章讨论《吴兴集》与大历浙西诗人,认为"在鲁公刺湖近四年半时间里,以鲁公、皎然为核心,大开诗会,前后共聚集了九十五位文士,游赏赋诗,联句唱和,形成一个规模宏大的联唱诗人群。其中包括了陆羽、袁高、吕渭、刘全白、张荐、吴筠、柳淡(中庸)、皇甫曾、张志和、耿湋、杨凭、杨凝及尘外(即韦渠牟)等著名作家。这一联唱集团的作品由颜真卿结集为《吴兴集》。"② 胡可先《政治兴变与唐诗演化》一书"唐代联句诗略论"对唐代五个重要联句集团进行了考证,其中包括浙西联唱集团③。蒋寅《大历诗人研究》"颜真卿与浙西诗会"亦称其为"浙西联唱集团"④。王锡九《皮陆诗歌研究》在考察唐代联句历史时也沿用了"浙西联唱诗人群"⑤。

第二,湖州诗人群。

这一称谓与前类似,皆得于诗人们联唱集会之地。当时的吴兴即湖州,所以,又称湖州诗会,如《中国文学大辞典》风格流派类有"湖州诗会"条。如此,而把参与湖州诗会的诗人称为"湖州诗人群"自是顺理成章,如周萌博士论文《诗式研究》⑥、萧驰著《佛法与诗境》⑦,便采用了"大历湖州诗人群"的说法。梅新林《中国古代文学地理形态与演变》(下册),也使用了"湖州诗人群"称谓⑧。

---

① 周勋初主编:《唐诗大辞典》(第二版),南京:凤凰出版社,2003年版,第510页。
② 贾晋华:《唐代集会总集与诗人群研究》,北京:北京大学出版社,2001年版,第92页。
③ 胡可先:《政治兴变与唐诗演化》,北京:中国社会科学出版社,2003年版,第71-86页。
④ 蒋寅:《大历诗人研究》,北京:北京大学出版社,2007年版,第137-142页。
⑤ 王锡九:《皮陆诗歌研究》,合肥:安徽大学出版社,2004年版,第9-10页。
⑥ 周萌:《诗式研究》,卢永璘指导,北京大学2005年博士论文。
⑦ 萧驰:《佛法与诗境》,北京:中华书局,2005年版。
⑧ 梅新林:《中国古代文学地理形态与演变》(下册),上海:复旦大学出版社,2006年版。

第1章 中唐吴中诗派的构成人员界定

第三，吴中诗派、吴中清狂派与吴中诗人群。

吴中诗派这一名称，是赵昌平先生首先提出来的，他在《"吴中诗派"与中唐诗歌》一文中说："在唐代文学史中从未提到过'吴中诗派'一称。为研究方便起见，姑取此名。其活动时期是在大历、贞元年间，代表人物为皎然、顾况，此外尚有秦系、灵澈、朱放、陆羽、张志和诸人。"而后即被学界承认沿用至今。如梁成《唐代的"吴中诗派"》（常熟师专学报1994年第3期），嵇发根《颜真卿湖州联句与中唐"吴中诗派"》（湖州职业技术学院学报2005年第3期）皆直接沿用了这一名称。姜剑云先生《审美的游离——论唐代怪奇诗派》一书在论及中唐前期诗歌流派分布情况时，对这一诗派的称谓参考了赵先生之说又加进了自己的独特见解，而名之为"吴中清狂派"[①]。吴怀东《唐诗流派通论》则使用了"吴中诗人群"称号[②]。

对各种称谓的辨析与结论：

第一，前所列三类称谓皆考虑了这一诗派的地缘性，但浙西、湖州、吴中的地域范围界定，却有广狭之分。浙西的划分，是相对于大历间的浙东联唱。广德元年至大历五年，鲍防任浙东从事，与严维等人在会稽（今绍兴）多次举办大规模诗歌联唱活动，并汇士"登会稽者如鳞介之集渊薮"而成《大历年浙东联唱集》二卷，当即鲍防联唱诗人群的作品总集。之后颜真卿与皎然、陆羽、顾况等数十人在吴兴（今湖州）聚会联唱，因称浙西联唱，或湖州诗会，参与人群被称为浙西诗人或湖州诗人。因此，浙西、湖州之界定，受具体诗会活动所限，地域不广。而至于吴中，《汉书·地理志》载："吴地，斗分野也。今之会稽、九江、丹阳、豫章、庐江、广陵、六安，临淮郡，尽吴分也。"[③]吴郡与会稽郡在秦汉时期时分时合，通称为"吴会"，它们是吴地的中

[①] 姜剑云：《审美的游离——论唐代怪奇诗派》，北京：东方出版社，2002年版，第43-50页。
[②] 吴怀东：《唐诗流派通论》，北京：新华出版社，2004年版。
[③] 《汉书》卷二十八下地理志第八下。

心地区,再加上九江、丹阳、豫章、庐江、广陵、六安,临淮郡,地理范围与春秋时代吴国极盛时期的疆域差不多。即便是吴郡,《后汉书·郡国志四》载:顺帝时分会稽郡为吴郡,治所在吴(今江苏苏州),"会稽郡,本治吴,立郡吴,乃移山阴(今浙江绍兴)。"吴郡辖十三城:吴、海盐、乌程、余杭、毗陵、丹徒、曲阿(今江苏丹阳)、无锡等。隋唐时期,吴地的概念逐渐缩小,但"吴中"的概念仍不限于苏州或吴郡。所以柳永在《望海潮》中说:"东南形胜,三吴都会,钱塘自古繁华。"可见,地理文化意义上的吴中是涵盖了浙东浙西的。

第二,再从历时性上来看,命名为浙西或湖州,因受地域限制,其历时长度便大打折扣,颜真卿于大历七年(772)九月授湖州刺史,八年正月到任,在任五年,至大历十二年(777)八月离开湖州,赴京任刑部尚书,浙西湖州联唱也随之冷落,这对于一个诗派而言,时间太过集中短暂了点。而取吴中,则避免了这一点。

第三,而从审美和创作风格角度来看,浙西联唱诗人群(联唱集团)、湖州诗人群之谓,皆因大规模联句唱和而起,联句体自然便成了衡量这个诗人群体的唯一载体,评定这一群体的创作风格和文学史意义,也只能从联句历史角度定位,而很难全面系统地评价参会人员的诗歌创作风貌。以吴中命名,则无此嫌。

第四,再比较一下,文学群体、文学集团和文学流派三个概念:

什么是文学群体?顾名思义,文学群体指的就是,因为共同爱好文学而聚集在一起的人群。是一个派别,或一个时期,一个类别的作家的统称。

什么是文学集团?所谓"集团",即指为了一定目的而组成的共同活动的团体。而"文学集团",即指为了从事文学创作、文学评论或其他文学活动而组成的、共同进行文学活动的团体。①

什么是文学流派?《中国大百科全书·中国文学卷》是这样界定

---

① 胡大雷:《中古文学集团》,桂林:广西师范大学出版社,1996年版。

第1章 中唐吴中诗派的构成人员界定

的：文学流派是指"文学发展过程中，一定历史时期出现的一批作家，由于审美观点一致和创作风格类似，自觉或不自觉地形成的文学集团和派别，通常是有一定数量和代表人物的作家群。……（文学流派）从基本形态上看，大体有这样两种类型：一种是有明确的文学主张和组织形式的自觉集合体。……另一种类型是不完全具有甚至根本不具有明确的文学主张和组织形式，但在客观上由于创作风格相近而形成的派别。"① 陈文新先生在《中国文学流派意识的发生和发展》中说："流派分为两种：一种是由文学社团发展而成的流派；一种则是在一个或几个代表作家的吸引下，形成了一个具有共同创作风格的作家群，研究者据以归纳出的文学流派。无论是由文学社团发展而成还是由研究者归纳而成，其成立标准其实是大体一致的，即必须具备三个要素：流派统系、流派盟主（代表作家）和流派风格。"② 艾菲《中国当代文学流派论》③一书，从美学形态和艺术类型上将文学流派分为六种类型：乡土型，思潮型，社团型，题材型，方法型，审美型。

这三概念，在组织形式上有紧密、松散之别，在构成要素上有低级、高级之分。最宽泛的是文学群体，或称作家群、诗人群。文学集团的三要素比较明确，共同的目的，共同的组织，共同的活动。而构成流派的要素则更为复杂，必须有一定的组织形式，有流派盟主代表作家，还要有共同的审美趋向创作风格。

综上，笔者倾向于选用"吴中诗派"这一名称。诚如赵先生所言，唐人留下的诗文典籍中没有吴中诗派一说，但是，初唐是有"吴中四士"这一诗人组合的，而且见于正史，《新唐书·刘晏传附包佶传》云："佶，字幼正，润州延陵人。父融，集贤院学士，与贺知章、张

---

① 中国大百科全书总编辑委员会《中国文学》编辑委员会：《中国大百科全书·中国文学》第1册，中国大百科全书出版社1986年版，第150页、952页。
② 陈文新：《中国文学流派意识的发生和发展》，武汉：武汉大学出版社，2003年版，第8页。
③ 艾菲：《中国当代文学流派》，太原：北岳文艺出版社，1994年版。

旭、张若虚有名当时，号'吴中四士'。"① 所以，将中唐大历、贞元年间活动于吴中之地这样一群人生际遇相似、人格精神相似、诗歌创作旨趣相似的诗人称作吴中诗派，没有什么不妥。若拿流派理论衡量本论题的研究对象，三要素皆备，而且属于乡土与审美的混合型。而鉴于元末明清时期，学界亦称有吴中诗派、吴中诗人者，为使人一目了然故，笔者特将其命名"中唐吴中诗派"。除了赵先生在宏文中划定的七位诗人，笔者又添加了湖州诗会的领袖颜真卿，和与皎然、陆羽等交往密切的李冶两位。如此取名与界定人员范围，即涵盖了浙西联唱湖州诗会的主要参与者，又兼顾了时代、地域与风格特征。

1.2 这一诗派的人员构成

上节算是为本论题研究对象正名，此节隆重介绍该诗派的主要成员，论述的主角：皎然、顾况、颜真卿、陆羽、张志和、灵澈、秦系、朱放、李冶。依次概述其生平经历，著述情况，算作正式登台亮相。

1. 皎然（约720—约805）。俗姓谢，字清昼，湖州长城人。约生于玄宗开元八年（720），卒于德宗贞元八年（792）以后，贞元末（805）② 之前。关于皎然的生平，较早的有关材料有四种。一是唐元和间僧人福琳的《唐湖州杼山皎然传》（见赞宁《宋高僧传》卷二十九），二是宋计有功《唐诗纪事》卷七十三载皎然小传，三是宋谈钥《嘉泰吴兴志》卷十七《释道》载皎然小传，四是元辛文房《唐才子传》卷四载皎然小传。四者都语焉不详，有的地方还有舛误，好长时间里学界一直持阙疑态度。近二十年来，研究者勤奋开拓，先有姚垚

---

① 《新唐书》卷一四九，列传第七四。
② 漆绪邦:《皎然生平及交游考》，北京社会科学，1991年第3期，第107页。

《皎然年谱稿》① 作了初步的研究，又有贾晋华《皎然年谱》接踵其后，另外还有漆绪邦《皎然生平及交游考》、陈向春《皎然早年事迹考略》② 等文章面世，皎然身世生平已渐渐清晰。本文即吸取学界现有成果，多依据漆之考据，将其生平大略分为如下几个阶段叙述。

第一个阶段：出家之前，早年求学干禄时期。皎然在其诗文中多次自称出身南朝谢氏名门，乃谢灵运十世孙。但据贾晋华考证，皎然并非如其所自称为谢灵运之后，而为谢安十二世孙，梁吴兴守谢朓的七世孙。谢灵运于他为九从祖③。谢氏世居湖州长城县（今浙江长兴）之卞山，皎然约在唐玄宗开元八年（720）前后在那里出生。赞宁《宋高僧传·皎然传》称他：幼负异才，性与道合。④ 早年治学出入儒墨道三家，性格豪逸，且有用世济世之志。皎然《妙喜寺达公禅斋寄李司直公孙房都曹德裕从事方舟颜武康士骋四十二韵》："儒氏知优劣。弱植应可雕，苦心未尝缀。"据诗意，知皎然早年曾读书、游历，由于习儒，抱的是入世的态度，和唐代一般青年知识分子一样，有过功名的追求。而且皎然对自己的才学是相当自负的，"世业相承及我身，风流自谓过时人。初看甲乙矜言语，对客偏能鸲鹆舞。饱用黄金无所求，长裾曳地干王侯。"（《述祖德赠湖上诸沈》）福琳的《皎然传》说，"凡所游历，京师则公相敦重"。据此推测，皎然早年为求入仕，干谒权贵，应该去过京师。但步入仕途的希望很快就破灭了，"一朝金尽长裾裂，吾道不行计亦拙"。便是皎然求仕失败的心理写照。

第二个阶段，出家为僧。漆绪邦认为皎然求仕不成希望破灭后，并没有立即出家，而是作归山之计，回到了湖州，隐居家乡卞山，渐生出世之想。（贾晋华年谱则认为，皎然出家在天宝三载［744］前后，出

---

① 姚垚：《皎然年谱稿》，台湾《书目季刊》第十三卷第二期。
② 陈向春：《皎然早年事迹考略》，古籍整理与研究，1991 年第 5 期。
③ 贾晋华：《皎然非谢灵运裔孙考辨》，江海学刊，1992 年第 2 期。
④ 贾晋华：《皎然年谱》，厦门：厦门大学出版社，1992 年版。

家于润州江宁县长干寺，七载［748］登戒于常州福业寺，拜守真为师，遁迹空门。）其《早春书怀寄李少府仲宣》诗云："早年初问法，因悟日中花。忽值胡雏起，芟夷若乱麻。脱身投彼岸，吊影念身涯。迹与空门合，心将世路赊。"诗中的"胡雏"，当指袁晁起义。代宗宝应二年（即广德元年，763），浙江爆发了袁晁起义。据《旧唐书·代宗纪》，宝应二年八月，"台州贼袁晁陷台州，连陷浙东州县"。广德二年三月，这次起义才被李光弼军镇压下去。起义也冲击到湖州。谈钥《嘉泰吴兴志》卷八《公廨·武康县》："广德元年，袁晁作乱，荡为丘墟。"武康为湖州属县。起义被镇压后，卢幼平刺湖州，皎然与之交游，多有唱和之作。永泰二年至大历元年间，皎然在杭州住了两年多光景，《皎然集》卷三《界石守风望天竺灵隐二寺》："山顶东西寺，江中旦暮潮。归心不可到，松路在青霄。"当写于从湖州前往杭州将至时。大历二年至三年春，皎然从律宗大师守真受戒出家。福琳《皎然传》先说皎然从守真受戒，后又说："及中年，谒诸禅祖，了心地法门。"可见，皎然在受戒之后，并不专习律宗，而是又习禅宗之学，倾心于南宗禅，《皎然集》卷八有《达摩大师法门义赞》《能秀二祖赞》。从为僧后的观念、作风和诗文来看，皎然确为达僧。

　　第三个阶段，定居湖州，参与湖州诗会。受戒出家后的皎然，并没有长居于寺院，与黄卷青灯为伴，而是回到湖州，在风光秀丽的苕溪旁营建草堂，定居下来。并不时往来于各大寺院之间。《唐诗纪事》说皎然"居杼山"，《嘉泰吴兴志》说他"居郡中兴国寺西院"，《唐才子传》说他"居妙喜寺"，他名义上是禅僧，而实际上更像一个禅隐的居士，其《苕溪草堂自大历三年夏新营洎秋及春弥觉境胜因纪其事》诗中自注引《僧传》云："人皆隐于山，我独隐于禅。"他不拘形迹，来去自如，游踪遍及苏、杭、台、润、衢等州，频繁地与达官贵人、文人墨客、高僧隐士交游唱酬，吟咏情性，佳句纵横。早在至德二载之前，皎然就结识了顾况，集中有《送顾处士歌》，对顾况大加赞赏。大历

第1章 中唐吴中诗派的构成人员界定

八、九年间,与李嘉祐交游,集中有《奉酬李员外使君嘉裕苏台屏营居春首有怀》。大历八年至十二年(773—777),颜真卿任湖州刺史,皎然参与了颜真卿的大多宴集、游赏活动,与颜真卿互相唱和,达二十二首之多,并见于皎然集和颜鲁公文集中,成为湖州诗会的核心人物之一,并促成了吴中诗派活动的第一个高潮。这期间,《韵海镜源》修撰和大规模的联唱诗会,使湖州之地名流云集,聚合了百数十的诗人才子,如皇甫曾、皇甫冉、陆羽、张志和,以及大书法家李阳冰等。皎然与他们都有交往,尤与皇甫曾过从密切,与陆羽更为莫逆之交。大历年间,皎然交游,应该还有严维、刘长卿、朱放、秦系、皇甫冉、韦渠牟等人。

第四个阶段,晚年时期。颜真卿离开湖州入京后,大规模的诗会随之消歇,皎然回到苕溪,时或往来于湖州、桐庐、苏州之间。在后一段时期任湖州刺史的,如袁高、陆长源(权领)、杨顼、于頔,皎然与他们都有唱酬。德宗建中,皎然结识了诗僧灵澈,《赠包中丞书》,便是皎然向包佶推荐灵澈的信。建中四年曾应吉州刺史李萼之邀,皎然与秦系同游江西。贞元初,皎然先后结识了梁肃、韦应物。贞元四年,韦应物任苏州刺史,翌年李洪任湖州长史,皆成为皎然诗友。皎然集中,有《答苏州韦应物郎中》,后附韦应物《寄皎然上人》诗。另外,认识诗人李端、李季兰(李冶),亦当在这一时期。贞元五年前后,他结束了游访,居湖州杼山。大历五年,完成了《诗式》五卷的写作。据卢盛江先生考证,《诗式》即定稿于贞元五年(789),而《文镜秘府》所收《诗议》当作于大历八年(773),甚至广德二年(764)年之前,作于皎然早年[①]。贞元八年(792),御书院征其文集十卷入京,可知当时已负盛名。此期为吴中派活动的第二个高峰[②]。贞元八年后,事迹便无可考,约卒于贞元末。

---

① 卢盛江:《皎然〈诗议〉考》,南开学报(哲社版),2009年第4期。
② 赵昌平:《"吴中诗派"与中唐诗歌》,中国社会科学,1984年第4期,第193页。

35

纵观皎然一生，其行迹东至天台山，西止吉州，南不出桐庐，北不过扬楚，是个地地道道的江南诗僧。皎然的著述，今可知的有：《内典类聚》《儒释交游传》共四十卷，《号呶子》十卷、文集十卷、《诗式》五卷，《诗评》三卷，《诗议》一卷。今存：《杼山集》十卷，《全唐诗》编为七卷，《全唐诗补编》补二首及联句五句；《全唐文》存文三卷；再就是理论著作《诗式》和《诗议》。

2. 顾况，约生于开元十五年（727），卒于元和十一年（816），字逋翁，晚号华阳山人。润州丹阳（今江苏丹阳）人，祖籍吴郡，后迁居苏州海盐（今属浙江）。为顾雍、顾野王之嫡系裔孙，有着良好的家世和教育背景。自汉代以来，儒学成为顾氏家学，世代传授，同时对杂艺，对天文地理、绘画等兼收旁通，家族中通经之人辈出，中亦不乏文艺才子。祖父顾璞，字文辉，顾觉长子，永淳（唐高宗）中为河源军经略副使，卒葬西碛山，子一。父亲顾仲连，字奇原，顾璞之子，少有诗名，年十七，已成二千余首，长安四年（704）为司徒，后贬汴州刺史。①

顾况是难得的长寿诗人，其生平可分为五个时期。

至德二年（757）及第之前，是第一个阶段，读书山林时期。与唐代许多士子一样，三十岁登第之前，顾况曾寄居寺观，构筑别业，发奋读书学习。茅山的元阳观、苏州的长洲别业、海盐的横山，都曾留下他孜孜不倦的身影。而他与皎然相识可能就在苏州长洲别业读书时②。他于儒学之外，还跟叔父虎丘僧受佛经，出入释老二氏，并习书画艺术，可谓杂学旁收。就其人生道路和文艺创作而言，这一时期可为准备和奠基阶段。

---

① 《顾氏分编支谱》十卷，顾宝琛纂修，木活字本：惇叙堂民国 22 年（1933）；乾隆三十六年（1771），崇明顾一元修《顾氏汇集宗谱》顾野王以下谱系与此谱同。
② 皎然：《送顾处士歌》诗云："吴门顾子予早闻……安贫日日读书坐，不见将名干五侯。知君别业长洲外，欲行秋田循畎浍。"此诗题下有注："吴兴丘司仪之女婿，即况也。"

至德二载（757）进士及第至贞元三年（787）入京前的三十年间，是第二个阶段。至德二年，天子幸蜀，江东侍郎李希言榜进士。顾况登第后不久，就参加了吏部铨选，顺利走上仕途，释褐授官可能是在洛阳任大理司直，因史料缺乏，尚有待于进一步的考证。据现有文献资料及其本人诗文来看，这段时间，他大都在江浙和湘赣一带宦游，做的都是僚属一类的小官。顾况求知新亭监很有可能就在这个时期，监治在杭州余杭郡盐官县的海滨。他先后到过临海、江西和湖、湘一带，还到过永嘉（温州）、越州。与李泌、柳浑交游，对顾况的人生道路产生了很大影响。大历四、五年（769—770）间，顾况在苏湖一带①，与东南许多著名诗人交游。《唐诗纪事》称"应物性高洁，所在焚香扫地而坐。唯顾况、刘长卿、丘丹、秦系、皎然之俦得厕其列"云云当在此期。当时，皎然、陆羽等人在湖州组织诗会，主要人员包括皎然、颜真卿、陆羽、张志和等，顾况也为成员之一。顾况为吴兴邱司仪女婿，湖州应该是他经常光顾的地方。

贞元三年（787）至贞元五年（789）任职长安时期，是第三个阶段。贞元三年，柳浑辅政，顾况以校书郎入征长安。继而，李泌拜相，顾况迁为著作郎。长安时期，顾况广交诗友，大展诗才，誉满京华。除李泌、柳浑之外，他与包佶交往密切，包佶字幼正，润州延陵人，乃吴中四士之一包融之子，《新唐书》卷一四九有《刘晏传附包佶传》，时任国子祭酒、秘书监②。但长安生活只有短短的三年时间，便随着好友柳浑、李泌的相继去世而结束。

贞元五年（789）至贞元九年（793）贬谪饶州时期，是第四个阶段。贞元五年四月，顾况被贬饶州任司户参军，在途经宋州、苏州、杭州、漳州、信州时，与韦应物、刘太真等故人唱和。饶州几年，复调的希望日益渺茫，弃官归隐之志占据上风。

---

① 《唐才子传》卷三，顾况条。
② 《唐才子传》卷三，顾况条。

贞元九年（793）至元和十一年（816）归隐茅山，为第五个阶段。贞元九年秋，顾况几经辗转回到茅山，不久即受道箓，正式归入道教，从此过着"抱孙堪种树，仪杖问耕田"的田园生活，不断往来于周围各地，与外界保持着一定的联系。贞元十五年（799）冬，到过湖州，写有《湖州刺史厅壁记》，贞元十六年（800）到过宣城，写有《宛陵公署记》，贞元十七年到过嘉兴，有《嘉兴监记》。此后，他的事迹便不见于文字记载，可能因为年事已高，渐渐疏于人事，再很少出山，直到元和十一年去世。

顾况在世时，其诗歌已经广为流传，《唐人选唐诗》（十种），有三种（《御览诗》《又玄集》《才调集》）选录顾况诗歌。顾况诗文的最初的结集比较顺利，皇甫湜《唐故著作左郎顾况集序》言诗集二十卷，《旧唐书·顾况传》言其有文集二十卷，《全唐诗》存诗四卷。

3. 颜真卿，（709—785），字清臣，京兆万年（今陕西西安市）人，祖籍唐琅琊临沂（今山东临沂）。颜真卿为颜回四十代后裔，颜氏世系延续数千年，香烟不断。历代名人辈出，功勋卓著，代不乏人。琅琊颜氏，与诸葛亮、王羲之为代表的诸葛氏、王氏为该地三大望族。十三世祖颜含随琅邪王司马睿南迁建邺（今江苏省南京市），历七世，至五世祖颜之推，之推著作甚丰，诗文著名于世，任过黄门侍郎、散骑侍即、平原太守，历经南梁、北齐、北周、隋朝，是著名儒学大家、文学大家，遗作三十卷，内有《颜氏家训》传世。书中既抨击了南朝世族腐朽，记载了南北风俗异同，赞扬了劳动人民的俭朴美德，又弘扬了儒家传统思想道德为立身治家之道。之推之子思鲁生子师古，更是聪敏好学、才气超群，是唐高祖、太宗专管文字、机密的大手笔，任过散朝大夫、中书舍人、弘文馆学士等职，著作甚丰，是历代所尊崇的一位大训诂学家。颜师古之三弟勤礼，为颜真卿之曾祖，兄弟四人同为崇贤学士，校订经史。勤礼之子昭甫，昭甫长子元孙，举进士，为颜杲卿之父；昭甫次子惟贞，任参军，为颜真卿之父。勤礼、昭甫及其子元孙、惟贞三代均精训诂，工篆籀草隶。真卿为开元间中进士。历任吏部尚书，太子太师，封鲁郡开国公，故又世称颜鲁公。颜真卿幼年失怙，随母殷氏寄居舅家，在长辈的悉心呵护与严格教育下长大。颜真卿生平可分为五个阶段。

733年之前，是第一个阶段，青少年读书时期。唐中宗景龙三年（709年），颜真卿出生于京兆万年县敦化坊（一说"京兆长安"）颜氏祖宅，小名羡门子。父惟贞时年四十岁，任太子文学。母殷氏，陈郡长平人。惟贞夫妇有子七人，女三人，真卿为第六子。睿宗景云二年（711年）七月，父亲染疾身亡，颜真卿兄妹十人随母亲投靠舅父殷践猷。从童蒙时起，颜真卿就处于良好的学习氛围之中，诸位兄长及从兄弟、姑表兄弟相互提携、切磋，使颜真卿受益匪浅。唐玄宗开元九年（721年），颜真卿十三岁，舅父殷践猷不幸去世，殷氏又不得不率子女南下苏州，投靠时任吴县县令的父亲殷子敬。吴县经济发达，文化繁荣；殷子敬素有文名，与之交往的多是江南饱学之士，这又给颜真卿兄弟提供了良好的成长环境，使他们得到更多的教益。清贫的生活使颜真卿过早地成熟，读书入仕是他唯一的抉择。他写诗自况，"三更灯火五更鸡，正是男儿读书时。黑发不知勤学早，白首方悔读书迟。"唐书本传云："少勤学业，有词藻，尤工书。"①

从733年参加科举考试到753年被排挤出京城，是第二个阶段，科举入仕时期。开元二十一年（733），颜真卿顺利地通过了国子监帖经、讲经等考试，并寓居长安福山寺，潜心读书，准备应举。此榜的殿士主试人是以清鉴著称的考功员外郎孙逖。开元二十四年（736年），颜真卿参加了吏部的铨选考试。以"三判优"擢拔萃科，被授予朝散郎，和掌管官方文件的秘书省著作局校书郎，从此踏入仕途。在秘书省任职两年后，因母亲殷氏在洛阳去世而停职赴丧，依惯例服孝三年。天宝元年（742），经扶风郡太守崔　举荐参加"博学文词秀逸科"制举考试，

---

① 《旧唐书·颜真卿传》，卷一百二十八；《新唐书·颜真卿传》，卷一百五十三。

又以甲等登科。颜真卿步入仕途之际，正是奸相李林甫当权之时，他刚正不阿，守身如玉，历任醴泉县尉、长安县县尉、监察御史、交兵使、殿中侍御史、尚书省兵部员外郎等职，深为权臣杨国忠所忌，天宝十二载（753），终于被杨挤出京师，出任平原郡太守。十七年中，颜真卿多任下级官吏，在地方居多，在台、省时少，与百姓有广泛接触，使他对社会下层有了较深切的了解。这一时期，他与著名文人如高适、岑参、徐浩、郗纯等人结为至交，与殷寅、柳芳、陆据、萧颖士、李华、邵轸、赵骅等人过从甚密。据《新唐书·文艺传·萧颖士》载："时人语曰殷、颜、柳、陆、李、萧、邵、赵，以能全其交也。"

　　从753年出为郡守到757年，是他人生的第三个阶段，北国干城时期。权臣杨国忠借朝廷选派尚书省官员充实郡守之机，以"精择"能吏为幌子，将颜真卿排挤出京城。天宝十二载（753年）夏，45岁的颜真卿携家到离长安二千五百里的平原郡赴任。唐玄宗亲自在蓬莱前殿设宴饯行，并"赋诗赠帛，以宠其行"①。岑参作长歌《送颜平原》赠别："为郡岂淹旬，政成应未秋。易俗去猛虎，化人似驯鸥。苍生已望君，黄霸宁久留。"自上任至"安史之乱"爆发，短短两年时间，平原郡被颜真卿治理得井井有条。好友高适作诗志贺："皇皇平原守，驷马出关东。银印垂腰下，天书在箧中。自承到官后，高枕扬清风。豪富已低首，逋逃还力农。"（《奉寄平原颜太守》）平原郡属河北道，为平卢、范阳、河东三镇辑度使兼河北采访处置使安禄山所管辖。颜真卿对安禄山的阴谋早有觉察。他本打算趁三年秋满进京计事之机把搜集到的证据上奏朝廷，因受到安禄山阻挠，无法脱身，只好叫长史蹇昂入朝密奏。同时加紧防守准备。他深知安禄山为人多疑，为迷惑对方，便广延文士，宴集赋诗，泛舟游览，使平原显出一派竞浮华、弃实行的虚浮景象。他还聘请族弟颜浑等一班文人共同修纂《韵海镜源》，成初稿二百卷。天宝十四载（755年）十一月，"安史之乱"爆发，河北诸郡纷纷

---

　　① 颜真卿生平，参见黄本骥：《颜鲁公年谱》。

陷落的情况下，他独举义旗抵抗叛军，并被附近各郡推为盟主。颜真卿率部在堂邑大败叛军，取得"安史之乱"以来唐军的第一次胜利。但由于朝廷的腐败，统治者内部的矛盾，致使唐军坐失战机，唐玄宗不得已出逃成都。颜真卿孤守平原，在弹尽粮绝的情况下，被迫弃城。

从757年到777年，是他的第四个阶段，宦海浮沉时期。至德二载（757）四月，颜真卿到达凤翔，六月又受命兼任御史大夫之职，"掌持邦国刑宪典章，以肃正朝廷"①。面对朝廷纲纪松弛的局面和部分朝官"苟贪利权，多致颠覆，害政非一，妨贤实多"②的现象，颜真卿以振举朝纲为己任，秉公执法，对朝臣的过错知无不言，这自然招致一些人的忌恨。八个月后，肃宗罢去颜真卿在京中的职务，贬为冯翊太守。不久，冯翊改名同州，太守改称刺史。乾元元年（758）三月，朝廷任颜真卿"使持节蒲州诸军事、蒲州刺史，充本州防御使"（《蒲州刺史谢上表》）。同年十月，又被贬为饶州刺史。饶州地处江南西道东北，治所在鄱阳县（今江西省波阳县）。此地虽未遭叛军蹂躏，但因朝政不修，盗贼蜂起，民众苦不堪言。颜真卿在饶州任职不足一年，简徭役，黜贪残，劝课农桑，注重教化，影响深远。乾元二年（759）六月初，颜真卿改任升州刺史，充浙西节度使兼江宁军使。乾元三年（760年）正月，颜真卿入京改任刑部侍郎，因遭李辅国忌恨，又被贬到距长安二千余里的蓬州任长史。宝应元年（762）四月，玄宗、肃宗相继辞世，代宗即位，颜真卿被任命为利州刺史，因羌人围城，未就任。十二月，经户部侍郎刘晏推荐，入朝接替刘晏任户部侍郎。三月改任吏部侍郎，并恢复任平原太守时旧阶，散官为三品银青光禄大夫。八月，迁江陵尹兼御史大夫，加阶金紫光禄大夫，充荆南节度观察处置使，未就任，又改为尚书右丞。广德二年（764）正月，代宗任命颜真卿为检校刑部尚书兼御史大夫，三月，颜真卿晋爵鲁郡开国公，上柱国，二品勋阶。由

---

① 《旧唐书·职官三》，志第二十四。
② 颜真卿：《谢兼御史大夫表》，《全唐文》卷三三六。

于他正色立朝，刚而有礼，非公言直道不萌于心，出于对他的尊敬，人们不再直呼其名，而尊称为"鲁公"。永泰二年（766年）二月，代宗命颜真卿以刑部尚书的身份代替太常寺卿祭祀太庙，颜真卿将祭器不曾整治的情况如实报告朝廷，元载乘机诬他讪谤时政，奏请代宗贬颜为硖州别驾，继而又改贬为吉州别驾。大历三年（768）四月，颜真卿由吉州别驾起复为抚州刺史。大历六年（771年）闰三月，颜真卿罢抚州刺史。次年十一月，又被任命为湖州刺史，第二年正月至任。在湖州五年，境内晏然。（殷亮《颜鲁公行状》）据清人黄本骥考证，在湖州，与颜真卿交往的文士多达八十余人。其中，参与编纂《韵海镜源》、见于颜真卿所撰《湖州乌程县杼山妙喜寺碑铭》的有五十八人，参与吟诗联句的有二十四人，见于《颜鲁公行状》及《续仙传》的有三人。大历八年（773）正月，至湖州任所，得遇妙喜寺高僧皎然，二人一见如故。皎然不仅是颜真卿《韵海镜源》的忠实支持者，又是颜真卿开创联句形式的最大响应者①。皎然外，还有张志和、陆羽、耿湋、皇甫曾、李阳冰、萧存等，或为隐逸至友，或为文学知己。又如李萼、权器、大理司直杨昱、国子助教褚冲、评事汤衡、太祝柳察、长城丞潘述等，或帮助处理政务，或参与著述，或为诗友。

777年到782年，是他的第五个阶段，蔡州殉义。大历十二年（777）三月，元载因罪被杀。八月，经中书侍郎杨绾、门下侍郎常衮推荐，颜真卿自湖州入京任刑部尚书。代宗爱其才，不久改任吏部尚书。大历十四年（779）五月，代宗去世，德宗即位。颜真卿又兼任礼仪使，参定朝廷礼仪。建中元年（780），杨炎任宰相，不能容忍颜真卿的正直敢言，于是奏请德宗免去了颜的吏部尚书职务，任命他为太子少师，保留礼仪使。不久卢杞接替杨炎为相，又免去了颜的礼仪使，升太子太师。建中三年（782），李希烈勾结李纳谋反，占据许州，自称天

---

① 嵇发根：《颜真卿湖州联句与中唐"吴中诗派"》，湖北职业技术学院学报，2005年第3期。

下都元帅、太尉、建兴王。第二年正月攻陷汝州，包围郑州，威胁洛阳。唐德宗受卢杞挑唆，竟派年已 74 岁的四朝元老、德高望重的颜真卿赴李希烈部劝谕。颜真卿明知此行凶多吉少，仍以"君命也，焉避之"的崇高使命感自励，大义凛然，仅携侄子、家僮数人前往许州。在李希烈以宰相一职劝诱不成，又以活埋、火焚相威胁的情况下，颜真卿痛斥李希烈背叛朝廷的不忠不义、大逆不道，最终被缢杀身亡，享年 77 岁。诏赠司徒，谥"文忠"。生平见《新唐书》卷一五三和《旧唐书》卷一二八《本传》，《全唐文》卷五一四和《颜鲁公集》附卷殷亮《颜鲁公行状》与留元刚《颜鲁公年谱》。

颜真卿以词学登科，早年即有诗名，尤其五言古诗，历来为论诗者所重。他主张在文以载道的基础上，重视文采，文质相适。此论较之唐代古文运动先驱萧颖士、李华等人强调的"简易""简质"更为合理，与古文运动的发展趋势相符。他的诗文创作先后辑成《庐陵集》《临川集》《吴兴集》各十卷，但均亡佚。后人集遗而成《颜鲁公文集》十五卷，收有大量的奏、表、状、疏、记、诗、赋等。只因书名太盛而文名不显。今传《颜鲁公集》十五卷，《全唐诗》存诗一卷 9 首，联句 23。

4. 张志和，生于唐玄宗开元年二年（714），卒年不详[①]，可以确定的是，大历九年还在世。本名龟龄，字子同，别号玄真子，婺州金华人。据张氏《宗谱》卷一《张氏流源谱系序》及卷三《统宗流源世系》，张志和世祖是汉留侯张良，传至七世禹，任扬州刺史，旋寓居湖州，其后裔福再迁金华，自此在金华居十五代。到了二十五世，则张志和的祖父张泓，其时已是哀鸿遍野的隋末，任饶州判。张泓有三子，长子润朝，居新平，安母墓；次子深朝，早卒；三子游朝，即张志和的父亲，年十二中乡试第四名，二十授进士科除知扬州事，擢为监察御史，

[①] 参考吴建之：《张志和探微》，东南文化，1992 年第 2 期；周本淳：《张志和生卒年考述》，江海学刊，1994 年第 2 期；周尚兵：《唐诗人张志和事迹考》，郧阳师范高等专科学校学报，2000 年第 4 期。

开元间侍讲东宫太保，至德二年卒。通庄、列二子书，为《象罔》《白马证》诸篇佐其说①，是一位学者。游朝也有三子，霞龄、鹤龄、龟龄。龟龄者，志和也。张志和的生平可分为四个阶段。

16岁之前，是第一个阶段，即少年读书时期。

从16岁明经擢第到被贬南浦尉，是第二个阶段，走的是唐代一般读书人科举仕途的路子，"年十六游太学，以明经擢第。献策肃宗，深蒙赏重，令翰林待诏授左金吾卫录事参军。②"可谓少年登科，煊赫一时。据《宗谱》载，张志和有将才，"天宝十四年，擢除朔方招讨使。十五年，同李光弼破贼，奉册宝于灵武迎肃宗即位，闻陈时事，率皆大体，帝嘉纳之，授左吾卫大将军。遣征回纥兵，得精兵四千，至洛阳与副帅郭子仪大军夹击，贼大败，遂复东京。至德二年，奉上皇还西京，荣封金紫光禄大夫。乾元元年，荣归故里"。时为李辅国当政，志和母舅李泌受其诬陷，所谓坐事，或许志和正是受其株连，被贬四川南浦尉。会赦还，以亲既丧，不复仕。从此，扁舟垂纶，浮三江，泛五湖，自谓烟波钓徒③。

自归隐到大历九年，为第三个阶段，会稽隐居时期。张志和受贬后，"得回本贯"，回到了金华老家，其兄鹤龄（又名松龄）遂为其在越州会稽东郭买地筑茅斋，张志和在那里隐居"十年不出"，没有离开过会稽。会稽名山，北面为镜湖，有著名的若耶溪穿流其间。王籍"蝉噪林逾静，鸟鸣山更幽"的名句正是咏叹其地。佳山佳水，引来佳士才子荟集，李白、崔颢、孟浩然等都曾在此流连忘返，留下吟咏篇什。这一时期，他与当时的浙东观察使陈少游④过从甚密，唐书本传云："观察使陈少游往见，为终日留，表其居曰玄真坊。以门隘，为买

---

① 《新唐书·张志和传》，卷一九六《隐逸传》列传第一二一。
② 颜真卿：《浪迹先生玄真子张志和碑铭》，《全唐文》卷三四〇。
③ 颜真卿：《浪迹先生玄真子张志和碑铭》，《全唐文》卷三四〇。
④ 陈少游任职越州是在"大历五年，改越州刺史、兼御史大夫、浙东观察使。大历八年，迁扬州大都督府长史、淮南节度观察使"（《旧唐书·陈少游传》卷一二六）

地大其闳,号回轩巷。先是门阻流水,无梁,少游为构之,人号大夫桥。帝尝赐奴婢各一,志和配为夫妇,号渔童、樵青。"① 并与陆羽交游,陆羽常问:"孰为往来者?"对曰:"太虚为室,明月为烛,与四海诸公共处,未尝少别也,何有往来?"(见本传)颜真卿在大历七年九月被任命为湖州刺史,大历八年正月正式到任,大历十二年四月被召还京②。期间,张志和于大历九年秋八月到达湖州,谒见颜真卿(《碑铭》),随后在湖州一带游历,结识了皎然等吴地诗人,留下了许多嘉话。颜真卿看到张志和的"蚱蜢船敝",遂为其打造了一只新船。新船造成后,颜真卿还召集好友聚会,当时与会各人均有诗作咏此事。可惜大都亡佚,唯僧皎然的诗尚存。张志和为颜真卿画湖州洞庭三山③,参与颜真卿等人举行的诗会,其名篇《渔父词》即作于此时,颜真卿、陆羽等人共有唱和词二十五首,张志和并将自己所作《渔父词》及颜真卿诸人的和词都配上了山水画卷④。至于张志和何时离开湖州,尚为悬疑,但至迟不会超过大历十二年四月,因为颜真卿《浪迹先生玄真子张志和碑铭》就是为纪念张志和离开湖州而作:"忽焉去我,思德兹深,竭以置怀,寄诸他山之石。"

张志和离开湖州之后,是第四个阶段。其后期之事,可考者甚少,李德裕《玄真子渔歌记》:"德裕顷在内庭,伏睹宪宗皇帝写真。求访玄真子渔歌,叹不能致。余世与玄真子有旧,早闻其名,又感明主赏异爱才见思如此。每梦想遗迹,今乃获之,如遇至宝。"⑤ 唐书本传也说"宪宗图真求其歌,不能致。"宪宗是公元806年即位的,是为元和元年,可见其时志和已不在人世。关于玄真子的死,《沈汾续仙传》有一

---

① "浙东观察使御使大夫陈公少游,闻而谒之,坐必终日。因表其所居曰玄真坊既门隔流水,十年无桥,陈少游遂为并造。行者谓之大夫桥。"参见颜真卿《浪迹先生玄真子张志和碑铭》,《全唐文》卷三四〇。
② 令狐垣:《颜鲁公神道碑铭》。
③ 皎然:《奉应颜尚书真卿观玄真子置酒张乐舞破阵画洞庭三山歌》,全唐诗,卷821。
④ 《太平广记·玄真子》,卷二七。
⑤ 《李文饶文集·别集》,卷七。

段话："后与真卿东游平望驿（即湖州），玄真子酒酣，为水戏，铺席于水上，独坐饮酒啸咏，其席来去迟速为刺舟声，复有云鹤随伏其上，真卿亲宾三五观者莫不惊异，玄真子于水上挥手以谢之，遂上升而去，犹有传宝，其画在于人间。"那只是传奇。但也许正因如此，四库馆臣才评价其为"实则恬退自全之士而已"。（《玄真子提要·四库全书》）。

关于他的著述，《新唐书》本传载，著《玄真子》，亦以自号。有韦诣者，为撰《内解》。又著《太易》十五篇，其卦三百六十五。卷五十九《艺文志》三《道家类》载著录三种：《太易》十五卷，《玄真子》十二卷，又《玄真子》二卷。晚唐张彦远在《历代名画记》卷十《叙历代能画人姓名（唐朝下）》中言张志和"著《玄真子》十卷"。颜真卿《浪迹先生玄真子张志和碑》记张志和"著十二卷，凡三万言，号玄真子，遂以称焉。客或以其文论道纵横，谓之造化鼓吹；京兆韦诣为作《内解》。玄真又述《大易》十五卷，凡二百六十有五卦，以有无为宗，观者以为碧虚金骨。"颜真卿的话当确凿可信。可见，张志和的著述共有三种：《太易》十五卷，《玄真子》十二卷，《玄真子》二卷。今存《玄子》上中下之三卷①。宋代大诗人苏轼曾经说过："爱酒陶元亮，能诗张志和"。但"能诗"的张志和，却无诗集存世，其《渔父词》附见李德裕集。《全唐诗》卷三〇八存诗五首。另《全唐文》存文二篇。事迹见《唐才子传》卷三。

5. 陆羽（733—804），字鸿渐，一名疾，字季疵，号竟陵子、桑苎翁、东岗子，复州竟陵人（今湖北省天门市）。唐玄宗开元二十一年（733），陆羽出生在复州竟陵，即今湖北省天门市，开元二十三年（735）三岁时，被遗弃于水滨，龙盖寺僧智积大师将其收养于寺，取姓陆，人称陆三，或许因其三岁被弃而来。陆羽嗜茶，一生耽于茶事，未走科举仕途的路子，德宗时，诏征入京，授太常寺太祝之职，后迁太

---

① 陈耀东：《张志和著作考》，浙江学刊，1982年第1期。

子文学，皆不就，因此又称陆太祝、陆文学。贞元二十年（804）冬，卒于湖州，享年72岁。陆羽生平亦可分为四个阶段。

天宝十四年（755）24岁之前，为第一个阶段，青少年竟陵求学时期。陆羽三岁被遗弃，由龙盖寺僧智积大师收养，取姓陆。稍长，便教其读书属文，学习佛法。陆羽不从，被罚作苦役。十岁时，因不堪其苦，逃离寺院，流落江汉一带，后遇杂戏班收留，从习木偶及参军戏，撰著《谑谈》万言①。陆羽这种流浪生活应该度过数年。养成"诙谐纵辩"的才性，被人目为东方朔之俦。苦学与为伶的经历给鸿渐带来早成的文名。天宝五年（746），陆羽十四岁，受到竟陵刺史李齐物的赏识和关照，并被赠予诗集，又受被推荐到火门山从邹夫子学习数年。天宝十一年（752）陆羽二十岁时，崔国辅出守竟陵，与陆羽结游三载，友情深厚，谑笑永日，又相与较定茶水之品，有诗歌合集流传。临别，崔有白驴、犎牛相赠。

从24岁离开竟陵到53岁迁居信州，为第二个阶段，避乱吴中时期。天宝十四年（755年），"安史之乱"爆发，唐肃宗至德元年，安禄山叛军进逼长安，玄宗逃往四川。陆羽愤作《四悲诗》，加入难民队伍逃亡，流落至吴兴（今湖州）。此后的20年间，除了唐代宗宝应元年（762）秋天，陆羽为避袁晁兵苦，曾一度移居镇江丹阳茅山，后又短时间寓居常州、丹阳外，他大部分时间都在湖州生活，钻研茶道，潜心读书，结交名僧高士。为考察茶事，他的足迹遍及栖霞寺、会稽小东山、长兴顾渚山等吴中名山胜迹。这段时间，他所交游的人物主要有皎然、李季兰（李冶）、皇甫冉、李季卿、卢幼平、鲍防、戴叔伦、李纵、颜真卿、张志和、灵澈等。其中皎然是他的缁素忘年至交，二人多场合赠答之作。御史大夫李季卿宣慰江南，在润州遇陆羽，召其煮茶。陆羽铸煮茶风炉，并与诸贤交流联唱。陆羽寓居常州、丹阳时，向常州刺史李栖筠建议进贡义兴茶。大历五年（770）庚戌，三十八岁。春，

---

① 《文苑英华》卷七九三，《陆文学自传》。

陆羽赴丹阳探皇甫冉病，再赴越州谒鲍防①，皇甫冉有《送陆鸿渐赴越》诗并序相赠。陆羽在越作《会稽小东山》诗。《全唐诗》卷二五〇皇甫冉《送陆鸿渐赴越》诗序云："君自数百里访予羁病，牵力迎门，握手心喜，宜涉旬日始至焉。究孔释之名理，穷歌诗之丽则。远野孤岛，通舟必行；鱼梁钓矶，随意而往。余兴未尽，告去遐征。夫越地称山水之乡，辕门当节钺之重。进可以自荐求试，退可以闲居保和。君子所行，盖不在此。尚书郎鲍防，知子爱子者，将推食解衣以拯其极，讲德游艺以凌其深，岂徒尝镜水之鱼，宿耶溪之月而已？吾是以无间，劝其晨装，同赋送远客一绝。"诗云："行随新树深，梦隔重江远。迢递风日间，苍茫洲渚晚。"不料鲍防却在当年七月随薛兼训离任，于是他只得迫回湖州。大历七年九月，颜真卿由抚州刺史调任湖州刺史，八年正月抵州。政事之余，招文士刊削他早年编纂、后经左辅元、姜如璧增广的《韵海镜源》五百卷，陆羽亦在其列。这时是湖州最热闹的时期。当时在颜真卿周围聚集了八十余名文人，整日诗酒追游，成为一时文坛盛事。陆鸿渐由此得与许多文士交游，创作了大量的诗作尤其是联句（见《全唐诗》卷十八八、七八九、七九四）。大历八年十月二十一日，颜真卿于乌程县杼山妙喜寺建亭，鸿渐以癸丑年癸卯朔癸亥日建，遂名为三癸亭，事见鲁公《湖州乌程县杼山妙喜寺碑》。大历九年（774）秋八月，张志和来湖州，与陆羽、皎然共唱《渔歌》。在颜真卿刺湖州的这段时间，陆羽已成为非常活跃而有影响的人物。颜真卿《谢陆处士杼山折青桂花见寄》就是为他而作，《题杼山（三）癸亭得暮字》（《全唐诗》卷一五二），诗中称陆羽为高贤，显然颇为敬重②。建中元年（780）五月，诗人戴叔伦由监察御史出任东阳县令，与陆羽交游，结为挚友。戴叔伦诗《敬酬陆山人二首》，就是戴叔伦初抵东阳时酬答

---

① 周志刚：《陆羽年谱》，农业考古，2003年第2期；周志刚：《陆羽年谱》续，农业考古，2003年第4期。
② 蒋寅：《陆鸿渐生平考实》，农业考古，1992年第2期。

陆羽的作品（陆诗已佚）。认识戴叔伦，对陆羽来说，是一个新的人生转折。

从53岁移居江西到61岁离开岭南，是第三阶段，江南幕府时期。这一时期，陆羽曾被德宗朝诏征入京，授太常寺太祝之职，又迁太子文学，皆不就，所以又称陆太祝、陆文学。德宗建中三年（783），友人戴叔伦又离任赴江西节度使李皋幕，于是陆鸿渐也离开湖州，于贞元元年（785）移居江西。先是卜居信州上饶县（今江西上饶市）东茶山，自号东岗子。孟郊有诗《题陆羽新开山舍》，陆羽移居洪州玉芝观。并至庐山考察茶事。陆羽受裴胄邀请，自洪州赴湖南入幕。《全唐诗》卷三二四权德舆《送陆太祝赴湖南幕同用送字》《唐刺史考全编》卷一六六：裴胄任潭州（长沙郡）刺史时间在贞元三年至七年。鸿渐在湖南并未留滞很久，贞元五年（789）己巳，五十七岁。陆羽由湖南赴岭南，入李复幕。在容州，与病中戴叔伦相逢。《全唐诗》卷二七四戴叔伦诗中有《容州回逢陆三别》一绝云："西南积水远，老病喜生归。"诗作于戴叔伦罢容州经略使北还途中。在广州期间陆羽更号桑苎翁，见《国史补》。

第四个阶段，归老湖州。贞元九年（793）癸酉，陆羽六十一岁，由岭南返回杭州，与灵隐寺道标、宝达达师交往，作《道标传》。据前知陆羽贞元中多游杭州，并游灵隐寺。灵隐寺道标、宝达均为当时高僧，陆羽与他们的交往是一种高士之间的品性相通。贞元二十年（804）甲申，七十二岁，冬。陆羽卒于湖州。《全唐诗》卷二一〇皇甫曾有《哭陆处士》诗[1]。陆羽一生交游颇广，诚如周愿在《牧守竟陵因游西塔寺著三感说》一文中所云："天下贤士大夫，半与之游。"

陆羽"少好属文，多所讽喻"[2]，一生著述颇丰，但大多亡佚，无

---

[1] 周志刚：《陆羽年谱》，农业考古，2003年第2期；周志刚：《陆羽年谱》续，农业考古，2003年第4期。
[2] 《文苑英华》卷七九三《陆文学自传》。

别集流传。其存世之作有,《茶经》三卷;《僧怀素传》,《全唐文》收录;《陆文学自传》,《文苑英华》收录;《慧山寺记》,《咸淳昆陵志》收录;《杼山记》,《颜鲁公集》辑录;《论徐颜二家书》,《金壶记》收录;《王右丞书裹孟公马上吟诗图序》,《韵语阳秋》辑录;《与杨祭酒书》存,《南部新书》辑录①。《全唐诗》收录其诗二首,《歌》(《六羡歌》)和《会稽小东山》;残句六;联句十一首。

6. 秦系(约725—约805),字公绪,越州会稽人,自号东海钓客,中唐大历、贞元时期东南地区的重要诗人。秦系一生未仕,是位逸士高人,《新唐书·隐逸传·秦系传》是今存有关秦系资料中最重要的一篇,另南宋高似孙《剡录》卷三亦有《秦系传》,南宋胡仔《苕溪隐渔丛话》卷十六,有关秦系之记载。其中记载多有龃龉之处,赵昌平先生《秦系考》②对其进行了细致精微的辨证,对秦系的生卒年生、隐居剡溪、辞免群薛公力之聘、客居泉南、东渡秣陵、罢官学道再返泉南等几大人生重要关节做了澄清,并为制秦系年表,可谓秦系生平研究的大手笔。从赵先生之考,可窥见其大致的人生轨迹。

青少年时期:约玄宗开元十三年(725),生于越州会稽。早年习儒,准备科考。天宝十二年(753),与鲍防同应进士试,未第。这一年秦系大约29岁。《唐才子传·鲍防传》:鲍防天宝十二载杨儇榜进士。

隐居剡中时期:肃宗至德三年(758),秦系为避安史之乱到剡溪隐居,这一住就是二十年,直到到代宗大历十三年(778)。先后与戴叔伦、钱起、刘长卿、崔昭、皇甫冉、耿沣、皎然等人交游。戴叔伦有《题秦隐君丽句亭诗》:"北人归欲尽,犹自住萧山,闭户不曾出,诗名满世间",称"北人归欲尽"正写安史乱后避乱江南的中原人士返回家

---

① 周志刚:《陆羽著述辑考》,农业考古,2007年第5期。
② 赵昌平:《秦系考》,中华文史论丛第四辑,上海:上海古籍出版社,1984年版,第141-154页。

乡景象。后三句可证秦系隐居剡中，隐处为萧山。大历五年（770）前后，秦系受到两个重要人物的关照，一个是邺守薛嵩聘系为右卫率府仓曹参军，系托疾辞免，有《献薛仆射诗》《山中赠张正则评事诗》（题注：系时授右卫佐，以疾不就）；另一个是故人鲍防，此时，鲍领职方员外郎衔，在浙东薛兼训幕中，得知秦系生病，便去探访，此事见于秦系《鲍防员外见寻因书情呈赠》诗序："访予羁病"。大历十二年（777）初夏，游湖州，与皎然交游。皎然《酬秦隐君赠别二首》有句"姓被名公题旧里，诗将丽句号新亭"，"对此留君还欲别，应思石浉访春泉"，知为秦系来游惜别作。秦系与皎然关系密切，皎然集中今存赠系诗十余首，系存《奉寄昼书》诗一首。第二年，即大历十三年（778）春，皎然到剡溪访秦系，皎然集有《题秦系山人丽句亭》诗，当为此次访秦系越中隐处所作。本年秋，与谢氏离婚而获谤，只好出山。刘长卿有《见秦系离婚后出山居作》《秦系顷以家事获谤，因出旧山，每荷观察崔公见知，欲归未遂，感其流寓，诗以赠之》《夜中对雪赠秦系，时秦初与谢氏离婚，谢氏在越》三诗（均见《全唐诗》刘长卿卷一）。可知秦系出越中旧山乃因与谢氏离婚而遭谤。

隐居泉南时期：秦系因婚姻家庭问题获谤而离开越中，代宗大历十三年（778）冬，至睦州，与刘长卿唱和，所谓秦刘唱和，主要在大历中至贞元初，时人传为美谈。大历十四年（779）或稍后，至建中三、四年（782—783），秦系在泉州南安隐居。新唐书本传言其"在泉南，露穴石为研，注《老子》，弥年不出"。与泉州刺史薛播交游，还是薛播往见之，岁时致羊酒。其《答泉州薛播使君重阳日赠酒》诗当作于此时。

回归会稽：德宗建中四年（783）秋，秦系由泉南返会稽，至湖州，与皎然共赴吉州，湖州刺史袁高饯之。刺史李萼招请而游江西，皎然有《奉酬袁高使君西楼饯秦山人系与昼同赴李侍御招》诗。李侍御为李萼，乃皎然、秦系故交，大历八年起，为湖州刺史颜真卿僚属，十二年，真卿去湖州任前已迁吉州刺史。兴元元年（784）前后，秦系由江西返会稽，有诗《会稽山居寄薛播侍郎袁高给事高参舍人》《将移耶溪旧居留赠严维秘书》。贞元二年（786）春，再游江西，与抚州刺史戴叔伦，江州刺史韦应物交游，戴、韦二人分别有《张评事涉秦居士系见访郡斋》《奉酬秦徵君系春日抚州两亭野望兼寄徐少府》诗。贞元四年（788）由江西返会稽，朱放来访，有《晚秋拾遗朱放访山居》诗。贞元五年（789）前后，与韦应物、丘丹、顾况、皎然、刘长卿等唱和。有《即事奉呈郎中韦使君》诗。

东渡秣陵：贞元六年（790），徐泗濠节度使张建封聘系为校书郎，秦系有《张建封大夫奏系为校书郎因寄此作》《山中书怀寄张建封大夫诗》，开始辞却，而终于贞元七年（791）春东渡秣陵。韦应物、皎然有诗送之。在润州遇权德舆，权为作《秦刘唱和诗集序》："贞元中，天下无事，大君好文。公绪旧游多在显列，伯喈文章之徒争为荐首，而寿阳大夫（按张建封）之章先闻，故有书府典校之拜。时动静不滞于一方，七年春，始与予遇于南徐。"后来，秦系去官，隐居茅山，与顾况山房毗邻。并重返泉南，与泉州别驾姜公辅交游。永贞元年（805）年公辅卒，妻子在远，系为其营葬骸骨。本年或此后数年内亦卒。

今存诗集一卷，有明铜活字本《秦隐君集》，清影宋抄本《唐秦隐君诗集》，（明）张溥辑《民国上海扫叶山房石印本》《秦公绪诗集》。《全唐诗》编为一卷（260）38首，《全唐诗补编》补诗1首。

7. 朱放（733？－788？），一作傲，字长通，襄州襄阳（今湖北襄樊）人，郡望吴郡（治今江苏苏州）。初居于襄州汉滨，天宝末年，举家避乱至越中剡溪、镜湖间隐居。当时，江南名士如云，皆为风流儒雅、隐逸之士，如皇甫冉皇甫曾兄弟、戴叔伦、韦应物、秦系、丘丹、皎然和尚、灵一上人以及女道士李季兰（李冶）等，都与朱放过从甚密，交谊颇厚。

大历中，太宗后裔李皋嗣袭曹王，德宗朝曾除援湖南观察使，建中

52

二年（781）又升任江西节度使。大约建中三年（782），李皋闻朱放风采，征辟其入幕，为参谋，会李希烈叛，率军进讨，收复黄、蕲等州。这是朱放唯一一次做官。大概此出为不得已，朱放因而有《剡溪行却寄新别者》诗，其中没有被征辟入官的喜悦，只有别离的伤感，所以，不久便倦于公事繁忙，而"扁舟告还"，辞职罢归，隐居于丹阳。但唐代有个褒奖制度：即使你诚心终老田园，还有个"高蹈丘园，不求闻达"科在等着你"闻达"。所以在贞元二年（786），德宗下诏推举朱放为"韬晦奇才"，并特下聘礼，拜为右拾遗。这个官衔品秩的大小不说，这可是杜甫一生孜孜以求才达到的最高职位，而朱放却婉辞不就，上表称谢。返回吴中，大约在贞元四、五年间，客死于扬州，顾况《右拾遗吴郡朱君集序》云："有志未就，终于广陵舟中。识与不识，聆风向义，相与兴叹。①"戴叔伦有《哭朱放》。

朱放诗集，据顾况《右拾遗吴郡朱君集序》载：朱放"子郁，袭其先行，敬事父友，泣捧遗文，祈余冠序。"《新唐书·艺文志四》著录《朱放诗》一卷，《遂初堂书目·别集类》著录《朱放集》，无卷数；《郡斋读书志·别集类上》著录《朱放诗》一卷，《直斋书录解题·诗集类上》著录《朱放集》一卷，《宋史·艺文志七》著录《朱放诗》二卷，《唐才子传》亦云："集二卷，今行于世。"然元以后公私书目不见著录，其诗集当有散逸。今传《中唐朱放诗》一卷，清龚贤辑人其所刊《中晚唐诗纪》。《全唐诗》卷三一五编其诗为一卷，计二十五首，又残句二；《全唐诗补编-续补遗》卷四补一首，《续拾》卷一八重录一首②。

8. 李冶（730？—784）③，字季兰，乌程（湖州）女道士，中唐时期的女诗人，在当时的诗坛中有"女中诗豪"称。与其后的薛涛、鱼

---

① 顾况：《右拾遗吴郡朱君集序》，《全唐文》卷528。
② 赵荣蔚著：《唐五代别集叙录》，北京：中国言实出版社，2009年版，第197-198页。
③ 赵天相：《李冶再议》，农业考古，2006年第2期。

玄机同享盛名。关于李冶的生平事迹，唐代记载不多，两《唐书》均无其传。唐赵元一《奉天录》卷二有一段关于李冶的记载；宋李昉等《太平广记》卷二七三记有李冶事迹；元辛文房《唐才子传》卷八有《李季兰传》。

　　李冶早慧，且生性放荡不羁，相传五六岁时曾作《咏蔷薇》诗："经时未架却，心绪乱纵横。"父亲见诗曰："此必为失行妇"（《唐诗纪事》）。李冶何时入道已无可考，但是成年后的李冶是以女冠身份与当时的文人处士交游唱和的。刘长卿自至德年间任长洲尉、海盐令至大历间为睦州司马，前后居吴越间十五六年，李冶曾随其联社乌程开元寺。并不时往来剡中，与山人陆羽、上人皎然，意甚相得，互相唱和诗词。此外，她与朱放、阎伯均曾为恋人关系，多有赠答之作。也许正因诗名日盛，大历年间获诏，"留宫中月余，优赐甚厚，遣归故山"①。建中四年（783），长安兵变，发生朱泚之乱，朱自称大秦皇帝，德宗出逃。李季兰被派去劝降，她上诗朱泚，言多悖逆，故缺而不录，此诗并未流传下来。次年，叛乱即被平定，德宗车驾于七月回京，问责李季兰，并下令扑杀之，其时当为兴元元年（784）七八月间。

　　李冶诗集：据《宋史·艺文志》称，有诗一卷。辛文房亦云"今传于世"《唐才子传》，可见，其诗在元时尚存，至清初，钱谦益《绛云楼书目》将其诗附在《沈亚之诗集》之后，可惜绛云楼被火焚毁，此集亦化为灰烬。现存最早选录李冶诗的选本为中唐高仲武《中兴间气集》，选诗六首；其后，五代后蜀韦縠《才调集》则选录九首。其后，乾隆朝编《四库全书》，收录《薛涛李冶诗集》，提要为"后人抄撮而成。"计首李冶诗十四首，补遗四首，亦为十八首。《全唐诗》辑诗十六首，补遗二首，共十八首。今人陈文华《唐女诗人集三种》收李冶诗十八首。这三个版本收李冶诗篇目皆同。

　　9. 灵澈（746—816），俗姓汤，字源澄，又字明泳，会稽（今浙江

---

① 辛文房：《唐才子传》，北京：京华出版社，2000年版，第225页。

绍兴）人。聪察嗜学，不肯为凡夫，因辞父兄出家，号灵澈或灵彻。灵澈在吴中诗人中年辈较晚，卒于元和十一年，主要活跃于大历后期至贞元、元和中。其生平以贞元中被贬汀州为界，可以分为前后两个时期。

前期，出家为僧，并从严维、皎然学习诗文，参与诗歌唱和活动，广交社会名流。关于出家为僧情况，《宋高僧传》卷十五《灵澈传》称其为"唐会稽云门寺灵澈"，可见其当在云门寺为僧。曾从神邕学法，《唐越州焦山大历寺神邕传》载其"上首弟子"中列有灵澈。神邕善于接遇文人士大夫，能言善辩，被称为"尘外摩尼，论中师子"。《神邕传》记载他与皇甫曾、严维、吕渭、丘丹等赋诗唱和，"修念之外，时缀文句"。灵澈或许正是受乃师影响，亦参与当时的诗歌酬唱活动，刘禹锡《文集纪》称灵澈"虽受经论，一心好篇章。从越客严维学为诗，遂籍籍有声"。他很有可能参加了大历年间鲍防、严维的浙东诗歌唱和，贾晋华将其列入"可能参加者"[①] 当为可信。建中元年（780），严维逝世，灵澈到吴兴访皎然，时皎然已61岁，灵澈35岁，二人一见如故。《灵澈传》称："澈游吴兴，与杼山昼师一见为林下之游，互相击节。"住何山寺，与皎然互相唱和。大约皎然与灵澈交游，在建中元、二年间，时间并不很长，灵澈就投包佶去了。皎然写《赠包中丞书》向包佶推荐灵澈，书称灵澈年三十有六，知此书写于建中二年（781）。皎然信中有"知其有文十余年，而未识之。此则闻于故秘书郎严维、随州刘使君长卿、前殿中皇甫侍御曾，常所称耳。"[②] 当是此时，灵澈已经结识众多文坛名流。包佶得之大喜，又以书致于李侍郎纾。是时以文章风韵主盟于世者，曰包、李。以是，上人之名由二公而飏，如云得风，柯叶张王。以文章接才子，以禅理说高人，风仪甚雅，谈笑多

---

① 贾晋华：《唐代集会总集与诗人群研究》，北京：北京大学出版社，2001年版，第78页。
② 皎然：《皎上人文集》卷九，四部丛刊初编影印本，第10页。

味①。贞元三年（787）皎然又荐之权德舆，称其"具文章，挺瓌奇，自齐梁已来诗僧未见其偶。②"不久，灵澈经庐山、洪州归会稽，权德舆作序送之。后又北上，居嵩阳兰若。贞元八年（792）左右灵澈再次到湖州与皎然游从，二人均有《九日和于使君思上京亲故》③ 皎然集中，有关灵澈的诗有《妙喜寺高房期灵澈上人不至重招之》《山居示灵澈上人》《宿法华寺简灵澈上人》《灵澈上人何山寺七贤石诗》四首。灵澈诗多散佚，今存诗没有与皎然诗。灵澈"西游京师"当在湖州访皎然后。时集贤殿御书院承旨征皎然文集，南方诗人的诗歌在京城已经有相当大的影响力。其故交权德舆于贞元八年（792）入朝，刘禹锡贞元九年（793）中进士。《文集纪》称："后相遇于京洛，与支、许之契焉。"权德舆亦谓"西方社里最相亲"，在这种情境下，灵澈在京"名振辇下"是必然的。灵澈来往于京洛之间，与诗人吕温、陈羽、柳宗元、杨于陵多有交游酬唱。这些人多是诗坛新贵，元和诗坛的领军人物。卢纶亦有诗《酬灵澈上人》："军人奉役本无期，落叶花开总不知。走马城中头雪白，若为将面见汤师。"足见灵澈当时声名之盛④。

后期，因诬被贬，遇赦归乡。灵澈在京师一时盛名，但好景不长，缁流疾之，遂造飞语激动中贵，因诬奏得罪，徙汀州。元和四年（809）遇赦北归，灵澈返回吴越。《皎然传》云："元和四年，太守范传正、会稽释灵澈同过旧院，就影堂伤悼弥久。"⑤ 灵澈是年赴吴兴妙喜寺旧院凭吊皎然。窦庠亦有《于闻钟歌送灵彻上人归越》诗。灵澈居越后，刘禹锡多有诗寄赠，《送僧仲制东游兼寄呈灵澈上人》有"一

---

① 刘禹锡著、卞孝萱校订：《刘禹锡集》十九，中华书局，1990年版，第239页。
② 皎然：《皎上人文集》卷九，四部丛刊初编影印本，第12页。
③ 皎然诗见《全唐诗》卷八一七，后补录于《杼山集》卷三；灵澈诗见《全唐诗》卷八百十。
④ 杨芬霞：《中国诗僧研究》，陕西师范大学，2006年博士论文。
⑤ 赞宁：《宋高僧传》卷二十九，中华书局，1987年版，第729页。

第1章 中唐吴中诗派的构成人员界定

旦扬眉望沃州，自言王谢许同游。凭将杂拟三十首，寄与江南汤慧休。"① 吕温亦有《戏赠灵澈上人》。元和十一年，灵澈卒于宣州，时范传正任宣歙观察使②，当是访游期间而卒，门人于越州天柱峰建塔并迁葬之。

刘禹锡为之作纪："上人没后十七年，予为吴郡，其门人秀峰捧先师之文，来乞词以志，且曰：'师尝在吴，赋诗仅二千首，今删取三百篇，勒为十卷。自大历至元和，凡五十年间，接词客闻人酬唱，别为十卷。今也思行乎昭世，求一言羽翼之。'"足见当时灵澈诗歌数量之多，而且分作两部分，一为十卷诗集，一为与名人词客的酬唱诗集十卷。《新唐书》卷六十《艺文志》载灵彻诗集十卷，僧灵彻酬唱集十卷，然而到陈振孙《直斋书录题解》著录灵澈集仅一卷，从南宋灵澈诗歌已大量佚失。灵澈著《律宗引源》二十一卷，今亦不存。全唐诗存诗17首，残句11。《全唐诗补编》补其诗1首，散句4。

综上，笔者之所以使用"中唐吴中诗派"这一概念，一是考虑到该诗人活动区域主要在吴中地区，并不限于湖州一地，而是包括了会稽、越州、润州、无锡、苏州、扬州、无锡、秣陵、松江等外围地区，而这些地区，在旧时均可被算作"吴中"。二是本文考虑到该派诗人时间上的主要活动区间为中唐前期的大历、贞元年间，故而加了时间限定语。中唐吴中诗派就是：中唐大历、贞元年间以皎然、顾况为代表，活跃于三吴两浙之地的九位诗人。他们或世居吴越，如皎然、顾况、张志和、秦系、灵澈、李冶；或奉诏来守，如颜真卿；或避乱隐居于此，如朱放、陆羽。三吴两浙是他们的活动天地，会稽、吴兴（湖州）是他们的聚集中心。他们大多生于开天之际，活跃于大历、贞元年间。

---

① 刘禹锡著、卞孝萱校订：《刘禹锡集》，中华书局，1990年版，第391页。
② 郁贤皓：《唐刺史考全编》卷一五六，合肥：安徽大学出版社，2000年版，第2228-2229页。

第 2 章

中唐吴中诗派的形成原因分析

前章通过对本论题研究对象的概念界定以及成员生平的简介勾画，充分证明中唐前期吴中诗派的确是一个客观存在。那么我们现在需要进一步追问的是，这个诗人群体是如何产生的？其形成的原因到底是什么？本章试从三个方面进行探讨。

2.1 吴中特有的地理人文环境

关于环境对人的影响，前已论及。地理环境是通过对人的影响而影响文学艺术的，地理环境和文学艺术之间有着非常密切的关系。的确，不同地域，有不同的文化。作家总是生活在一定的地域中，不能不感受到地域文化的气息[①]。作家的思想人格与创作风格必然渗入地域文化的因素，表现出地域性。吴中地区特有的地理环境对这个诗派的形成和创作有极大影响，它包括自然地理的、人文的或两相交融的诸方面。

2.1.1 关于"吴中"这个地理概念的含义

吴中本有广狭之分，如《水经注》说三吴是吴兴（湖州）、吴郡

---

① 童庆炳：《文学理论教程》（修订二版），高等教育出版社2005年版，第300页。

(苏州)、会稽（杭州嘉兴一带）。《通典》则说是吴兴，吴郡，丹阳。这好像有出入，实则水经用其广义，通典取其狭义故耳。但据王卫平、王国平二位先生研究，不管是广义还是狭义的吴地概念①，皆形成于秦汉时期。春秋时吴国建都在苏常之间，汉代吴王刘濞所封的地带是常、苏、嘉、杭一带，那时又总称其地为会稽郡。三国的吴国区域又扩大了些，连镇江、松江、湖州一带都包括了进去。《汉书·地理志》载："吴地，斗分野也。今之会稽、九江、丹阳、豫章、庐江、广陵、六安、临淮郡，尽吴分也。"② 吴郡与会稽郡在秦汉时期时分时合，通称为"吴会"，它们是吴地的中心地区，再加上九江、丹阳、豫章、庐江、广陵、六安、临淮郡，地理范围与春秋时代吴国极盛时期的疆域差不多。而狭义的吴地概念，也产生于汉代，《后汉书·郡国志四》载：顺帝时分会稽郡为吴郡，治所在吴（今江苏苏州），"会稽郡，本治吴，立郡吴，乃移山阴（今浙江绍兴）。"吴郡辖十三城：吴、海盐、乌程、余杭、毗陵、丹徒、曲阿（今江苏丹阳）、无锡等。隋唐时期，吴地的概念逐渐缩小，但"吴中"的概念仍不限于苏州或吴郡。至今，吴县吴兴一些名称因传世较久，依然使用。杭州虽无"吴"之名，却也还有个吴山，金主完颜亮曾经派人画了南宋的地图，在上面一首诗，说要"立马吴山第一峰"的。而柳永《望海潮》"东南形胜，三吴都会，钱塘自古繁华"的名句，更能说明问题。特意说明，在本论题中，笔者取其广义。吴越土地山川之美，风物人文之胜，古来共谈。

2.1.2 英淑怪丽的吴中山水

汉末以来，尤其是晋室播迁以来，吴中的山川之美和人文之富逐渐得到开发，虽然除了春秋时期的吴越争霸外，这里上演过三国鼎立、晋

---

① 王卫平、王国平：《苏南社会结构变迁研究》，北京：北京图书馆出版社，2004年版，第4-6页。
② 《汉书》卷二十八下地理志第八下。

室播迁、南朝更迭的英雄壮剧，这里但相对于兵家必争的中原大地，却是别一方水土，别一种风情。

白居易《夜归》："绿浪东西南北水，红栏三百九十桥。"吴中最鲜明的地域特征，便是处于以"三江五湖"为主干构成的水网世界之中。司马迁《史记·货殖列传》："夫吴……东有海盐之饶，章山之铜，三江、五湖之利，亦江东一都会也。""三江"即长江、淮河、钱塘江，"五湖"即太湖（《禹贡》称震泽，《周官》《尔雅》称具区，《国语》《史记》称五湖）。太湖原是古代的海湾，是随着长江南岸三角洲的发育，而逐步形成的天然湖泊。在太湖形成的同时，又形成东江、娄江、吴淞江三条自然泄水大河。吴越之地"三江五湖"的水网系统，造就了秀丽的山川、丰富的水产、肥沃的土地和绮丽的自然风光，并潜移默化地涵养了民族独特的个性气质。皇甫湜《顾况诗集序》云："吴中山泉，气状英淑怪丽，太湖异石，洞庭朱实，华亭清唳，与虎丘天竺诸佛寺，钧号秀绝。出其中间，翕轻清以为性，结泠汰以为质，煦鲜荣以为词。偏于逸歌长句，骏发踔厉，往往若穿天心，出月胁，意外惊人语，非寻常所能及，最为快也。"① 英淑怪丽四字，总写吴中山水的特征。英，杰出；淑、精湛；怪，奇异；丽，秀美。四字并列，写山泉风物的造型、色彩、韵味，接着分别写"太湖异石""洞庭朱实""华亭清唳"三景。太湖石系太湖中的石骨，因波激浪冲，而成玲珑剔透、皱瘦多孔、姿态万千的石头。洞庭朱实，指太湖东山盛产的红橘。华亭清唳，指古华亭谷（今松江县平原村）白鹤的鸣叫，再加上虎丘、天竺诸佛寺，成为天下绝秀之景。文中以太湖异石比喻其狂诞怪异，以洞庭红橘比喻其文采之丽，以华亭鹤唳比喻其有"二陆"之才，以虎丘、天竺的佛寺象征其超然物外的人格精神。这里的自然景物全部是用来成就诗人的，"翕轻清以为性，结泠汰以为质，煦鲜荣以为词"。《庄子天下》云："泠汰于物，以为道理。"郭象注："泠汰，犹听放也。"与上句

---

① 皇甫湜：《唐故著作左郎顾况集序》，见《全唐文》卷六八六。

60

第 2 章　中唐吴中诗派的形成原因分析

"轻清",均指天地中的精微之气。山川风貌,物阜人情,独钟是人,顾况的秉赋具有吴中山泉的清净轻盈之气,他的素质具有太湖山石的狂放之神,他的文词具有东山红橘的灿烂光华。外有傲岸之态,内有脱俗之性,加之锦心绣口,其诗作也就非同一般。皇甫湜认为,正是吴中秀丽的湖光山色陶冶了顾况清狂不羁的人格精神,进而影响到他的诗歌创作,形成了骏发踔厉的风格特征。山水、诗人与诗风紧密相连。

　　吴中诗派聚会的中心湖州,其地理特质非常优越,顾祖禹称其"府山泽逶迤,川陆交会,南国之奥,雄于楚越。自三国置郡以来,恒为江表之望。建国东南,此尤称腹心要地。"① 南国多山,本不足为怪,可是湖州的山势走向却别具一格。在距湖州府治三十多里的范围内拥挤着十五座大小山体。从群山距府城的路程来看,府南二里处有浮玉山,五里处有岘山、毗山,十五里内有道场山、何山,二十五里又有西塞山、衡山、卞山、昇山、湖跌山,三十五里内为杼山、西陵山、石城山、九乳山、白鹤山、小雷山。这些山脉分布四面八方,凌乱而密集,将湖州府城裹了个密不透风。然而,群山的裹挟并没有造成湖州交通不便,城内纵横交错的水网为这座山城注入了鲜活的血液。湖州城内河流主要来源为东、西苕溪,其他河流多为其支流。东、西苕溪上游是丘陵地带,地势落差大,河流湍急。湖州正因其得天独厚的地理优势,得到了朝廷的重视。自天宝元年,湖州领乌程、武康、长城、安吉、德清五县,属上州大郡。这时江南东道钱塘江以北,太湖以南,嘉兴以西的广阔区域并归为湖州府辖区。特别是岘山与苕溪、霅溪最负盛名。陆羽、皎然都曾在苕溪结庐。皎然有《苕溪草堂自大历三年夏新营泊秋及春……四十三韵》《皎然霅溪馆送韩明府章辞满归》《岘山送裴秀才赴举》《同颜使君真卿岘山送李法曹阳冰西上献书时会有诏征赴京》《岘山送崔子向之宣州谒裴使君》《奉陪颜使君真卿登岘山,送张侍御严归台》等诗。湖州岘山与襄阳岘山同名,襄阳岘山则是与羊祜等历史名

---

① 顾祖禹:《读史方舆纪要》,卷九十一,浙江三。

人联系在一起的。颜真卿《湖州乌程县杼山妙喜寺碑铭》记皎然语："昔庐山东林谢客有遗民之会，襄阳南晚羊公流润甫之词，况乎兹山深邃，群士响集，若无记述，何以示将来？"可见他们是以当年羊祜登临比拟今日杼山胜会。湖州胜迹亦不胜数，"其山胜绝，游者忘归，前代亦名稽留山。寺前二十步跨涧有黄浦桥，桥南五十步又有黄浦亭，并宋鲍昭送盛侍郎及庚中郎赋诗之所。其水自杼山西南五里黄檗山出，故号黄浦，俗亦名黄檗涧，即梁光禄卿江淹赋诗之所。"最著名的地方当是柳恽诗之白频洲。皎然《南池五首诗序》："余草堂在池上洲，昔柳吴兴诗'汀洲采白蘋，即此地也。"颜真卿为湖州刺史曾于此作八角亭，后李词、杨汉公亦于此作亭。葛立方《韵语阳秋》卷五："吴兴岘山去城三里，有李适之窪尊在焉。"颜真卿等《登岘山观李左相石尊联句》，即为此而作。

吴越之名山胜水何其多也，会稽名山，北面为镜湖，有著名的若耶溪穿流。再看一段顾况对越州的印象："余常适越，东至剡，南登天姥，天姥而西即东阳，太末姑蔑之地。盘桓乎弋阳，其山霞锦，其水绀碧，其鸟好音，其草芳葩，夺人眼睛，犹未丽也。仙人城在其上，可以汰神，可以建文……"① 长期生活在气候温润、山明水秀、色彩斑斓、流光溢彩的自然环境中，便会形成自然活泼、情感细腻、聪慧平和、热爱自然、清狂、放达的气质性格，养成曼声清歌、抒发性灵的风气。

2.1.3 深厚的经济文化底蕴

自然山水是启发文思的源泉，人文环境则影响作家的精神情趣。司马迁笔下吴中地区不仅"地广人稀，饭羹稻鱼，或火耕而水耨，果隋蠃蛤，不待贾而足，地热饶食，无饥馑之患，以故砦窳偷生，无积聚而多贫"②，还是一片资源丰富，但尚未得到开发的蛮荒之地。经过魏晋

---

① 顾况：《送张鸣谦适越序》，《全唐文》卷五二九。
② 司马迁：《史记》卷一百二十九《货殖列传》，中华书局，1984年版，第3270页。

第2章 中唐吴中诗派的形成原因分析

六朝至唐宋时期,该地区的农、工、商业一步步发展起来,且速度越来越快。南朝时期,吴地已号称"百度所资,罕不自出"(《南齐书·竟陵王子良传》)。《隋书》卷三一《地理志下》谈到隋代越州商业时说:"宣城、毗陵、吴郡、会稽、余杭、东阳,其俗也同。然数郡川泽沃衍,有海陆之饶,珍异所聚,故商贾并凑。"由于地处东南,外面大海,内依陆地,吴中的物资十分丰富,四方商人纷纷前来。安史之乱时,此地的物质生产成为唐政府平叛的重要保证。所以该地居民,又典型地具有重视人生享受的观念。范成大《吴郡志》中的一段话,值得我们注意:吴中自昔号繁盛,四郊无旷土,随高下悉为田。人无贵贱,往往皆有常产。以故俗多奢少俭,竞节物,好游遨①。"多奢少俭,竞节物、好游遨",显然是吴地民风的一个典型特征。这其实也并不难理解。经济发展水平较高的地区,居民在整体上相对富裕。这也就使他们有条件在治生之外,将精力投入娱乐消费之中。如此,其人生观念出现向追求人生快适的倾斜,也就不足为奇了。汉武帝时,为了防止强宗大户威胁中央集权,将北方一些大族强制迁到江南,东汉末年,北人为避战乱纷纷南逃。三国时期,江淮间有数十万人逃至东吴,就连曹操辖属的徐、青等地的人,也逃往东吴。西晋"永嘉之乱",晋室南渡,在近两百年的时间里,开始了中国历史上第一次民族大迁移。其规模之大、人数之多远非西汉、三国所能比肩。后来,随着宋室南渡,北人流亡至江南者日众,先进的文化再次进入吴地。北人南迁,使吴中社会结构发生了变化:一方面,它推广了北方先进的耕作技术和经验,生产力的发展使水利大于水患,江南经济迅速发展,人口剧增,成为"良畴美柘,畦畎相望,连宇高甍,阡陌如绣"的鱼米之乡,其农业与黄河流域旗鼓相当。故语曰:"苏湖熟,天下足。"曾经是吴国故都的苏州,更是有"江南鱼米之乡""丝绸之府""文物之邦"的美誉。

可以说,除了春秋时期的吴越争霸外,这里上演过三国鼎立、晋室

---

① 范成大:《吴郡志》,江苏古籍出版社,1999年版,第13页。

播迁、南朝更迭的英雄壮剧，但相对于兵家必争的中原大地，却是别一方水土，别一种风情。这里有长江天险可以屏障；这里多良田沃土，物阜民丰；这里多名士才人；这里的云是闲逸的，风是自由的；这里有青山隐隐，碧水悠悠，山是山外青山，楼是楼外之楼。在这里，你尽可以诗酒风流，啸傲江湖；你尽可以放浪形骸，任性任情。强大的政治风暴每到这里便化为滋润青苔的和风细雨，战争的烽火狼烟每到这里即化成朦胧的雾闲淡的云。悠久绵远的历史文化积淀滋养着这里的一草一木。萧闲散淡、风流清狂的人文品格在这里薪火相传，这里出产过陆机、陆云、张翰、顾恺之、葛洪、张融、二谢、沈约、吴均、丘迟、陶弘景等才子高人，孕育过魏晋王谢风流，吟唱过真挚热烈、自然优美的吴歌杂曲，近有初唐时期风流旷达的吴中四士。在唐代，这一地区整体上是安定的，只是经历了几次相对较小的动乱，主要有天宝末永王李璘之乱，上元初刘展之乱，宝应初袁晁浙东叛乱，永泰元年方清之乱。总的来看，这些战乱时间很短，危害规模是远远不及北方的战乱。所以社会的安定和平为经济发展提供了良好的条件。因此，天宝之乱，战场主要在两河地区。苏州一带，由于远离战事中心，加之社会环境相对稳定，成为北人南迁特别是士大夫避乱的重要地区。"三川北虏乱如麻，四海南奔似永嘉"（李白《永王东巡歌十一首》其二）。"闻君作尉向江潭，吴越风烟到自谙。客路寻常随竹影，人家大抵傍山岚。缘溪花木偏宜远，避地衣冠尽向南。"（郎士元《盖少府新除江南尉问风俗》）"当是时，中国新去乱，士多避处江淮间，尝为显官得名声以老故自任者以千百数。"（《韩昌黎文集》卷六《考功员外卢君墓铭》）"天宝末，安禄山反，天子去蜀，多士奔吴为人海。"（顾况《送宜歙李衙推八郎使东都序》）"天下衣冠士庶，避地东吴，永嘉南迁，未盛于此。"（《李太白全集》卷二六《为宋中丞请都金陵表》）"中夏不宁，士子之流，多投江外。"（《全唐文》卷四三肃宗《加恩处分流贬官员诏》）"时荐绅先生，多游寓于江南。"（《全唐文》卷五〇〇权德舆《王公神道碑铭》）"两京蹀于胡骑，士君子多以家渡江东。"（《旧唐书》卷一四八《权德舆传》）"自中原多故，贤士大夫以三江五湖为家，登会稽者如鳞介之集渊薮。"（《全唐文》卷七八三穆员《鲍防碑》）"衣冠士庶，……家口亦多避地于江淮。"（姚汝能《安禄山事迹》卷下）当时迁居苏州的北人又以吴县为多，梁肃《吴县令厅壁记》称"自京口南被于浙河，望县数十，而吴为大，国家当上元之际，中原多难，衣冠南避，寓于兹土，参编户之一。"（《全唐文》卷五一九）可见，安史之乱后，吴地一时间出现了人才彬彬之盛的局面。

吴地山川秀美，气候温暖，水域众多，人性普遍灵秀颖慧，利于艺术。魏晋以来，顾、陆、王、谢的文采风流自不必说，吴地的书法、绘画、雕刻等艺术均取得了非凡的成就，出现了众多影响深远的艺术家，其中就包括顾氏家族的先辈们。如倡导"以形写神"的顾恺之，人物画出类拔萃，其"传神写照，正在阿堵中"之论被奉为画坛的至理名言，他的绘画艺术炉火纯青，如"春云浮空，流水行地"，出神入化；南朝宋的顾宝光善画，有《天竺僧像》《射雉图》《洁桃图》《洛中车马斗鸡图》等作品传世；同时的顾景秀善画花鸟，其花鸟作品《蝉雀图》曾被宋武帝赐给大臣何戢；陈时的顾野王，乃杰出的书法家。顾氏人物之外，苏州陆探微的人物画造型"秀骨清像"，吴郡张僧繇则以佛寺壁画和人物写生画著称。宗炳、王微的山水画论则奠定了中国绘画的理论基础。其他如南朝宋的孔琳之、张永、范晔，齐的王僧虔，梁代的陆杲，陈时的智永等都是杰出的书法家。六朝的陵墓石刻、佛寺石刻也展示了此时雕塑艺术的非凡的成就。最典型的是金陵的"石辟邪"，它造型奇异，非狮非象，非鹰非隼，又如狮如象，如鹰如隼；体形巨大，昂首阔步，吐舌垂胸，垂尾卷地，神勇超迈，集天地间各种巨猛禽兽之大成。体现了雕塑家的超凡杰出的想象力和中国艺术"以形写神""得意忘形"的最高艺术境界。在《湖州刺史厅壁记》一文中，顾况对湖州地理物产以及人文之盛大加褒赞："江表大郡，吴兴为一。夏属扬州，秦属会稽，汉属吴郡，吴为吴兴郡。其野星纪，其薮具区，其贡橘柚、纤缟、茶纻，其英灵所诞，山泽所通，舟车所会，物土所产，雄于楚越，虽临淄之富不若也。其冠簪之盛，汉晋以来，敌天下三分之一。"历数其间所出之鸿名大德，"在晋则顾府君祕、祕子众、陆玩、陆纳、谢安、谢万、王羲之、坦之、献之，在宋则谢庄、张永、褚彦回，在齐则王僧虔，在梁则柳恽、张谡，在陈则吴明彻，在隋则李德林，国朝则周择从令闻也，颜鲁公忠烈也，袁给事高谠正也，刘员外全白文翰也。洎于顿大夫作塘贮水，溉田三千顷。"包括了顾、陆、谢、王四大世家大族的杰出人物，以及同时代的颜真卿和于顿，这些人或善诗文，或善书画。而颜真卿、皎然（谢灵运十代孙）、顾况、张志和、朱放，正是南北朝文化家族的后裔，顾、陆、朱、张乃吴郡四姓，颜氏即北朝显贵，可谓家学渊源，他们都有很强的家族观念。皎然、灵澈乃有名的诗僧，陆羽为精通茶道的茶圣，颜真卿为当时书法宗匠，李冶文采风流兼善弹琴，张志和"善画山水，酒酣或击鼓吹笛，舐笔辄就，曲尽天真。自撰《渔歌》，便复画之，兴趣高远，人不能及"（《唐才子传》卷四）。面对青山绿水、林烟泉石，他们歌咏联唱，品茶论道，听乐起舞，赏景作画，酣酒醉书，这是多么惬意的才子式的风雅之举！不禁令人想到后来元代杨维桢的"铁崖体"，倪瓒、黄公望的山水画，还有明代的吴中才子吴门画派，钱谦益序沈周诗说得好："其产则吴中，文物土风清嘉之地；其居则相城，有水有竹，菰芦虾米之乡……有三吴、两浙、新安佳山水，以供其游览，有图书，子、史充栋溢杼，以资其诵读，有金石、彝鼎、法书、名画，以博其见闻，有春花、秋月、名香、佳茗，以陶其神情，烟风、月露、莺花、鱼鸟，揽结吞吐于行墨之间，声而为诗歌，色而为图画，经营挥洒，匠心独妙。"[1] 优美的自然环境和浓郁的文化氛围，造就出一颗颗灵妙之心，放下了传统世俗所造成的心灵障碍，人与自然便有着无间的亲和之感，从而创作出才情风

---

[1] 沈周：《沈石田先生诗文集》，北京同文图书馆1915年影印本，卷首附钱谦益序。

发、天真烂漫、抒写性情的书画诗文佳作。杜牧《润州二首》之一云："大抵南朝多旷达，可怜东晋最风流。"所谓的"旷达""风流"，正是吴中士人之文化精神最为典型的表征。

吴越之地濒临大海，多江河湖泊，水系发达河网纵横，早期居民多以探捕为生。水有柔的一面，但也有险恶的一面，易于发生灾害。当地居民很早就以船为本，以楫为马，往若飘风。在长期的征服江河海洋的过程中，他们又渐渐养成了刚毅的品性，形成心胸旷放、豪迈勇武的气质。典籍中对吴人爱剑好勇、轻死易发的记载，说明了早期吴文化的刚性特征。先秦时期吴越人的武勇好斗，汉代至隋朝仍多有记载，如《汉书·地理志》称："吴粤之君皆好勇，故其民至今好用剑，轻死易发。"这种刚性特征，虽然东晋以后的发展逐渐弱化，但并没有消失。《晋书·华谭传》云："吴阻长江，旧俗轻悍。"西晋左思《吴都赋》云建康乃"士有陷坚之锐，俗有节慨之风"的名都。范成大《吴郡志》卷二引华谊语曰："吴有发剑之节，赵有挟色之客。"又引《郡国志》云："吴俗好用剑轻死，又六朝时多斗将战士。"都生动说明六朝时吴地江南武风犹存的状况。唐代时，吴越尚文已占主导地位，但好武之风也未全消失。中唐时，李绅自述过吴门的印象："旧风犹越鼓，余俗尚吴钩。"（《过吴门二十四韵》）可见此时民间尚武之风犹存。元稹曾长期任职于越州，他在《春分投简阳明洞天作》诗中描写吴地民风："郡邑移仙界，山川展画图。旌旗遮屿浦，士女满闉阇。似木吴儿劲，如花越女姝。"两句使用互文修辞，即吴越的男儿劲，吴越的女儿姝。江南女子之艳丽，自然没有异议，而吴儿则是挺拔刚劲如大树，与后来人们所熟悉的江南男性的形象很不一样。白居易在元稹此诗的和诗中也说"勾践遗风霸"（《和微之春日投简阳明洞天五十韵》）可见春秋时吴越尚武之风在唐时依然留存。这种风气不仅在唐代民间有所遗留，甚至吴地一些文士身上仍有体现。如初唐四杰之一的骆宾王，"天生一副侠骨，专喜欢管闲事，打抱不平，杀人报仇，革命，帮痴心女子打负心汉，都是他干的"①。陆羽很对朋友讲信义，"虽冰雪千里，虎狼当道，而不避也。"（《陆文学自传》）。顾况重交重义，将韩滉视为恩主，为刘太真的被贬大鸣不平，欣赏崔侁兄弟的侠肝义胆。秦系晚年与泉州别驾姜公辅交游，公辅去世时，因妻子儿女不在身边，秦系便为其营葬骸骨。皎然与灵澈一见如故，并积极向包佶写信推荐。吴中诗人的这种急公好义的侠义之气，都是根植于本土文化的。

2.2 中唐前期的社会、文化状况

别林斯基说过："为了要猜出像拜伦这样广阔和伟大的诗人的谜底，首先应该识破他所表现的时代的秘密。"② 丹纳在《艺术哲学》一书中曾说"艺术家本身，连同他所产生的全部作品，也不是孤立的。有一个包括艺术家在内的总体，比艺术家更广大，就是他所隶属的同时同地的艺术家宗派或艺术家家族。"又说"要了解一件艺术品，一个艺术家，一群艺术家，必须正确地设想他们所属的时代的精神和风俗概况。"③ 所以，要解开中唐吴中诗派形成的谜底，就不得不从了解吴中诗人们所生活的那个时代入手。

提起中唐，我们必然会首先想到安史之乱，由盛唐转向中唐的界标、分水岭。吴中诗人大都出生在这场空前的浩劫之前，经历了前所未有的社会动荡，他们中的朱放、陆羽不得不背井离乡拖家带口到经济富庶、形势稳定、文化发达的吴越之地避难。从历史学的角度来说，中唐与魏晋、明中叶一样，是中国封建社会几个重要的转折时期之一。从中

---

① 闻一多：《唐诗杂论 诗与批评·宫体诗的自赎》，北京：生活·读书·新知三联书店，1999年版，第18页。
② 转引自姜剑云：《审美的游离——论唐代的怪奇诗派》，北京：东方出版社，2002年版，第166页。
③ 丹纳著、傅雷译：《艺术哲学》，北京：人民文学出版社1963年版，第1页。

唐开始，政治经济中心南移，均田制搁浅，不再实行。刘晏理财，管理盐铁，南粮北调，促进了经济贸易的发展。就在这一时期，顾况曾担任新亭监的盐监，管理盐务。科举制度在安史之乱期间一度废止，但不久即恢复科举，顾况中的就是江东李希言榜下进士。安史之乱结束后，科举制进一步确立和完善，其实，进士科的独受尊崇，还是中唐以后的事情。代宗时，常衮当国，"非以辞赋登科者，莫得进用"（《旧唐书·崔祐甫传》），德宗以后，宰相多由科举出身的翰林学士升任。此后，执政大臣"文人化"的趋势愈演愈烈，至宋而达鼎盛。一个开明而又解放的时代，一个风流、浪漫而又自信的时代结束了。但也标志着庶族地主势力进一步增强，并逐步掌握参与各种政权。大乱之后的社会似乎在一步步走向正规，恢复元气，然而政治幻象的背后潜藏了种种新生的弊端和深刻的危机，吴中诗派的诗人们或深受其害，或冷眼旁观，或超脱物外，吟咏自适，都或多或少或深或浅地领略呼吸着时代的气息。而随着社会政治的巨变，盛唐时代的文化、诗歌高潮已经褪去，跌入低谷状态，盛唐时代的理想主义不见了，人世间的艰辛代替了理想色彩，中年忧虑送走了少年情怀。

2.2.1 战乱频仍

为生民带来深重苦难的，莫过于战争。藩镇割据、战乱纷仍，是中唐时代历史的主要特征。安史之乱平定后，随之而来的是吐蕃边患，藩镇叛乱。未及二十载，成德、淄青、魏博三镇便率先叛唐，建中三年（782），李希烈勾结李纳谋反，占据许州，自称天下都元帅、太尉、建兴王，联合四藩叛乱。建中四年（783），长安兵变，发生朱泚之乱，朱自称大秦皇帝，德宗出逃。次年李希烈称帝于汴州。至此，朝廷之外，复出"四王二帝"。而吴中诗人中有两个深受其害。一个是颜真卿，建中四年（783）正月，李希烈攻陷汝州，包围郑州，威胁洛阳。唐德宗受卢杞挑唆，竟派年已74岁的四朝元老、德高望重的颜真卿赴李希烈部劝谕。在李希烈以宰相一职劝诱不成，又以活埋、火焚相威胁的情况下，颜真卿痛斥李希烈背叛朝廷的不忠不义、大逆不道，最终被缢杀身亡，享年77岁。诏赠司徒，谥"文忠"。另一个是李冶，朱泚叛乱时，已到中年的李冶被派去劝降，她上诗朱泚，言多悖逆，叛乱平定后，德宗回京，问责李冶，并下令将其扑杀。这是诗人个人的悲剧，更是是大唐社会的悲剧。大历、贞元时期，强藩纷纷割据已经不足为奇。大历中，太宗后裔李皋嗣袭曹王，德宗朝曾除援湖南观察使，建中二年（781）又升任江西节度使。大约建中三年（782），李皋闻朱放风采，征辟其入幕，为参谋，会李希烈叛，率军进讨，收复黄、蕲等州。然而朱放应征实出不得已，所以不久便倦于公事繁忙，而"扁舟告还"，隐居丹阳了，可谓明哲保身之举。诸多节镇中骄兵悍将杀帅逐主之怪事时有发生，贞元十五年（799），汴君肇乱，军司马陆长源、从事杨仪等皆为所杀并烹食。面对藩镇割据愈演愈烈的状况，大唐王朝已是无能为力。顾况《上古之什十三章》有《左车二章》，其一："左车有庆，万人犹病。曷可去之，于党孔盛。敏尔之生，胡为波迸。"其二："左车有赫，万人毒螫。曷可去之，于党孔硕。敏尔之生，胡为草戚。"小序云："左车，凭险也。震为雷，兄长之。左，东方之师也。凭险不已，君子忧心，而作是诗。"诗人自序乃有感于藩镇军队凭险作乱，战祸频仍，而作此诗。诗以咏叹的调子感慨藩镇的尾大不掉、其祸难除。抨击藩镇威风显赫、荼毒无辜生灵的罪恶，突出了藩镇割据给人民造成的巨大灾难。而对藩镇问题难以解决的预见，正表现出诗人卓越的政治眼光。藩镇是长在有唐王朝肌体上的恶性毒瘤，它是致命的，五代残唐局面的出现正是其最终失控的结果。

2.2.2 宦官弄权

德宗即位后，作为他普遍调整中央人事制度的一部分，他以"体恤"为名迫使宿将重臣郭子仪去官退隐。与此相反，自李辅国起，宦

第2章 中唐吴中诗派的形成原因分析

官开始插手政事。德、代两朝之后，宦官逐步控制了大臣朝见皇帝的权力，并且插手中央政务，甚至对公卿百官发号施令、颐指气使。代宗时，把禁军编入神策军，由鱼朝恩指挥。后来，又措词削夺。德宗在泾原之变后，出于感激宦官助己之力，再次收武臣典禁军之权，让宦官掌握禁军。显然，代、德两帝对宦官超乎寻常的宠爱，最终造成了"万机之予夺任情，九重之废立由己，""立君弑君如同儿戏，""虽有英君察相，亦无如之何亦"① 的局面。颜真卿、张志和的被贬，都直接或间接与李辅国弄权有关。安史之乱以后，由于全国普遍设立节度使，藩镇之兵强盛，唐王朝如果不能有效地控制绝大多数藩镇，是难以存在下去的，于是便把开元二十年设立的宦官监军制度加以推广，在节度使的驻地普遍设立监军使院，贞元十一年（795）朝廷普遍颁给监军使院印信。由宦官充任的监军使是监军使院的主官，其职任是代表皇帝"监视刑赏，奏察违谬"②。成为朝廷控制藩镇的有力工具。监军使有时亦称监军，是否带"使"字，由出任监军的宦官的品秩的高下而定。胡三省说："唐中人出监方镇，品秩高者为监军使，下者为监军。"③ 监军之下有副使，亦称副监。所属有判官若干人，分掌各项具体事物；又有小使若干人供差遣驱使；同时还有自己的军队。宦官监军使一般任期为三年，由皇帝特敕，则可提前调动或继续留任。唐代的宦官监军制度一直维持到唐末。中唐宦官制度的另一罪恶，是对儿童的摧残，《新唐书·宦者传上·吐突承璀传》载："是时，诸道岁进阉儿，号'私白'，闽、岭最多，后皆任事，当时谓闽为中官区薮。咸通中，杜宣猷为观察使，每岁时遣吏致祭其先，时号'敕使墓户'。宣猷卒用群宦力徙宣歙观察使。"④ 顾况十三章之《囝》，就是对这种罪恶行为的真实写照。

---

① 赵翼：《廿二十史札记》，卷二十。
② 《唐会要》卷七二《京城诸军》。
③ 《资治通鉴》卷二二一，《唐纪三十七》"肃宗上元元年十一月"条胡注。
④ 《新唐书》卷二〇七，列传第一三二。

2.2.3 腐败日甚

由于玄宗的放纵与奢靡，上层社会普遍弥漫着一种享乐、豪侈的风尚。中唐以后，由于社会关系的调整和改进，"生产力在进一步发展，整个社会经济仍然处在繁荣昌盛的阶段。刘晏理财使江南富庶直抵关中，杨炎改税使国库收入大有增益。中唐社会的上层风尚因之日趋奢华、安闲和享乐"①。享乐之风日盛。"公卿大夫，竞为游宴，沉酣昼夜，揉杂子女，不愧左右"（《资治通鉴》元和十五年）。土地兼并日益严重，社会上两极分化日益明显，统治阶级控制大量钱财，置府第、买美女、藏珍宝、赏歌舞，过着极端荒淫腐朽的生活，在京城长安，奢靡之风又甚于别地。据唐人李肇《国史补》记载："长安风俗，自贞元侈于游宴，其后或侈于书法图画，或侈于博弈，或侈于卜祝，或侈于服食。""京城贵游，尚牡丹三十余年矣。每春暮，车马若狂，以不耽玩为耻。"② 浅斟低唱、都市宴游取代了大漠弓刀的边塞生涯。权贵们大兴土木，穷奢极欲。《旧唐书·马璘传》载："及安史大乱之后，法度隳驰，内官戎帅，务竞奢豪。亭馆第舍，力穷乃止，时谓木妖。"《封氏闻见记》所载更为详细："太宗朝，天下新承隋氏丧乱之后，人尚俭素。太子太师魏征，当朝重臣也，所居室宇卑陋。太宗欲为营第，辄谦让不受。洎征寝疾，太宗将营小殿，遂辍其材为造正堂，五日而就。开元中，此堂犹在。家人不谨，遗漏焚之，子孙哭临三日，朝士皆赴吊。高宗时，中书侍郎李义炎宅亦至褊迫，义炎虽居相位，在官清俭，竟终于方丈室之内。高宗闻而嗟叹，遂敕将作造堂，以安灵座焉。则天以后，王侯妃主京城第宅日加崇丽。至天宝中，御史大夫王铁有罪赐死，县官簿录太平坊宅，数日不能遍。宅内有自雨亭，从檐上飞流四注，当

---

① 李泽厚：《美学三书·美的历程》，天津：天津社会科学院出版社2003年版，第134页。
② 两条材料，分别见《国史补》卷下和卷中。

夏处之，凛若高秋。又有宝钿井栏，不知其价，他物称是。安禄山初承宠遇，敕营甲第，聚材之美，为京城第一。太真妃诸姊妹第宅，竞为宏壮，曾不十年皆相次覆灭。肃宗时，京都第宅屡经残毁。代宗即位，宰辅及朝士当权者争修第舍，颇为烦弊矣。议者以为土木之妖。无何，皆易其主矣。中书令郭子仪勋伐盖代，所居宅内诸院，往来乘车马，僮客于大门出入，各不相识。词人梁锽尝赋诗曰：'堂高凭上望，宅广乘车行。'盖此之谓。郭令曾将出，见修宅者谓曰：'好筑此墙，勿令不牢。'筑者释锸而对曰：'数十年来，京城达官家墙，皆是某筑，只见人自改换，墙皆见在。'郭令闻之，怆然动容。遂入奏其事，因固请老。"[①] 顾况在十三章之《十月之郊一章》中，对权贵们大兴土木，建造豪华府邸的腐败现象、奢侈之风进行了抨击。

2.2.4 士人心态

皎然《浮云三章》之一："浮云浮云，集于扶桑。扶桑茫茫，日暮之光。匪日之暮，浮云之污，嗟我怀人，忧心如蠹。"诗前有小序说明诗之旨意及写作动机。"浮云，刺谗也。盖取夫盛明之时，为浮云所蒙，非不明也。小人比于君侧谗言荧惑，亦如浮云之害明。予览古史，极观君臣之际，败亡兆，生于谗愚，遂作是诗。"诗人看到安禄山、杨国忠等弄权祸国，感觉到李隆基王朝潜有深重的危机，安史之乱前的暴风雨征兆已显示出来，诗人一唱三叹地反复吟咏："嗟我怀人，忧心如织"（之二），"嗟我怀人，忧心如怒"（之三），充分表达了诗人对时局的忧虑，对国家命运的关切和对明君的期望。安史之乱后，唐王朝虽然勉强保住了社稷，可失去的已经失去，昔日的繁华已如流水落花。当年威遍率土、四夷来宾的大唐帝国已经真正到了举步维艰、危机四伏的境地。各种社会矛盾的突显与剧烈碰撞，不得不使每一位现实中人对这个王朝的命运产生怀疑，对国家、民族的前途而感到忧虑。而对那些始

[①] 《封氏闻见记·第宅》卷五。

终以王朝兴衰为己任的诗人们来说，无疑更是一个致命的打击，好多人的青春年华在战乱中消磨而过。盛唐气象对他们来说好像大梦一场，而安史之乱不啻又一场大梦。他们想有所作为却无法作为，想归隐田园又不忍归隐，犹豫徘徊间，是更重的打击，更多的挫折，更深的失望，而最终不得不走向归隐，否则或许性命不保，如文章卓著、书法盖世而一生为官刚正清廉的颜真卿，最终落得陷贼而死，不禁令天下英雄、士子扼腕叹息。安史之乱甫定之时，士人们也曾寄望于统兵平定叛乱的所谓中兴英主，认为中兴可望，然而中兴却像迷藏一样，似有似无，真幻难辨，时局依旧动荡，君心反复无常，士子们在云山雾罩的中兴梦里到处碰壁，屡被捉弄，难以为怀。他们对社会对人生再也没有开、天时代那般的自信和热情了，在中唐的诗文中，再也见不到盛唐文人那种喜言王霸大略、渴求不世之功、积极进取、乐观自信、旷达豪放而又昂扬向上的群体精神风貌。由于人生不遇、生活困顿，他们一方面深感为权豪排挤，被社会遗弃，心中充斥着无以解脱的痛苦和悲怆；另一方面却又报之以冷眼，在青山绿水、江山风月间寻求心灵的慰藉，流连光景，优游岁月，对现实社会再也无动于衷；或干脆直接皈依佛道，遁迹寺观山林。

诗人的心理状态与时代有着密切关系，同时又深刻地影响着他们的诗歌创作。即以边塞诗为例：初盛唐时期为大漠黄沙边塞风雪所激发的为国捐躯的英雄侠骨和健儿本色，至此已变成深沉的忧患意识和对穷兵黩武的不满，如皎然《从军行五首》其二："兵屯绝漠暗，马饮浊河干。破虏功未录，劳师力已殚。须防肘腋下，飞祸出无端。"无休无止的战争耗尽了大唐的国力，常年的鞍马生活谁知道将士们的辛苦呢？悍兵之气暗淡了边塞大漠，身经百战的汗马快把浑浊的黄河饮干了，破敌之日遥遥无期，而军队已是劳乏不堪。"须防肘腋下，飞祸出无端。"这理性的让人警醒的句子，却正是中唐社会军中兵变时有发生的真实写照。此外，皎然的边塞诗还有《陇头水二首》和《塞下曲二首》，"秦陇逼氐羌，征人去未央。如何幽咽水，并欲断君肠。""西注悲穷漠，东分忆故乡。旅魂声搅乱，无梦到咸阳。""寒塞无因见落梅，胡人吹入笛声来。劳劳亭上春应度，夜夜城南战未回。"唱出了的广大征人将士们的厌战思乡怀人之情。昔日舍身报国、拼搏杀敌的刀光剑影只剩下了思乡的胡笳、怨别的杨柳和征人的眼泪。

2.2.5 农民问题

豪门贵族腐朽奢侈的生活状态，是建立在贪婪地掠夺广大劳动人民的基础之上的。富者奢侈无度，贫者却在死亡线上挣扎，统治者为了满足个人的享乐，不惜以劳动人民的生命为代价，百姓们春夏秋冬无休止的劳作着，不仅要挨饿受冻，还要忍受水旱、病虫等自然灾害的侵袭，再加上官府的盘剥压榨，农民的艰难处境远非水深火热一词所能形容殆尽。而中唐时期商业的兴旺和商人的活跃，则正说明了国家政权的软弱无能和松散，以及社会的动荡不安，中唐藩镇的经济基础其实就是商人，崔融说："四海之广，九州之杂，关必据险路，市必凭要津。若乃富商大贾，豪宗恶少，轻死重义，结党连群，暗鸣则弯弓，睚眦则挺剑。小有失意，且犹如此，一旦变法，定是相惊。"① 如昭义节度使刘从谏"榷马牧及商旅，岁入钱五万缗，又卖铁、煮盐亦数万缗。大商皆假以牙职，使通好诸道，因为贩易。商人倚从谏势，所至多陵轹将吏，诸道皆恶之"②。他的部下裴问，"所将兵号夜飞，多富商弟子"，皆说明藩镇与商人是互相依存的。层层的盘剥，使一般百姓再难维持生计，纷纷聚山泽为盗，或结椎剽之党，劫商旅为乱，所以整个社会充满了动荡不安的因素。代宗宝应二年（即广德元年，763），浙江爆发了袁晁起义。据《旧唐书·代宗纪》，宝应二年八月，"台州贼袁晁陷台州，连陷浙东州县"。广德二年三月，这次起义才被李光弼军镇压下去。起义

---

① 《旧唐书·崔融传》，卷九四列传第四十四。
② 《资治通鉴》卷二四七，《唐纪六十三》。

也冲击到湖州。陆羽为避袁晁兵苦,曾一度移居镇江丹阳茅山。

2.2.6 妇女地位

有唐一代,是一个气度恢弘、包容性很强的时代,也是一个颇具人性化的时代,这一点在对待妇女问题上表现得尤为突出。在唐王朝的前期,妇女的地位是稳步提高的。像李渊的平阳公主为反隋建唐做出过贡献;太宗皇后长孙氏作为太宗的贤内助,对于朝政也多有匡正;又如安乐公主曾私自奏请中宗立她为皇太女。更为典型的是太平公主,她先后诛"二张"、诛灭韦氏势力,这可是关系到李唐王朝安危存亡的两大事件。而至于像武则天与高宗同掌国政,并成"二圣",最终开创武周来说,可以说简直是封建女性参政的顶点。根据史书上的资料显示,有唐一代公主再嫁、三嫁者有二十七人,其中高祖女四人,太宗女六人,高宗女一人,中宗女三人,睿宗女二人,玄宗女九人,共二十五人,约占九成以上。而唐前期公主共九十一人,再嫁公主占了近三成。唐前期公主再嫁人数之多,足以表明女性并不被贞操观念所禁锢,能够自由地离婚改嫁。因为妻子在家庭中地位很高,所以"妻管严"的例子很多。男女地位的平等与否,其实有个标准很简单,就是观察男女交往接触是否自由公开。在唐代,宫廷中后妃、宫女都不回避外臣,不拘礼节。

至于普通男女的交往,则更从容散淡,正如崔颢《长干曲》所描述的:"君家何处住?妾住在横塘。停船暂借问,或恐是同乡。"宋人洪迈在《容斋随笔》对此议论道:"瓜田李下之疑,唐人不讥也。"所以,《唐传奇》中写陌生男女在外自由地攀谈、结识,甚至同席共饮之事不胜枚举,也就不是什么值得惊怪的事情了。正是因为唐代妇女的自由度空前提高,所以,她们的交际圈不被男人所限制,也有自己的社会地位和空间。就说离婚书的名称,唐代与其前后的朝代都是不一样的,唐之前,多用"离异""离绝"等字样;而宋元以后多称"休""休离"等。唐代离婚书大多统一叫作"放妻书",放是放归本宗的意思。

唐人笔记《云溪友议》就记载了一件颜真卿当父母官时候处理的离婚案："颜鲁公为临川内史，浇风莫竞，文教大行，康乐已来，用为嘉誉也。邑有杨志坚者，嗜学而居贫，乡人未之知也。山妻厌其不足，索书求离，志坚以诗送之曰：'平生志业在琴诗，头上如今有二丝。渔父尚知溪谷暗，山妻不信出身迟。荆钗任意撩新鬓，明镜从他别画眉。今日便同行路客，相逢即是下山时。'其妻持诗诣州，请公牒，以求别醮。颜公案其妻曰：'杨志坚素为儒学，遍览九经，篇咏之间，风骚可摭。愚妻睹其未遇，遂有离心。王欢之廪既虚，岂遵黄卷；朱叟之妻必去，宁见锦衣？恶辱乡间，败伤风俗。若无褒贬，侥幸者多。阿王决二十后，任改嫁。杨志坚秀才，赠布绢各二十匹、禄米二十石，便署随军，仍令远近知委。'江左十数年来，莫有敢弃其夫者。"可以看出，离婚是由女方主动提出来的，而杨志坚用诗歌写的离婚书说明他是个耽于琴诗的穷书生。最后女方被判二十大板以责其嫌贫爱富陡生二心之无情，准予离婚。颜真卿这位大儒的判决也是很有人情味的。安史之乱中，秦系到曹娥江上游剡溪避乱，与皎然及方士辈唱和往还。秦系妻族谢氏，是当地大族。秦系后来又出山流寓，与妻谢氏离婚，开罪于妻族而获谤有关。其实，唐代的烈女对贞节注重起来当是在中唐之后，这种注重和韩愈、孟郊、张籍等人提倡的复古潮流不无关系。

2.2.7 文化趋俗

从佛教源流来看，佛教自传入中国，经过五六百年的发展，于隋唐达到鼎盛时期，出现了如天台宗、华严宗、唯识宗、净土宗、禅宗等极有影响的教派，其中以禅宗影响最大，世俗化最显著。是六祖慧能（638—713）改造了印度佛教，将达摩撒下的禅的种子培育成了参天大树，并使之蔚然成林，实现了印度佛教的中国化，玄学佛教的生活化，贵族佛教的平民化，都市佛教的山林化，义理佛教的实用化，高扬顿悟成佛的大旗，恰似风行草偃，使禅宗其他流派尽归其宗。中唐时期禅宗已经确立起教外别传的格局。"一念觉，即佛；一念迷，即众生"，强调人本心的觉悟，不但取消了佛教必须禅坐的修行方式，而且否定了诵经、持戒的必要。认为只要于现实生活中平平常常尽伦尽职，依靠本心即可成佛。后来的马祖禅更进一步，提出"任心直行"之说。禅宗至此已经完全世俗化了，它把人们引向于现实生活中实现超越现实的目的，表现出"世间法即佛法，佛法即世间法"的世俗精神。自大历中开始，马祖禅在江南僧俗间煽起一股狂放逸荡的生活作风①。皎然、顾况等人也受到影响，皎然在其《五言偶然五首》中曰："乐禅心似荡，吾道不相妨。独悟歌还笑，谁言老更狂。"其诗歌中的世俗化倾向显露无遗，甚至表现出玩世不羁的狂荡色彩②。从僧侣与士大夫的交往来看，晋宋时期，僧侣与士大夫交往，多以聚众结社牵劝接引，结交者多为共期西方的士人，尚保持僧人清高脱俗的本质。至唐代，僧侣涉足尘世，结交重臣的现象越来越普遍。皎然还向包佶引荐诗僧灵澈。再从佛教艺术的发展来看，唐代的佛教造像艺术发展到高峰，典型的特征就是世俗化与女性化。菩萨已经不是高高在上的天国之神，而是"菩萨如宫娃"，这种变化其实是中国佛教艺术本土化发展的总趋势。是宗教艺术的人性化，也是宗教艺术发展的必然归宿③。原来佛教壁画中那些高大的菩萨行列在中唐消失了，几乎占据了整个墙壁的是热闹繁复的场景。盛装华服，色彩俗艳。原来的庄严崇高完全生活化世俗化了。另外，为吸引善男信女，唐代俗讲的流行，是佛教进一步世俗化的表现。

再说唐代的道教，唐前期本来推行的是三教并重的文化政策。等到玄宗诛灭韦氏党羽后，从维护宗室利益出发大兴道教，从而把崇道之风推向顶峰。从道教自身来讲，贵生重生，认为"生，道之别体也"，

---

① 蒋寅：《大历诗人研究》，中华书局，1995年版，第356-357页。
② 杨芬霞：《论释皎然的世俗诗和中唐佛教的世俗化》，宗教学研究，2006年第4期，第113页。
③ 张安华：《菩萨如宫娃——浅谈走向世俗化与女性化的唐代菩萨造像》，美与时代（下半月），2009年第5期。

"生亡则道废，道废则生亡。生道合一，则长生不死"。道教生道合一的思想必然让人们去探求不死与永生。另外，道教本不禁欲，主张男女双修，把男女之交看作是天经地义的事，认为"阴阳合一称之为道"，一阴一阳才能衍生万事万物，阴阳不交，灭绝自然，这是"天下之大害也"。而道教发展到唐代，许多仪式诸如神谱、斋戒、清规等，尚未正式形成规范，道教徒们凭着狂热的信仰，以想当然来支配自己的行为，表现出相当世俗化的倾向。无疑，这种以"主乐性"和"主生性"为旨归的强烈的生命意识，"既不禁欲，又要长生，既能享受人间欢乐，又能超凡脱俗，既快活，又高雅"，便成了道士女冠们的生命状态。在狂热的"崇道"潮流中，唐代道教濡染者，达到空前绝后的盛况。上至皇亲国戚，下至细民百姓，无不以崇道为殊荣。唐时的一些公主妃嫔多入道为女冠，朝臣中李林甫等皆"请舍宅为观"，太子宾客贺知章"请为道士"，上行下效，摒俗入道成为一时风尚。由于上层统治者的眷爱和惠顾，道士女冠的地位也与众不同。唐代女冠的生活方式多样，内容较为丰富，既包括作为女冠应有的修行法术，也包括交游参政、诗文创作、行医济世等具有时代特色的内容。道士和女冠成为唐代社会中一个特殊的阶层。如果说上层统治者入道，多出于附庸风雅、神化身价、士大夫文人入道是想一试终南捷径荣身晋爵的话，那么对于像李冶这样的普通女性来说，弃俗入道，无非是想求得一个相对自由的生命空间。

2.3 坎坷的人生与清狂的人格

德国古典美学家歌德认为："一个作家的风格是他的内心生活的准确标志。"[①] 这句话提示我们，探讨诗人风格，最终把握其独特的审美

---

① 朱光潜译：《歌德谈话录》，北京：人民文学出版社，1987年版，第39页。

心态。中唐吴中诗派的形成，除了前所举地域、时代的因素起的作用之外，还在于他们有着相似的身世遭遇，有着相似的个性气质、人格精神。

2.3.1 坎坷的人生

心理学研究标明，家庭与社会的影响对形成和塑造人的性格，意义十分重大。皎然出身南朝谢氏名门，早年习儒，以家族事业传人自期自许，干谒求禄，希望得到权贵援引，平步青云，踏入仕途，一展抱负才华，但却事与愿违，受挫后的皎然逐渐看破红尘，终于出家为僧，遁入空门，而又恰逢禅宗大兴，因此皎然的生活样态便成了亦禅亦隐亦僧亦俗。顾况为南朝清流顾雍、顾野王之嫡系裔孙，顾氏世代簪缨，以儒学传家，同时对杂艺，对天文地理、绘画等兼收旁通。祖父顾璞，官至河源军经略副使，父顾仲连，少有诗名，顾况在这样的家庭中长大，早年读书，于儒学之外，出入释老二家。安史之乱间登第时，正是国家危难之时，朝廷用人之际，然而顾况的仕途并不理想，三十年的时间大都在江浙和湘赣一带宦游，做的都是僚属一类的小官。直到柳浑辅政、李泌拜相，顾况才被征入长安，官至著作郎，但长安生活只有短短的三年时间，便随着好友柳浑、李泌的相继去世而结束，之后被贬饶州，再等待复调无望之后，归隐茅山，正式皈依道教。颜真卿出琅琊望族颜氏儒学世家，是南北朝儒学、文学大家颜之推的五世孙，颜真卿幼年失怙，随母殷氏寄居吴县舅家，从小养成了勤奋好学、自立自强的性格。后进士登第，以朝散郎、秘书省校书郎步入仕途，出入玄宗、肃宗、代宗三朝，先后遭逢李林甫、杨国忠弄权，元载、常衮、卢杞干政，致使以正色立朝、刚而有礼、非公言直道不萌于心的颜真卿深受忌恨，屡遭排挤，从京城到地方，再从地方到京城，再……历任平原太守、御史大夫、同州刺史、饶州刺史、升州刺史、刑部侍郎、蓬州任长史、利州刺史、吏部侍郎、平原太守、江陵尹兼御史大夫、荆南节度观察处置使

(未就任)、尚书右丞、检校刑部尚书兼御史大夫、硖州别驾、为吉州别驾、抚州刺史、湖州刺史……宦海沉浮,可谓大起大落,一波三折。期间还经历了安史之乱的全过程,识先机于初萌的文韬武略,为国分忧的耿耿衷心,为他赢得了美名,同时也招来了忌恨。张志和出身于官宦世家,是汉留侯张良的后裔,其父张游朝,二十岁授进士科除知扬州事,擢为监察御史,开元间侍讲东宫太保,精通庄、列。志和从16岁明经擢第,献策肃宗,令翰林待诏授左金吾卫录事参军,可谓少年登科,煊赫一时,时为李辅国当政,志和母舅李泌受其诬陷,志和受其株连,被贬四川南浦尉。荣辱之间的巨大心理落差,使原本深受父亲熏陶的张志和堪破浮生,从此不再出仕,过起了扁舟垂纶、浮三江、泛五湖的隐士生活。陆羽身世最为不幸,出生三年,便被遗弃,连姓氏都是由收养他的智积大师给的,幼年的经历铸成了他的叛逆性格,因苦于僧侣生活,最终逃离寺院,成了流浪儿,后遇杂戏班收留,从习木偶及参军戏,养成"诙谐纵辩"的才性,培养了自由不羁以及重朋友讲义气的个性。所以,他对朝廷的征召可以置之不理,但却为朋友之情甘愿入幕,辗转于江南各地。秦系一生未仕,却也经历时代动乱,家庭的婚姻变故而遭毁谤,不得不辗转于会稽、剡溪、泉州等地。朱放郡望吴郡,朱姓是吴郡四大姓之一。作为吴中诗派唯一的女性,李冶走的并非一般良家妇女结婚生子持家的人生道路,而是出家为道,选择了自由与诗词风流。在吴中诗派中,灵澈年辈较晚。聪察嗜学,不肯为凡夫,因辞父兄出家。而出家后的灵澈,并非在寺院与青灯古佛为伴,恪守清规戒律,而是从严维、皎然学习诗文,参与诗歌唱和活动,广交社会名流,才有后来名动京师因诬被贬的遭遇,而备受打击,终于看破红尘。

2.3.2 清狂的人格

虽然这派诗人人员构成极为复杂,包括了释子、道徒、郡守、渔父、山人、女冠、野客、茶圣,三教九流俱在其中,但个性精神却极其相似，清越潇散，放逸不拘，可以一言以蔽之，概括为"清狂"二字。

所谓清狂，首先表现为任情任性、放诞风流。吴中诗人大多不无用世济世之志，却又哀叹"吾道不行计亦拙"，禅定归隐并不是他们的怀抱夙志，因而无论"即性即佛""至人无我"，还是"独善其身"，终将消弭不了既有的矛盾和内心怀才不遇的愤懑，一旦诉之于文字，在时空的强作超脱之下，便不免呈露其"清狂之态"①。于是，淡功名，轻富贵，便成了他们人生磨难之后的痛苦选择："少小为儒不自强，如今懒复见侯王。览镜已知身渐老，买山将作计偏长。荒凉鸟兽同三径，撩乱琴书共一床。犹有郎官来问疾，时人莫道我佯狂。"这是自号"东海钓客"的秦系写给故人鲍防的信《鲍防员外见寻因书情呈赠》，诗中自叙人生经历，和写信缘由，早年二人同年参加科举，荣辱穷达却截然不同，诗人以"狂"自许，疏狂的行为正是对冷酷现实的反动。皎然在《奉酬袁使君西楼饯秦山人与昼同赴李侍御招三韵》中亦称秦系"楚狂"："治书招远意，知共楚狂行"。因为没有仕宦的羁绊，在日常生活中何妨任性而行，"终年常裸足，连日半蓬头"（秦系《山中崔大夫有书相问》）。疏懒惯了，面对慕名而来的官方问候，答曰："卧多共息嵇康病，才劣虚同郭隗尊。亚相已能怜潦倒，山花笑处莫啼猿。"（《山中枉皇甫温大夫见招书》）"迹愧巢由隐，才非管乐俦。从来自多病，不是傲王侯。"（《山中崔大夫有书相问》）。以嵇康郭隗自比，以病推诿，何等放诞自适。自称"逍遥一外臣"的朱放，原本居临汉水，因避岁馑，隐居剡溪、镜湖间，"排青紫之念结庐云卧，钓水樵山。尝著白接䍦，鹿裘笋屦……忘怀得失，以此自终。放工诗，风度清越，神情萧散，非寻常之比。"②"桑苎瓮"陆羽，辛酸的身世遭际也使他性格放诞不羁，常常"扁舟往来山寺，随身惟纱巾藤鞋，短褐犊鼻。往往独

---

① 姜剑云：《审美的游离——论唐代怪奇诗派》，北京：东方出版社，2002年版，第44–47页。
② 《唐才子传·朱放传》，卷五。

行野中，诵佛经，吟古诗，杖击林木，手弄流水，夷犹徘徊，自曙达暮，至日黑兴尽，号泣而归，楚人目之为今之接舆"。① 且听他自己的歌吟："不羡黄金罍，不羡白玉杯；不羡朝入省，不羡暮入台；惟羡西江水，曾向金陵城下来。"（《歌》）留给后人的是无比清狂的形象，齐己《过陆鸿渐旧居》："楚客西来过旧居，读碑寻传见终初。佯狂未必轻儒业，高尚何妨诵佛书。种竹岸香连菡萏，煮茶泉影落蟾蜍。如今若更生来此，知有何人赠白驴。"自称"烟波钓徒"的张志和，"貂皮为皮，鬃皮为屣。隐素木几，酌斑螺杯，鸣榔杖弩，随意取适，垂钓去饵，不在得鱼"，作画时"皆因酒酣乘兴，击鼓吹笛，或闭目，或背面，舞笔飞墨，应节而成"。② 似这般生活作风与个性，给他们的诗带来的只能是直抒胸臆、坦荡写意的表现形式和直白无隐的写实题材。他们放任个性，追求适意，襟怀旷达，以文滑稽，风流自赏。李冶"陶写幽怀，留连光景，逍遥闲暇之功，无非云水之念，与名儒比隆，珠环往复"，虽为女子，却有高人逸士的林下之风。她生性浪漫，性格豁达，不拘形迹，言语诙谐，"五六岁，其父抱于庭，作诗咏蔷薇云：'经时未架却，心绪乱纵横。'父恚曰：'此必为失行妇人也。'后竟如其言。"③《唐才子传》卷八说李冶："美姿容，神情萧散……时往来剡中，与山人陆羽、上人皎然，意甚相得。"同时还记载了李冶和刘长卿之间的一段雅谑之事："又尝会诸贤于乌程开元寺，知河间刘长卿有阴重之疾，诮曰：'山气日夕佳。'刘应声曰：'众鸟欣有托。'举坐大笑，论者两美之。"④ 高仲武评其人其诗曰："形气既雄，诗意亦荡，自鲍照以下，罕有其伦"⑤。李冶曾有《寄朱放》等诗，大都气度沉着，略无

---

① 《陆文学自传》，见《全唐文》卷四三三。
② 《浪迹先生玄真子张志和碑》，见《颜鲁公文集》卷九。
③ 计有功：《唐诗纪事》，中华书局，1965 年版，第 1123 页。
④ 辛文房：《唐才子传》，北京：京华出版社，2000 版年，第 225 页。
⑤ 高仲武：《中兴间气集》卷下，《唐人选唐诗（十种）》，上海：上海古籍出版社，1978 年版，第 292 页。

脂粉气。灵澈自觉出家,却又耽于学诗,好成口舌之辩,竟因此得罪缁流而遭贬谪。朝廷重臣名儒颜真卿在湖州诗会上大作《乐语联句》《大言联句》,致使宋代洪迈大惑不解:"以公之刚节守正,而作是诗,岂非以文滑稽乎?"(《容斋随笔》)其实洪氏未联系到颜真卿刺湖州的原因乃由于奸相元载的排贬,也未看到大历末世强藩骄纵,时政日非,更不知以文滑稽乃当时吴中诗派创作心态的一种反应。

皎然以"达僧"自居,反讥淄流:"此达僧之事,可以嬉禅,尔曹何凝滞于物而以琐行自拘耶?"(《唐才子传》卷四)其《答李季兰》诗云:"天女来相试,将花欲染衣。禅心竟不起,还捧旧花归。"完全没有男女之防,人以为"谑浪"之极!在皎然的诗集中,许多诗作皆可视为其"隳常格"放诞精神的写照,如《因游支硎寺寄邢端公》:"旷达机何有,深沈器莫量。时应登古寺,佳趣在春冈。止水平香砌,鲜云满石床。山情何寂乐,尘世自飞扬。外心亲地主,内学事空王。花会宜春浅,禅游喜夜凉。高明依月境,萧散蹑庭芳。得道殊秦佚,隳名似楚狂。余生于此足,不欲返韶阳。"《戏呈薛彝》:"山僧不厌野,才子会须狂。何处销君兴,春风摆绿杨。"《酬秦系山人戏赠》:"正论禅寂忽狂歌,莫是尘心颠倒多。白足行花曾不染,黄囊贮酒欲如何。"《独游二首》"性野趣无端,春晴路又干。逢泉破石弄,放鹤向云看。好僻谁相似,从狂我自安。芳洲亦有意,步上白沙滩。临水兴不尽,虚舟可同嬉。还云与归鸟,若共山僧期。世事吾不预,此心谁得知。西峰有禅老,应见独游时。"《出游》:"少时不见山,便觉无奇趣。狂发从乱歌,情来任闲步。此心谁共证,笑看风吹树。"《奉酬袁使君西楼饯秦山人与昼同赴李侍御招三韵》:"秋风怨别情,江守上西城。竹署寒流浅,琴窗宿雨晴。治书招远意,知共楚狂行。"《偶然五首》其二"偶然寂无喧,吾了心性源。可嫌虫食木,不笑鸟能言。隐心不隐迹,却欲住人寰。其四"虏语嫌不学,胡音从不翻。说禅颠倒是,乐杀金王孙。"以一僧人身份,而在诗作中屡屡使用"笑""乐""狂""荡这样的词汇，在皎然这里是再正常不过了，正如他《戏作》所说，"乞我百万金，封我异姓王。不如独悟时，大笑放清狂。"他的笑、乐、狂、荡，是一种特立独行的禅悟方式和境界。

"华阳山人"顾况，性格诙谐，连王公权贵都敢于嘲戏，而当知己好友去世时，竟敢冒传统之大不韪，不致哀哭之辞，反有调笑之言，而被文献史书评为"不修检操"，"不能慕顺""傲毁朝列"，被当作自古文人多陷轻薄的典型。实际上，这种我行我素、蔑视封建礼法的言行，是顾况在以特殊的方式向轻视人才的朝廷进行变相的抗议，与庄子的鼓盆而歌、阮籍的骑驴上任、李白的华阴骑驴具有同一神韵，是对庄子"强哭者虽悲不哀"的认同，是阮籍"礼岂为我辈设"的对虚伪人格进行反拨的同调，同时也是对盛唐李白飞扬跋扈粪土王侯之自由精神的承接。这可从他在李泌去世后所写的《海鸥咏》中得到证明："万里飞来为客鸟，曾蒙丹凤借枝柯。一朝凤去梧桐死，满目鸱鸢奈尔何。"客鸟海鸥，自然是比喻诗人；丹凤借枝，指友人李泌对自己的提携；满目鸱鸢，乃嘲诮诸权贵的心怀叵测。又哪里有一点对朋友的不满或不敬之意。读有关文献，顾况风流不羁、诙谐善谑的个性给人的印象最深，试举几例：唐孙光宪《北梦琐言》卷七："顾况著作，披道服在茅山，有一秀才行吟曰：'驻马上山阿。'久思不得。顾曰：'何不道'风来屎气多'？秀才云：'贤莫无礼。'顾曰：'是况。'其人惭惕而退。仆早岁尝和南越诗云：'晓厨烹淡菜，春杼织檾花。'牛翰林览而绝倒，莫喻其旨。牛公曰：'吾子只知名，安知淡菜非雅物也。'后方晓之，学吟之流得不以斯为戒也。"① 宋王谠《唐语林》② 有两段关于顾况的这样的记载："白居易应举初至京。以诗谒顾著作况。况观姓名。熟视曰：'米价方贵。居亦不易。'及披卷，首篇曰：'咸阳原上草，一岁一枯

---

① 孙映逵校注：《唐才子传校注》，北京：中国社会科学出版社，1991年版，第322页。
② 王谠撰：《唐语林》，上海：上海古籍出版社，1978年版，第102页。

荣；野火烧不尽。春风吹又生。'乃嗟赏曰：'道的个语，居即易也。'因为之延誉，声名遂振。"又载："顾况从辟，与府公相失，揖出幕。况曰：'某梦口与鼻争高下，口曰：我谈今古是非，尔何能居我上？鼻曰：饮食非我不能辨。眼谓鼻曰：我近鉴豪端，远察天际，惟我当先。又谓眉曰：尔有何功居我上？眉曰：我虽无用，亦如世有宾客，何容主人无节不成之仪，若无眉，成何面目？'府悟其讥，待之如初。又旧说，顾况与韦夏卿饮酒时，金气已残，夏卿请席征秋后意，曰：寒蝉鸣。或曰：班姬扇。既而况云：马尾。众哂之，曰：此非在秋后乎？（谐音马鞦）"① 是真名士自风流。顾况对茅山秀才的嘲讽，自然有恃才傲物、盛气凌人的成分，但也说明他才思的机敏，以及与平庸和伪风雅的格格不入。而后者，则尽显顾况的机智灵巧、幽默风趣。唐范摅的《云溪友议》卷下"杂嘲谑"记载了一则顾况和吴中前辈诗人贺知章诗的佳话："贺秘监、顾著作，吴越人也；朝英慕其机捷，竞嘲之，乃谓南金复生中土也。每在班行，不妄言笑。贺知章曰：'钑镂银盘盛蛤蜊，镜湖莼菜乱如丝。乡曲近来佳此味，遮渠不道是胡儿。'顾况和曰：'钑镂银盘盛炒虾，镜湖莼菜乱如麻。汉儿女嫁吴儿妇，吴儿尽是汉儿爷。'"两代吴中才子的风流神韵跃然纸上。面对同仁的嘲戏，贺知章从容应对，回答对方，颇为风流蕴藉；而顾况的和诗则更为犀利，更为针锋相对，可谓一言骂倒了北方朝臣，而占尽了上风，着实痛快。这些材料无一例外地都反映出顾况诙谐放达、桀骜不驯、个性张扬的性格特点。

　　由上可知，所谓风流放诞，即不拘世俗礼法，重主观，重个性，重自我，任情任性。诸如特立独行、卓尔不群、自由放任、我行我素、落拓不羁等词汇，皆可归入风流放诞一路。而这又正是魏晋南朝以来风流名士们所常具备的品格和气质，名士风流是吴越之地特殊的地理人文环境孕育出来的高级精神产品，它影响了一代又一代吴中才人。初唐吴中

---

① 王谠撰：《唐语林》，上海：上海古籍出版社，1978年版，第206页。

四士：贺知章，会稽永兴（今浙江萧山县）人；包融，润州延陵（今江苏省丹阳市）人；张旭，苏州吴（今江苏苏州市）人；张若虚，扬州（今江苏省扬州市）人。"四士"性格风流放狂，艺术作品具有浪漫主义色彩。据《旧唐书》卷一九〇《文苑中》载："知章性放旷，善谈笑，当时贤达皆倾慕之"，工部尚书陆象先称其"言论倜傥，真可谓风流之士"。"晚年尤加纵诞，无复规检，自号四明狂客，又称'秘书外监'，遨游里巷。醉后属词，动成卷轴，文不加点，咸有可观。又善草隶书，好事者供其笺翰，每纸不过数十字，共传宝之。时有吴郡张旭，亦与知章相善。旭善草书，而好酒，每醉后号呼狂走，索笔挥洒，变化无穷，若有神助，时人号为张颠。""神龙中，知章与越州贺朝、万齐融，扬州张若虚、邢巨，湖州包融，俱以吴、越之士，文词俊秀，名扬于上京"。贺知章风流倜傥、放旷善谑的个性由此可见。他的忘年交李白在《对酒忆贺监》诗中说："四明有狂客，风流贺季真。"而传中提到张旭酒后进行书法创作的奇特之举，亦见载于《新唐书》卷二〇二《文艺中》："旭，苏州吴人。嗜酒，每大醉，呼叫狂走，乃下笔，或以头濡墨而书，既醒自视，以为神，不可复得也，世呼'张颠'。初，仕为常熟尉，有老人陈牒求判，宿昔又来，旭怒其烦，责之。老人曰：'观公笔奇妙，欲以藏家尔。'旭因问所藏，尽出其父书，旭视之，天下奇笔也，自是尽其法。旭自言，始见公主担夫争道，又闻鼓吹，而得笔法意，观倡公孙舞剑器，得其神。后人论书，欧、虞、褚、陆皆有异论，至旭，无非短者。传其法，惟崔邈、颜真卿云。"放荡的言行，奇特的举动，大有风流名士之态。张旭的书法创作，与贺知章的诗歌创作具有相似的精神状态，即二人有着相同的气质特征。这和紧承其后的中唐吴中诗人们在精神气质上是一脉相承的。

其次，吴中诗派的清狂人格，还表现为：外谐内庄，似荡而实贞，虽狂而实清，清当训为清净、清静、清逸，是一种有节制的狂，有原则的荡，有操守的放，清是底线。李冶虽然个性风流，不拘小节，但是在情爱方面还是有节制的,从其现存的诗歌内容来看,跟她交往密切的几位男士,真正能称得上情人的,只有阎伯钧,其他如朱放、陆羽、皎然、刘长卿,都是密友或诗友关系,才子传称其"神情潇散"、有林下之致,可与晋之谢道韫比肩。其《相思怨》感情表达虽然直率大胆,但仍不失女性的矜持和婉转。薛嵩因重秦系之人品诗文,特奏请朝廷征召秦系出山任"右卫率府仓曹参军",而面对征召,秦系缺少"托疾固辞",为此还献诗:"由来那敢议轻肥,散发行歌自采薇……更乞大贤容小隐,益看愚谷有光辉。"(《献薛仆射》)一个自甘淡泊、不慕轻肥的清高形象跃然纸上,诗人并未自矜自持,自诩不凡,而只有轻肥由人,我故怡然的自适与悠然。要知道,薛嵩为安史余党,分据河北,为唐中央政权势力之外的独立王国。秦系诗寓庄于谐,以调侃的笔调,拒绝了薛嵩的延揽,说明这位"终年常裸足,连日半蓬头"(《山中崔大夫有书相问》)的狂生颇有气骨。难怪连金圣叹都对其人其诗大为赞赏,评价他是"天地间第一等人,作此第一等诗也。"盛赞秦系为"真正冰雪胸襟,了无下土尘滓"。皎然《题秦系山人丽句亭》云:"独将诗教领诸生,但看青山不爱名。满院竹声堪愈疾,乱床花片足忘情。"长期的隐居生涯和山水浸染,让秦系渐渐地摆脱了儒家的世俗热情,自然而然地对权力产生了高度的疏离感。而这也正是道家所倡导的超脱于俗世的清静无为与超然外物。而这种面对功名利禄的淡定也与诗人多年来历经世事沧桑后对人生的升华有关。刘长卿《赠秦系征君》:"群公谁让位,五柳独知贫。惆怅青山路,烟霞老此人。"将他比作五柳先生陶渊明,可见其人品之高。还有朱放,《唐才子传》说他"风度高清,非寻常之比"。建中年间,李皋闻朱放风采,征辟其入幕为参谋。朱放虽因迫不得已而接受了,但他在《剡溪行却寄新别者》诗写道:"潺渡剡溪上,自此成别离。回首望故人,移舟逢暮雪。频行识草树,渐老伤年华。惟有白云心,为向东山月。"诗中丝毫没有为官的喜悦,只有别离的伤感之意。诗中的"白云心"与"东山月"更显示了诗人心不在官场的情愫。"东山"位于浙江上虞县西南，是当年东晋谢安隐居之处。诗人借用此典表达了向慕归隐的情怀。所以，不久便因倦于公事繁忙而"扁舟告还"。贞元二年（786），德宗下诏推举朱放为"韬晦奇才"，并特下聘礼，拜为左拾遗。朱放婉辞不就，上表称谢，从此隐居山间，怡情自然，忘怀得失而善终。其《送张山人》云：知君住处足风烟，古寺荒树在眼前。便欲移步随君去，唯愁没有买山钱。《游石涧寺》云：闻道幽谷石涧寺，不逢流水亦知难。莫道山僧无伴侣，猕猴常在古松枝。《剡溪夜月六言》云：月在沃州山上，人归剡溪潭边。漠漠黄花覆水，时时白鹭惊船。写的是隐士诗人高蹈不仕的生活方式。《陆文学自传》："陆子名羽，字鸿渐，不知何许人也，或云字羽，名鸿渐，未知孰是。有仲宣、孟阳之貌陋，相如、子云之口吃，而为人才辨笃信，偏燥自多用意。朋友规谏，豁然不惑。凡与人宴处，意有所适，人惑疑之，谓生多瞋。及与人为信，虽冰雪千里，虎狼当道，而不避也。"刘长卿说他"处处逃名姓，无名亦是闲"（《送陆羽之茅山》）。孟郊说他"高洁"（《题陆鸿渐上饶新开山舍》，裴迪称赞他"高风味有余"（《西塔寺陆羽茶泉》），潘述说他"从他白眼看，终恋青山廓"（《水堂送诸文士戏赠潘丞联句》），童承叙《题陆羽传后》说他"性甘茗茶，味辨淄渑，清风雅趣，脍炙古今"。由此可知，陆羽孤高不俗，谦而不卑，庄而不亢，宅心宽厚，珍重友情，有青云之志，有烟霞之趣，是个高人逸士。

顾况重交重义，思想个性中有浓厚的报恩意识，"一生肝胆向人尽"（《行路难三首》其一），他将韩滉视为恩主，心存知遇之感。"臣山谷之人，顷为韩滉参谋。臣性嫉恶，臣性孤直；滉先朝露，臣复故山"[1]。刘太真的被贬引起了诗人的强烈不满和同情，所以借序文之际为其一鸣不平："君门深而不得觐，旧山远而不得归。明主方觉，而君已没"（《信州刺史刘府君集序》）。他欣赏崔侠兄弟："真玉烧不热，

---

[1] 顾况：《上高祖受命造唐赋表》，《全唐文》卷五二八。

宝剑拗不折。欲别崔侠心，崔侠心如铁。复如金刚锁，无有功不彻。仍于直道中，行事不诋讦。崔侠两兄弟，垂范继芳烈。"（《赠别崔十三长官》）在《祭陆端公文》中，诗人以真挚而深沉的感情，歌颂了同乡陆渭勇赴国难的忠肝义胆，赞美他轻财重义破富为贫的侠义精神："越盗寇吴，杀人烧城。国危如此，公乃请行。我之行焉，无往不平。拥阵陵阳，回戈歙右。江南山洞，略尽遗丑。巨敌先摧，群降独受。兄之令弟，况之良友。感激风云，留连诗酒。昔魏有人，子方段干。兄之所在，人心获安。贤者让平，惟患是急。兄之忠勇，人莫能及。燕将泣书，齐师复邑。迹为功著，名因义立。""有书满屋。与人共读。有粟如云。与人共分。破富为贫，好事日闻。"（《全唐文》卷五三〇）其中寄托着作者自己的人格理想和美好情愫。查世沣云："其《祭陆端公文》有曰：有书满屋，与人共读。有粟如云，与人共分。破富为贫，好事日闻。何胸次豁达开朗如是也！翁盖自与其郁抑不平之气，借友人为杯酒耳，非狂者而能作如是语乎！端公，翁之道义交也。"[①]"吴门顾子予早闻，风貌真古谁似君。人中黄宪与颜子，物表孤高将片云。性背时人高且逸，平生好古无俦匹。"皎然的《送顾处士歌》给我们揭示了顾况气质个性中高古清逸的一面。

再说颜真卿，宦海沉浮，屡遭奸佞排挤，而能清正自守，真正是威武不屈的忠臣义士，其联句风格虽然狂荡，但其他诗书文章风格却是端庄凝重。颜真卿生于儒学世家颜氏家族，长于崇尚坐而论道、运筹帷幄的玄宗时代，家风与世风共同铸就了他帝王之师的风范。与盛唐时期多数士人高谈王霸大略不同的是，颜真卿的风范更多体现为勇于犯颜进谏且从不退却。其因进谏或树敌而被贬的频率极高。据殷亮《颜鲁公形状》载："至德二年正月，因忤圣旨，贬冯翊太守；乾元元年，为酷吏唐旻所诬，贬饶州刺史；上元元年秋，与御史中丞敬羽政见不和，贬蓬

[①] 清咸丰五年（1855）双峰堂刻《顾华阳集三卷补遗一卷》，前附查世沣《重订华阳集序》。

州刺史；代宗幸陕期间，与宰相元载数起纷争，还京途中，建议先谒宗庙再回宫，再遭反驳。"① 最终在永泰二年春，颜真卿被元载排挤出朝。虽然他一度产生隐退之念，但儒学修养和帝王之师的为官准则，终于没有让他离开官场，而是始终处在政治的风口浪尖。以刚直耿介的行事方式，勇敢面对一连串的政治迫害，被尊为"鲁公"。

因诬被贬的人生遭际，给了灵澈彻底向精神世界回归的契机，晚年的他虽然仍与文士交游往来，但已对世俗名利不再抱什么兴趣，心境澄静而通脱。如《东林寺寄包侍御》："古殿清阴山木春，池边石一观身。谁能来此焚香坐，共作炉峰二十人。"《西林寄杨公》："日日爱山归已迟，闲闲空度少年时。余身定寄林中老，心与长松片石期。"这些诗作皆透露出一种超尘绝世的禅趣。他曾写《东林寺酬韦州刺史》，讽刺那些佯称出世的达官贵人假隐士："年老心闲无外事，麻衣草座亦容身。相逢尽道休官好，林下何曾见一人。"当时世俗相传，以为俚谚。吕温《戏赠灵澈上人》："僧家亦有芳春兴，自是禅心无滞境。君看池水湛然时，何曾不受花枝影。"以戏谑的口吻赞扬了灵澈波澜不兴静如池水的禅心，没有生灭，如如不动，一片清净。权德舆《送灵澈上人庐山回归沃洲序》："吴兴长老昼公，掇六义之清英，首冠方外。入其室者，有沃洲灵澈上人。上人心冥空无，而迹寄文字，故语甚夷易，如不出常境，而诸生思虑，终不可至。"权德舆《以诗代书见寄》赞其诗为"碧云飞处诗偏丽，白月圆时性本真"。惠洪《石门文字禅》卷二十四《题彻公石刻》："想其风度清散，如北山松下见永道人耳。公虽游戏翰墨，而持律甚严。"而同为释子的皎然，将南宗禅的"即心即佛"、道家的"至人无我"、儒家的"独善其身"糅合在一起，自号"号呹子"，以"谪仙俦"自居，好奇尚异，言谈诙谐，而且不避歌舞娱乐，但他有自己的分寸和原则，如《观李中丞洪二美人唱歌轧筝歌》云："君有佳人当禅伴，于中不废学无生。爱君天然性寡欲，家贫禄薄常知足。谪官无

---

① 殷亮：《颜鲁公行状》，见《全唐文》卷五一四。

愠如古人,交道忘言比前躅。不意全家万里来,湖中再见春山绿。吴兴公舍幽且闲,何妨寄隐在其间。时议名齐谢太傅,更看携妓似东山。"这首诗完全把修禅世俗化了。本来佛教最重清心寡欲,皎然却说世俗享乐不碍修禅,就连声色犬马也都是道。他那首《答李季兰》诗,正是借天女散花的故事,表达心无所住不为外物所染即可断除妄念的禅学思想的。作者虽然与女道士调侃戏谑,却语不及乱,仍然保持了出家人应有的清净本色,可以称得上是狂而不荡,外谐内庄,呈现给读者的是一颗超然、洒脱的禅心。在佛家看来,"情"乃是非之主,利害之根。而皎然偏偏要以情论诗,《文镜秘府》南卷引其语:夫诗工创心,以情为地,以兴为经。然后,清音韵其风律,丽句增其文采。认为诗的本质还是情,情是创作的原动力。其《诗式》辨体有情之一体,品评诗人诗作主要依据情格高下。他还以情入诗,其诗歌作品中屡屡使用情字。俨然一位情僧。其实,细辨可知,他所谓的情字,多指得道之人的道情,如《诗有四离》中说:"虽有道情,而离深僻",也就是禅意,禅理,禅思。或指情志、情操,如说左思"气逸情高"。当然也有指思念之情、男女之情等世俗之情的时候,如十九体情字条下的诗例:"客从远方来,遗我双鲤鱼。呼儿烹鲤鱼,中有尺素书";"文采双鸳鸯,裁为合欢被";"河汉清且浅,相去复几许。盈盈一水间,脉脉不得语";"杳杳日西颓,漫漫路长迫。登楼为谁思,临江迟来客"等。但对这种情是有要求的,一是真,这种情感必须是真实自然的;二要含蓄蕴藉,不能不加掩饰进行直白的表露,而是要经过作者的加工和理性的把握,必须包含在某种意境之中,产生美的愉悦,使读者回味无穷。因此他在《诗有四不》中的说:"情多而不暗,暗则蹶于拙钝。"人在感情冲动时,往往容易沉溺其中,表达不清,因此在抒发感情时,也需要理智的加入来进行语言的选择与加工[①]。

吴中诗派清狂的人格精神给时人和后人留下了深刻印象,他们诙谐

[①] 余翔:《浅析皎然〈诗式〉中的"情"与"性"》《电影评价》,2011年第2期。

善谑、放旷狂逸而又不失率真。表现出一种盛唐人所具有的睥睨人世的狂放之姿，尽情地挥洒着真性情，遥与盛唐人呼应。而同时又由于时代个人遭遇等诸多因素，而与盛唐人有所不同。

第 3 章

中唐吴中诗派的构成形态探析

　　文学流派是在文学发展过程中自然形成的，从基本形态上看，大体有这样两种类型：一种是有明确的文学主张和组织形式的自觉集合体。这种流派，从作家主观方面来看，是由于政治倾向、美学观点和艺术趣味相同或相近而自觉结合起来的，具有明确的派别性。他们一般有一定的组织和结社名称，有共同的文学纲领，公开发表自己的文学主张，与观点不同的其他流派进行论战。但这些还只有文学集团的意义，只有进而在创作实践上形成了共同的鲜明特色，这才是严格意义上的文学流派，这种有组织、有纲领、有创作实践的作家集合体，是自觉的文学流派。另一种类型是不完全具有甚至根本不具有明确的文学主张和组织形式，但在客观上由于创作风格相近而形成的派别。这种半自觉或不自觉的集合体，或者是因某一个作家的独特风格，吸引了一批模仿者和追随者，逐渐形成了一个有特定核心和共同风格的派别；或者仅仅是由于一定时期内的一些作家创作内容和表现方法相近、作品风格类似而被后人从实践和理论上加以总结，冠以一定的流派名称。总而言之，文学流派的形成一般有三大要素或标志，即相似的审美风格，一致的文学主张，相应的组织形式。但落实到具体的流派，又各有侧重。中唐吴中诗派是一个地域型、风格型的流派，但流派成员之间交往密切，他们或以道义相尚，或以人格相高，或以才艺相倾，彼此交游酬唱不断；他们在吴中的青山绿水间参禅论道、品茶、赋诗，大小规模的诗会、茶会或文艺沙龙将这群诗人紧密联系在一起。

3.1 交游与酬唱

酬赠唱和，是唐代士子择友交游的一种重要的表达感情的手段，它可以使彼此建立友谊，增进了解，并以此传达相互间的价值取向。因此，考察酬赠唱和的频次，既可以看出诗人之间关系的疏密程度，也能了解他们各自的思想情感和精神世界。现根据《全唐诗》《全唐文》所存吴中诗派的作品，来看看他们彼此的酬唱交游情况[①]。

皎然，写给顾况1首《送顾处士歌》；写给秦系8首：《酬秦山人系题赠》《酬秦山人赠别二首》《酬秦山人出山见呈》《酬秦山人见寻》《酬秦系山人题赠》《酬秦系山人戏赠》《题秦系山人丽句亭》《奉酬袁使君西楼饯秦山人与昼同赴李侍御招三韵》；写给颜真卿23首：《奉酬颜使君真卿见过郭中寺寺无山水之赏……以答焉》《奉酬颜使君真卿、王员外圆宿寺兼送员外使回》《杼山上峰和颜使君真卿、袁侍御五韵赋得印字……之会》《奉贺颜使君真卿二十八郎隔绝自河北远归》《奉和颜使君真卿与陆处士羽登妙喜寺三癸亭》《同颜使君真卿、李侍御萼游法华寺登凤翅山望太湖》《奉和颜使君真卿修〈韵海〉毕会诸文士东堂重校》《奉同颜使君真卿开元寺经藏院会观树文殊碑》《奉同颜使君真卿、袁侍御骆驼桥玩月》《九日陪颜使君真卿登水楼》《奉和颜使君真卿修〈韵海〉毕，州中重宴》《晦日陪颜使君白蘋洲集》《春日陪颜使君真卿、皇甫曾西亭重会〈韵海〉诸生》《奉陪颜使君真卿登岘山，送张侍御严归台》《同颜使君真卿岘山送李法曹阳冰西上献书时会有诏征赴京》《陪颜使君饯宣谕萧常侍》《奉陪颜使君修〈韵海〉毕，东溪泛

[①] 此处不含联句，联句见后一节另论。

舟饯诸文士》《同颜鲁公泛舟送皇甫侍御曾》《奉同颜使君真卿送李侍御萼，赋得荻塘路》《赋颜氏古今一事，得〈晋仙传〉，送颜逸》《奉应颜尚书真卿观玄真子置酒张乐舞破阵画洞庭三山歌》《奉和颜鲁公真卿落玄真子舴艋舟歌》《奉同颜使君真卿清风楼赋得洞庭歌送吴炼师归林屋洞》；写给陆羽11首，还有1篇赞文与陆羽有关：《寻陆鸿渐不遇》《访陆处士羽（一作访陆羽处士不遇）》《赠韦早陆羽》《喜义兴权明府自君山至，集陆处士羽青塘别业》《寒食日同陆处士行报德寺，宿解公房》《同李侍御萼、李判官集陆处士羽新宅》《春夜集陆处士居玩月》《九日与陆处士羽饮茶》《同李司直题武丘寺兼留诸公与陆羽之无锡》《赋得夜雨滴空阶，送陆羽归龙山（同字）》《兰亭古石桥柱赞（并序）》；写给灵澈4首：《山居示灵澈上人》《宿法华寺简灵澈上人》《送灵澈》《灵澈上人何山寺七贤石诗》；写给朱放1首：《访朱放山人》；写给李冶1首：《答李季兰》；没有直接写给张志和的诗，有2首诗和1篇赞文与其有关：《奉应颜尚书真卿观玄真子置酒张乐舞破阵画洞庭三山歌》《奉和颜鲁公真卿落玄真子舴艋舟歌》《乌程李明府水堂观元真子画武城赞》。

顾况，投赠朱放诗1首《赠朱放》，赠序1篇《送朱拾遗序》，诗集序1篇《右拾遗吴郡朱君集序》；另有《湖州刺史厅壁记》提及颜真卿刺守湖州、湖州贡茶以及陆羽撰写《图经》之事。

颜真卿，写给皎然1首《赠僧皎然》；写给陆羽诗2首：《题杼山癸亭得暮字（亭，陆鸿渐所创）》《谢陆处士杼山折青桂花见寄之什》，另有三文提及陆羽的《吴兴图经》和《杼山记》：《项王碑阴述》《湖州乌程县杼山妙喜寺碑铭》《梁吴兴太守柳恽西亭记》；写张志和碑文1篇《浪迹先生元真子张志和碑铭》。

李冶，写给陆羽1首《湖上卧病喜陆鸿渐至》；写给朱放诗1首《寄朱放（一作昉）》。

朱放，写给李冶1首《别李季兰》。

秦系，写给朱放 1 首《晚秋拾遗朱放访山居》；写给皎然 1 首《奉寄昼公》。

张志和，《渔父词》5 首，据文献载，乃奉和颜真卿之做。

陆羽、灵澈，现存作品中没有投赠吴中派其他成员之作。

从上面统计数字和所列篇目可以看出，吴中诗派相互间有着颇为密切的交往，他们之间的关系是纵横交互的，而这张关系网的核心人物，正是皎然。诗派中的每一个成员都和他交游往来，虽然该派诗人的作品大多散佚，存诗无多，难窥全貌，但从皎然酬赠诸人诗题可以判断，他们之间是互相酬唱的。他是吴中诗派当之无愧的领袖人物，虽然大历八年到大历十二年颜真卿刺湖，他以郡守身份招揽文士，曾一度代替皎然的核心位置，掀起湖州诗歌创作的高潮，但从吴中诗派存在的历时性和共域性，以及诗歌创作的成就和影响来看，皎然是当之无愧的头号人物。皎然为何有如此大的吸引力？他是凭什么吸引众人的？

皎然的交友原则在出家前和出家后是有很大区别的。皎然出身南朝谢氏名门，乃谢灵运十世孙。世家大族曾经的荣耀被皎然当成现世的奋斗目标，他自负才高，汲汲于功名利禄，为求入仕，不惜挥金如土，干谒权贵，渴求援引，但事情并不尽如人意，入仕的希望很快破灭，"一朝金尽长裾裂，吾道不行计亦拙"。由此可见，出家前的交游是失败的人生尝试。福琳《皎然传》这样记述他的出家与之后的交友情况："性与道合，初脱羁绊，渐加削染。登戒于灵隐戒坛，守直律师边听毗尼道"，"必高吟乐道，道其同者，则然始定交哉"，并记载了他和陆羽、灵澈、颜真卿的交往。遁入空门改变了他的交友原则，使他把安贫乐道、内心旷达之人视为同道。在吴中诗人中，他与顾况结交甚早，皎然集中《送顾处士歌》题下自注："即吴兴邱司仪之女婿，即况也。"诗题既称顾况为"处士"，诗之开篇又称其"吴门顾子"，把他比作好学上进的黄宪与颜回，继而又说早闻顾况之名，还盛赞顾况书画艺术之绝伦。再联系后面所谓"安贫日日读书坐，不见将名干五侯。知君别业长洲外",可见顾况当时正是科第前在苏州读书时期,尚未入仕。而诗人却是"禅子有情非世情,御奔贡余聊赠行",知此时皎然已经出家。据此可推断,应在至德二载(757)顾况进士及第之前,他们就认识了。"谢氏檀郎亦可俦,道情还似我家流",皎然把顾况看作我辈中人,引为同道,看重的是他孤高好古的本性,超脱流俗的飘逸神采,以及出神入化的艺术才华。陆羽与皎然的认识也应该比较早,大历初年,皎然定居湖州,居苕溪草堂,而《新唐书·隐逸·陆羽传》载陆羽"上元初,更隐苕溪,自称桑苎翁。"他们的过从,当从这时就开始了。福琳传称皎然"与陆鸿渐为莫逆之交",过从甚密,友情颇深。皎然集中,有与陆羽诗十一首,其《赠韦早陆羽》将陆羽比作陶谢一流的人物。在《寻陆鸿渐不遇》《访陆处士羽(一作访陆羽处士不遇)》中表达了寻访不遇的惆怅和思念之情。前者曰:"扣门无犬吠,欲去问西家。报道山中去,归时每日斜。"后者曰:"所思不可见,归鸿自翩翩。何山赏春茗,何处弄春泉。"二人交情可见一斑。皎然之识秦系,不知始于何年,秦系为避安史之乱到剡溪隐居,直到到代宗大历十三年(778)出山,而大历初皎然定居湖州,他们的相识可能就在这个时期,皎然集中有关秦的诗凡八首,《酬秦山人赠别二首》其一云:"知君高隐占贤星,卷叶时时注佛经。姓被名公题旧里,诗将丽句号新亭。"由此可见秦系之人物才情。按《奉酬袁使君西楼饯秦山人与昼同赴李侍御招三韵》诗,秦系与皎然一起应时任吉州刺史的李萼招请而游江西,湖州刺史袁高为他们饯行。另外,秦系亦有《奉寄昼公》一诗。大力年间,吴中诗派的队伍逐渐壮大,可能就在同一时期,朱放也加入进来,他与皎然交游也当在此间。皎然有《访朱放山人》一诗:"野人未相识,何处异乡隔。昨逢云阳信,教向云阳觅。空闻天上风,飘飘不可覩。应非夔铄翁,或是沧浪客。早晚从我游,共携春山策。"诗中云阳,战国楚邑,汉曲阿县,三国吴改曲阿为云阳县,晋复为曲阿,今江苏丹阳县治。又所谓"异乡",此诗当作于朱放从李皋幕辞职罢归,隐居丹阳时。皎然一得到信息，便去探访，全诗满是安慰语气。顾况和朱放也颇有交情，其《赠朱放》云："野客归时无四邻，黔娄别久案常贫。渔樵旧路不堪入，何处空山犹有人。"诗人自称野客，诗当作于晚年隐居茅山时期。黔娄，春秋时齐国隐士。家贫，不求仕进。此喻指朱放。"渔樵"二句：意谓先前捕鱼打柴人所行走的山中小道，因久无人到而荒芜得不堪行走了；而如此荒凉空荡的深山里居然还有人居住。人：指朱放。后一句用设问的语气，说像这样的空山，哪里还有人住呢？更见出朱放的隐沦之深。朱放本是襄州人，隐居剡溪。贞元初，朝廷征他为左拾遗，不就。他是顾况的朋友，也算是个真正的隐士。此诗就是赞扬他隐居山林、不求闻达、安于贫贱的操行的。从内容看，诗当为作者归隐茅山后作，有可能此时朱放就是与他同隐丹阳的。秦系也是朱放的好友，朱放曾去拜访秦系，秦记之于诗《晚秋拾遗朱放访山居》："不逐时人后，终年独闭关。家中贫自乐，石上卧常闲。"《全唐诗》录朱放诗一卷（卷三一五），其中未见与皎然、顾况、秦系诗。张志和是随颜真卿刺湖后才到湖州的，他和皎然认识交往，都跟颜真卿有关，皎然集中有《奉应颜尚书真卿观玄真子置酒张乐舞破阵画洞庭三山歌》《奉和颜鲁公真卿落玄真子舴艋舟歌》《乌程李明府水堂观元真子画武城赞》，都是奉和颜真卿歌咏张志和才艺展示的，皎然只是参与了几次与他有关的聚会，他和张志和之间，似乎没有特别的私交。皎然结识诗僧灵澈，是在德宗建中元年（780），严维逝世，灵澈到吴兴访皎然，时皎然已61岁，灵澈35岁，二人一见如故，成为忘年交。《灵澈传》称："澈游吴兴，与杼山昼师一见为林下之游，互相击节。"住何山寺，与皎然互相唱和。皎然的《赠包中丞书》，是向包佶推荐灵澈的信。书中说："有会稽沙门灵澈，年三十有六。知其有文十余年而未识之，比则闻于故秘书郎严维、随州刘使君长卿、前殿中皇甫侍御曾常所称耳。及上人自浙右来湖上见存，并示制作，观其风裁，味其情致，不下古手。"皎然集中有四首写给灵澈的诗。皎然还与女诗人李冶交游唱和。《唐才子传》卷二《李季兰传》说:"时往来剡中,与山人陆羽、上人皎然意甚相得。皎然尝有诗云:'天女来相试,将花欲染衣。禅心竟不起,还捧旧花归。'"辛文房所引此诗不见于《皎然集》十卷本,而《全唐诗》皎然诗有录(卷八二一),题为《答李季兰》。李冶诗名颇著,一与许多江南文士都有唱酬,今存诗十六首中有与陆羽、朱放诗,朱放亦有《别李季兰》诗,皆为相思离别之意,从中可以窥见李冶与朱、陆二人交情深厚。另外,与李冶交往最为密切的是阎伯钧(字士和),而士和与皎然是好友,皎然集有六首与之赠答诗:《和阎士和望池月答人》《舟行怀阎士和》《和阎士和李蕙冬夜重集》《留别阎士和》《诮士和别》《古别离(代人答阎士和)》。所以,皎然与李冶相熟也就顺理成章了。

  下面说说曾一度代替皎然成为核心的颜真卿,大历八年(773),颜真卿出任湖州刺史,长期辗转于贬所的他渐生退隐之志。刺湖时,颜真卿已步入花甲之年,有感于湖州的安定、富饶和文化氛围,再对照天宝后纲纪废弛现象的普遍存在,使得颜真卿渐渐地不再只专注于政事,开始转向文化事业的兴建。颜真卿不仅是大书法家、大文章家、大学问家,而且以凛然的气节受到朝野尊敬,身边很快聚集了一大批文人学子,除了追随他而来的亲属、亲信外,湖州本土的官员、文士,也向他靠拢,如耿湋、沈怡、裴循、裴幼清、汤衡、潘述、邱悌、柳中庸、褚冲、吕渭、沈仲昌等。真卿刺湖,寄心于山水、诗画,这令许多南方文士如刘全白、陆向、陆涓、沈祖山、吴筠、范缙、王修甫、窦叔蒙等也慕名而来。他们的到来,充分说明了颜真卿超强的吸引力,同时也为湖州文艺界带来了前所未有的活力和生机。皎然作为湖州本土文人的代表,受到颜真卿特殊的礼遇,他参加颜氏举行的种种集会、游宴、赋诗、联唱,集中投赠奉和颜氏之诗作达23首之多。最具传奇色彩的还是陆羽和张志和,他们二人并非祖籍湖州,却在这里与颜真卿共同书写了一段文化史上的佳话。大历八年春,陆羽随前刺史卢幼平自越来湖,颜真卿奉迎缔欢，与陆羽结识。后陆羽参撰《韵海》，优游唱和，被真卿推为群彦之首。同年十月二十一日，颜真卿于妙喜寺东南为其筑亭，陆羽以癸丑年癸卯朔癸亥日建，名为三癸亭，事见鲁公《湖州乌程县杼山妙喜寺碑》并《题杼山癸亭得暮字》一诗："杼山多幽绝，胜事盈跬步。前者虽登攀，淹留恨晨暮。及兹纤胜引，曾是美无度。欻构三癸亭，实为陆生故。高贤能创物，疏凿皆有趣。不越方丈间，居然云霄遇。巍峨倚修岫，旷望临古渡。左右苔石攒，低昂桂枝蠹。山僧狎猿狖，巢忆来枳椇。俯视何楷台，傍瞻戴颙路。迟回未能下，夕照明村树。"诗中慨叹杼山名胜，风景幽美，褒赞陆羽的创获之功，并表达登台望远流连光景之意。皎然有奉和诗《奉和颜使君真卿与陆处士羽登妙喜寺三癸亭》："秋意西山多，列岑萦左次。缮亭历三癸，疏趾邻什寺。元化隐灵踪，始君启高谋。诛榛养翘楚，鞭草理芳穗。俯砌披水容，逼天扫峰翠。境新耳目换，物远风烟异。倚石忘世情，援云得真意。嘉林幸勿剪，禅侣欣可庇。卫法大臣过，佐游群英萃。"杼山产丹、青、紫三色桂花，陆羽折青桂花赠颜真卿，颜真卿作《谢陆处士杼山折青桂花见寄之什》回应："群子游杼山，山寒桂花白。绿荑含素萼，采折自逼客。忽枉岩中诗，芳香润金石。全高南越蠹，岂谢东堂策。会惬名山期，从君恣幽觌。"诗中对陆羽馈赠桂花充满喜悦之情，大有"自牧归荑，洵美且异。匪女之为美，美人之贻"的意味。

大历九年八月，玄真子张志和适湖，颜真卿偕客卿六十余人盛宴待欢迎，《浪迹先生玄真子张志和碑铭》记载了当时的盛况："竟陵子陆羽、校书郎裴修尝诣问有何人往来，答曰：'太虚作室而共居，夜月为灯以同照。与四海诸公未尝离别，有何往来？'性好画山水，皆因酒酣乘兴，击鼓吹笛，或闭目，或背面，舞笔飞墨，应节而成。大历九年秋八月，讯真卿于湖州。前御史李萼以缣帐请焉，俄挥洒横拖而纤纩，霏拂乱抢而攒毫，雷驰须臾之间，忆变万化，蓬壶仿佛而隐见，天水微茫而昭合。观者如堵，轰然愕贻。在坐六十余人，忆真命各言爵里、纪年、名字、第行，于其下作两句题目，命酒，以蕉叶书之，援翰立成，潜皆属对，举席骇叹。竟陵子因命画工图而次焉。真卿以舴艋既敝，请命更之。答曰：'傥惠渔舟，愿以为浮家泛宅，沿泝江湖之上，往来苕、霅之间，野夫之幸矣！'其诙谐辩捷，皆此类也。然立性孤竣，不可得而亲疏；率诚澹然，人莫窥其喜愠。视轩裳如草芥，屏嗜欲若泥沙。"张志和在湖州的出场，以他的狂放奔逸展示了江南隐士的翩然风采，给太守颜真卿以及众文士带来了惊心动魄的艺术享受和审美体验，致使颜不惜一改碑文范例，于身世、官爵轻描淡写，而对张志和的性情、轶事浓墨重彩，大肆渲染。一个现实生活里木讷痴迟、拙于生事的人，在艺术天地里竟是如此得心应手、八面威风，这与陆羽有异曲同工之妙，难怪二人会成为好友。同时，也给皎然留下了深刻印象，他与张志和相识即在此时，其诗集中二首诗、一篇赞文记录了他对张志和的印象：《奉应颜尚书真卿观玄真子置酒张乐舞破阵画洞庭三山歌》是奉和颜真卿之作的，可惜颜诗未流传下来，诗中开篇"道流迹异人共惊，寄向画中观道情"，道出了张志和作画的奇异和众人的观感，"手援毫，足蹈节，披缣洒墨称丽绝。石文乱点急管催，云态徐挥慢歌发。乐纵酒酣狂更好，攒峰若雨纵横扫。尺波澶漫意无涯，片岭崚嶒势将倒。"这与颜碑所记如出一辙。《奉和颜鲁公真卿落玄真子舴艋舟歌》，颜诗亦不存，幸有碑铭可与之互证。《乌程李明府水堂观元真子画武城赞》："乌程鲁邑，异日同风。洋洋弦歌，复闻我公。元真跌宕，笔狂神王。楚奏铿锵，吴声浏亮。舒缣雪似，颁彩霞状。点不误挥，毫无虚放。蔼蔼武城，披图可望。咫尺之内，天高水清。月疑山吐，风恐松声。"也是一场众人围观的现场即兴作画，画的是武城山水风景，① 赞文高度赞扬了颂扬张志和"元真跌宕，笔狂神王"的高超画技。大历十年春日，

---

① 武城，春秋鲁邑，在今山东费县西南，后亦谓之南武城，《论语·雍也》子游为武城宰，《左传昭公二十三年》邾人城翼还，将自离姑，武城人塞其前，《又哀公八年》"吴伐我，道险，从武城，"程启生云，此乃费县之武城。

第3章 中唐吴中诗派的构成形态探析

颜真卿偕陆羽等人与张志和进行了一次唱和。《太平广记》卷二十七引沈汾《续仙传》云："真卿为湖州刺史，与门客会饮，乃唱和为《渔父词》，其首唱即志和之词……真卿与陆鸿渐、徐士衡、李成矩共和二十五首，递相夸赏。"① 此事在张君房《云笈七签》《唐才子传》《新唐书·隐逸》以及张彦远《历代名画记》、朱景玄《唐朝名画录》等书中均有记载。其中《名画录》云："张乃为卷轴，随句赋象，人物、舟船、鸟兽、烟波、风月，皆依其文，曲尽其妙。"以上诸书对这次唱和的记载是可信的。今存张氏诗歌五首，其余皆佚。赵昌平先生将其定位为格律化的民歌体："张志和有拗七律《渔父歌》一首，全用平韵，拗法类《愁》诗。"最初记载此事的却是李德裕，其《玄真子渔歌记》云："德裕顷在内庭，伏睹宪宗皇帝写真，求访忆真子《渔歌》，叹不能致。余世与忆真子有旧，早闻其名，又感明主赏异爱才，见思如此，每梦想遗迹今乃获之，如遇良宝。"② 在有关颜真卿刺湖期间文事活动的诗文文献里，皆不见关于顾况的记载，似乎颜真卿与顾况从未正面接触，不过，顾况在贞元十有五年十二月撰写的《湖州刺史厅壁记》③ 一文中，却提到了颜真卿刺湖，以及湖州贡茶和陆羽撰《湖州图经》的事儿，"夏属扬州，秦属会稽，汉属吴郡，吴为吴兴郡。其野星纪，其薮具区，其贡橘柚、纤缟、茶纻，其英灵所诞，山泽所通，舟车所会，物土所产，雄于楚越，颜鲁公忠烈也，其图经竟陵陆鸿渐撰"，可见他对这段时间的湖州是非常关注非常熟悉的。

在吴中诗人中，颜真卿与皎然交往最深。首先，表现在二人的诗歌往来上。从皎然奉和投赠颜的23首诗作来看，二人应有大量唱和之作，只是颜诗所存甚少，集中只剩一首《赠僧皎然》诗："秋意西山多，别岑萦左次。缮亭历三癸，趾趾邻什寺。元化隐灵踪，始君启高致。诛榛

---

① 李昉：《太平广记》卷二七，中华书局，1961年版，第180页。
② 李德裕：《玄真子渔歌记》，《全唐文》卷七〇八。
③ 顾况：《湖州刺史厅壁记》，《全唐文》卷五二九。

养翘楚,鞭草理芳穗。俯砌披水容,逼天扫峰翠。境新耳目换,物远风尘异。倚石忘世情,援云得真意。嘉林幸勿剪,禅侣欣可庇。卫法大臣过,佐游群英萃。"诗为颜真卿率众文士登览西山游观风景后所做,其中提到三癸亭。而皎然的奉和酬赠诗从题材内容上可以分为三类:一是游赏山水风景、登览胜迹之作,如《奉酬颜使君真卿见过郭中寺寺无山水之赏……以答焉》《奉和颜使君真卿与陆处士羽登妙喜寺三癸亭》《同颜使君真卿、李侍御萼游法华寺登凤翅山望太湖》《杼山上峰和颜使君真卿、袁侍御五韵赋得印字……之会》《九日陪颜使君真卿登水楼》《奉同颜使君真卿、袁侍御骆驼桥玩月》;二是迎来送别之作,如《奉贺颜使君真卿二十八郎隔绝自河北远归》《奉酬颜使君真卿、王员外圆宿寺兼送员外使回》《奉陪颜使君真卿登岘山,送张侍御严归台》《同颜使君真卿岘山送李法曹阳冰西上献书时会有诏征赴京》《陪颜使君饯宣谕萧常侍》《同颜鲁公泛舟送皇甫侍御曾》《奉同颜使君真卿送李侍御萼,赋得荻塘路》《奉同颜使君真卿清风楼赋得洞庭歌送吴炼师归林屋洞》;三是记载歌咏湖州文化盛事之作,如《奉和颜使君真卿修〈韵海〉毕会诸文士东堂重校》《奉同颜使君真卿开元寺经藏院会观树文殊碑》《奉和颜使君真卿修〈韵海〉毕,州中重宴》《晦日陪颜使君白蘋洲集》《春日陪颜使君真卿、皇甫曾西亭重会〈韵海〉诸生》《奉陪颜使君修〈韵海〉毕,东溪泛舟饯诸文士》《赋颜氏古今一事,得〈晋仙传〉,送颜逸》《奉应颜尚书真卿观玄真子置酒张乐舞破阵画洞庭三山歌》《奉和颜鲁公真卿落玄真子舴艋舟歌》。这些诗篇,既是二人交往的最好见证,又为后人研究颜真卿刺湖和湖州文化留下了宝贵的文史资料。其次,还体现在对家族渊源的强烈认同感上[①]。大历八年十二月,颜真卿姻亲沈怡新立南齐沈麟士述祖德碑,颜为他作了《吴兴沈氏祖德碑》[②],在碑文中最能体现他对世族阀阅的重视。他在为本族撰

[①] 杨曦:《颜真卿与湖州文人群体》,河北师范大学,硕士论文,2009年7月。
[②] 朱关田:《颜真卿年谱》,杭州:西泠印社出版社2008年版,第246页。

写的神道碑文中充满强烈的家族荣誉感,一直把先祖追到东晋的颜氏大族。皎然的家族意识亦不逊于颜真卿。他自称谢康乐十世孙,是南朝显赫一时的谢氏家族后裔,其《述祖德赠湖上诸沈》云:"我祖文章有盛名,千年海内重嘉声。雪飞梁苑操奇赋,春发池塘得佳句。世业相承及我身,风流自谓过时人。"由此可见,二人皆以家世祖业为荣,具有强烈的家族荣誉感,并且他们的家族渊源都可上溯至东晋、南朝时期,俱为南北朝世家大族,颜、谢二家具有文化上的同源性。第三,表现在文学观念的共鸣上。胡震亨《唐音癸签》卷五云:"唐人推重子昂,自卢黄门后,不一而足。……独真卿有异论。真卿尝云:'沈隐侯之论谢康乐也,乃云灵均已来,此未及睹;……榷其中论,不亦伤于厚诬。'僧皎然采而著之《诗式》。"① 可见,皎然赞同颜真卿对卢藏用的批评,而在他的理论专著《诗格》中从复变的角度对其做了更深层次的讨论。

3.2 宗教和艺术

3.2.1 这个诗人群体是一个儒释道三教九流的集合体

吴中诗派的人员构成极为复杂,包括了释子、道徒、郡守、渔父、山人、女冠、野客、茶圣,三教九流俱在其中②。李冶、灵澈幼年出家,一入道观,一入佛寺;陆羽早年在寺中养大,后来虽然逃离,但自幼对佛学的濡染影响了他的一生,淡泊名利,甘做闲云野鹤,隐居江湖山林,与清泉香茗为伍,一生布衣,人称茶圣、茶仙;朱放一生高蹈丘园,不求闻达,也是著名的隐逸之士。秦系、张志和早年习儒,在科场

---

① 胡震亨:《唐音癸签》第5卷,上海:上海古籍出版社1981年版,第44-45页。
② 姜剑云:《审美的游离——论唐代怪奇诗派》,北京:东方出版社,2002年版,第44页。

失意或遭遇仕途坎坷后，功名利禄之心渐熄，在冷酷的现实面前，道家出世思想便成了他们平息内心燥热的良方，或隐居山林，或漂泊江湖、扁舟垂纶，逍遥岁月。相对于上述几位成员，颜真卿、顾况、皎然的思想要更复杂一些，而他们恰好又是儒释道三家的典型代表。

  颜真卿，是以儒家的一代忠臣烈士和具有高尚品德的楷模而名著于世的，儒家一心为民的济世情怀、中庸的处世之道和中和的睿智哲理，一直是他思想的核心和一生中主要的人生原则。其远祖颜回为孔门弟子，世称"复圣"，五世祖颜之推学富五车，其《颜氏家训》广为流传。这样的家世为他日后的为学、立身、处世奠定了基础。他26岁进士及第，从此踏上仕途。经玄、肃、代、德四朝，历任监察御史、平原太守、刑部尚书、御史大夫、浙西节度使、太子少师、太子太师等职。因其"立朝正色，刚而有礼，非公言直道不萌于心"，敢于面折权贵，直言无讳，因此先后受到宰臣杨国忠、元载、杨炎、卢杞及宦官李辅国的妒忌和排斥，虽有高功硕德，却不能久位于朝，屡遭贬谪。然而他却不以去国为忧，忠君爱民，勤于政务，特别是同安禄山、李希烈等叛乱势力展开殊死斗争，并最终献出了宝贵的生命，成为忠臣烈士的典范。因此，从思想态度和人生实践上考察，其一生践行儒家风范，他一生经常在地方为官，总是把开启民智、传布正统儒家思想作为自己的首要任务，"为人子者益孝，为人臣者益忠，为人弟者益顺，为人吏者益敬，有以见盛德之仪型也"（令狐峘《颜真卿墓志铭》），因之颇受盛赞而炳于史册。但由于自身境遇与历史际会，又与佛道二家交缘甚深。永泰二年，颜真卿被元载排挤出朝，晚年流落贬所，终生退隐之念。颜真卿至任吉州别驾时，已年近六旬。吉州任上，他既与律宗、天台宗的高僧大德参禅论道，还同往来官吏、词客诗酒讲论。大历三年五月，颜真卿改任抚州刺史，期间他不忘于公务之暇游历山水。他深受当地神仙道教文化的感染，先后寻访了晋时王、郭二真君升天之坛、晋代女道士魏华

第3章 中唐吴中诗派的构成形态探析

存仙坛①、华姑仙坛，又莅临谢灵运翻经台重修竣工法会，为道士谭仙岩书马伏波语。游历仙迹时，每到一处，每逢一事必撰文记载，而执政上却是以"约身减事为政"②，颜真卿对方外之事的兴趣似乎超越了对政治的热衷。他在《李含光碑》中追述卸任抚州刺史后的心理状态时讲到："大历六年，真卿罢刺临川，旋舟建业，将宅心小岭，长庇高踪。而转刺吴兴，事乖夙愿。徘徊郡邑，空怀尊道之心；瞻望林峦，永负借山之记。"③此文作于大历十二年五月，时隔六年颜真卿仍不忘此事，可见其退隐山林之志并非一时之念④。然而，隐居之念未竟，官场险象再起，大历七年颜真卿授湖州刺史……佛道的清修淡泊思想，使他在宦海沉浮中寻找到了一处舒放心灵安闲空间，并在此空间中来缓和内心压力和构建自己的完美人格。其实，从他家人为他起的具有佛性意味的小名"羡门子"可以看出，整个颜氏家族在刚烈忠贞主体思想之外的另一种心灵范式，那就是对于禅意的追求来舒缓外在压力，进入脱尘淡雅的世界。《宋高僧传》中云："菩萨戒弟子，刺史卢幼平、颜真卿、独孤问俗、杜位、裴清深于禅味。"颜真卿在《泛爱寺重修记》中自称"予不信佛法，而好居佛寺，喜与学佛者语。人视之，若酷信佛法者然，而实不然也。予未仕时，读书讲学，恒在福山，邑之寺有类福山者，无有无予迹也。始僦居，则凡海印、万福、天宁诸寺，无有无予迹者。既仕于昆，时授徒于东寺，待客於西寺。每至姑苏，恒止竹堂。目予实信其法，故为张侈其事，以惑沙氓，则非知予者矣。"而正是他这种深厚的佛道文化品格，建立了他与吴中派诸子的联系。

皎然年轻时自负文采风流，以继承光复谢氏祖业为己任，曾习儒应

---

① 事见颜真卿《抚州南城县麻姑山仙坛记》《华盖山王郭二真君坛碑记》《华岳庙题名》《华盖山王郭二真君坛碑记》等文，《全唐文》卷三百三十六——卷三百四十四。
② 殷亮：《颜鲁公行状》，《全唐文》卷五一四。
③ 董诰等：《全唐文》三四〇卷，中华书局，1983年版，第3444-3446页。
④ 朱关田：《颜真卿年谱》，杭州：西泠印社出版社，2008年版，第307页。

举，参加科考，也曾干谒权贵，渴求援引，汲汲于功名利禄，但仕途失意，结果都不理想，以至穷愁潦倒，为解除精神上的痛苦，他曾求仙访道，试图接受道教的修炼方式，其《南湖春泛有客自北至说友人岑元和足见怀，因叙相思之志以寄焉》云："资予长生诀"，注曰："予尝受以胎息之诀"。"胎息"乃道教修炼内丹的方法之一。另有《还丹可成》联句，还丹为道教所炼外丹。但似乎没多久他就放弃了，在无奈之下遁入空门。其《唐杭州灵隐山天竺寺故大和尚塔铭序》云："大师生缘钱塘范氏，讳守真，字坚道……昼之身戒，亦忝门人。"知皎然出律师守真之门。但守真虽号律师，却不拘门户，对佛教各宗兼收并蓄，对律宗、天台宗、密宗、禅宗、华严宗等思想博收广涉，无所不容。皎然也承袭了乃师宗风，一度从师"听毗尼道"，必然熟知佛律。但是他并没有门派之见，晚年受天台宗和禅宗的影响尤深。在《五言南湖春泛有客自北至说友人岑元和见怀因叙相思之志以寄焉》末尾说："我有一字教，坐然遗此忧。何烦脱珪组，不用辞王侯。祇在名位中，空门兼可游。"显然皎然已经接受了南禅宗禅理。其《能秀二祖赞》云："二公之心，如月如日，四方无云，当空而出。三乘同轨，万法斯一，南北分宗，工言之失。"能即南宗始祖慧能，秀即神秀，可见皎然对南、北禅宗的共同推崇，故其诗友于頔曰："吻合南北宗，昼公我禅伯。"（《郡斋卧疾赠昼上人》）皎然还接受了天台宗的无情有性说以及密宗的好兴冥斋，不过，虽然皎然对律宗、天台宗、密宗、南北禅宗等兼收并蓄，但他自中年以后，却日益倾心于南宗禅[①]。安史之乱后，南宗迅速发展，特别是在江南一带势力很盛。大历、贞元间，慧能再传弟子马祖道一在洪州弘法，逐渐取代了禅宗的其他宗派，成为南宗禅的正宗。洪州禅将慧能的思想进一步发展，主张任运自然，平常心是道，"全体贪嗔痴，造善造恶，受苦受乐，此皆是佛性。""故但任本心即为修也"。

[①] 贾晋华：《皎然出家时间及佛门宗系考述》，厦门大学选报，1990年第1期，第108-110页。

鄙弃僧律科条，任心直行，狂放不羁。马祖禅风在江南僧俗间煽起一股狂放逸荡的生活作风①。建中四年的江西之行很可能是皎然彻底改变禅风的关掖，翌年即兴元元年，灵澈来湖州依皎然学诗，皎然有《山居示灵澈上人》一诗悔其往日的苦修："身闲始觉骠名是，心了方觉苦行非。外物寂中谁似我，松声草色共无机。"皎然也正由此开始改变早年的谨修作风的。他的作品中对佛教所注重的诵经、禅定一概予以否定，认为那不过是小乘之行，如《宿法华寺简灵澈上人》诗云："不知何处小乘客，一夜风来闻诵经。"本来佛教最重清心寡欲，皎然却说世俗享乐不碍修禅，就连声色犬马也都是道，这种思想正是洪州禅风发展到极致的结果。再如僧侣原本严禁饮酒，皎然诗中偏说："山火照书卷，野风吹酒瓶。为谁留此物，意在眼中青。"(《奉酬李中丞湖州西亭即事见寄兼呈吴凭处士》) 他参与颜真卿幕下的联唱游乐，大作"大言""小言""乐语""馋语""滑语""醉语""远意""恨意"游戏题联句，已触犯佛教所戒六十四种恶口。大历十三年（778），他在桐江让人仿秦僧遗制，戛铜碗作龙吟声，"缁人或有讥者，(答) 曰：'此达僧之事，可以嬉娱，尔曹无以琐行自拘。'因赋《龙吟歌》以见其意"(《戛铜枕为龙吟歌》序)。但马祖禅讲任运自然，却并非放弃佛教的根本目标，仍然讲"一念返照全体圣心"(《古尊宿语录》)，其任运自然的禅风其实只是外在的行为方式，内心的清净寂灭却是不变的。皎然可谓深谙其理，所以狂中自有一份超然和清净。

佛禅文化，与儒道一起建构了唐代知识分子的精神世界。尤其是禅宗兴起之后的中唐时期，释子常与士人宴饮游处，士人也乐于与释子谈禅吟诗。"手握玉符，且救寰中之难，志栖金箓，唯思象外之游。"(崔致远《下元斋词之二》) 成为中唐士人的人生理想。顾况出身于吴郡顾氏儒学世家，从人生轨迹来看，在其归隐茅山之前的大半生，儒家思想自然是他思想的主流，在儒学衰败的时代，顾况力行古道，提倡儒

---

① 蒋寅著：《大历诗人研究》，北京：北京大学出版社，2007年版，第234页。

学，提倡文以载道，持儒家传统的诗教观，并以儒家修身、齐家、治国、平天下的道德期望规划自己的人生追求。然而，顾况所处的时代、生活的具体环境以及人生的挫折，又使他不能不受佛道文化的影响，甚至最终皈依道教，从而使其思想呈现出多元性特征。少年顾况曾受佛学启蒙，叔父虎丘僧"山中塔庙，叔父有功。叔诲七觉，……况受经于叔父，根钝智短，曾不得乎少分。"① 这位叔父"万言一览，学际天人"，有着深厚的佛学修养。而在此文中，顾况用"理一分殊"理论分析经藏谱系，"从虚空藏一切藏，一切藏流出四大藏，……灌于三藏，流出八万四千藏"，可谓头头是道。其深湛的佛学造诣与虎丘僧的传授不无关系。顾况诗集今存二十多首佛教题材的诗歌，或写与僧人的交游，如《酬扬州白塔寺永上人》《寄江南鹤林寺石冰上人》《鄱阳大云寺一公房》《赠僧二首》《寻僧二首》《哭绚法师》等；或写游览寺院时的所见所感，如《萧寺偃松》《题歙山栖霞寺》《经废寺》《宿湖边山寺》《独游青龙寺》《宿山中僧》《题山顶寺》《道该上人院石竹花歌》等等。其中渗透着诗人对佛经义理的深切体悟。此外，顾况还写有许多关于佛寺的碑志文，如《衢州开元观碑》《虎邱西寺经藏碑》《苏州乾元寺碑》《广陵白沙大云寺碑》等，以及《阴阳不测之谓神论》《如意轮画赞（并序）》等称颂佛法的文章。皆体现着顾况深湛的佛学修养。他在《阴阳不测之谓神论》中云："天竺律法与大衍有差，吾谁归矣"，又云："野人遗魂，非有阴阳算术之功，涉津无涯，安济所届，释氏五阴，轮为四生，或居人中，以为鬼神，唯代有佛法，独能究竟，白云依山，出入自得，飞鸟以灭，虚空不碍，清明在躬，志气如神，阴阳不测，唯佛而已。"对佛教自由放达、圆融无碍的妙境称扬备至。与佛教相比，顾况与道教的渊源更深。他的家乡润州丹阳地近道教名山——茅山，茅山为道教茅山宗的祖庭。早年的茅山生活，使他深受道教文化氛围的熏陶，这种少年时期的耳濡目染，影响了顾况一生的人

---

① 顾况：《虎邱寺经藏碑》，《全唐文》卷五三零。

生观和价值观。他与道教中人来往密切，如李泌、柳浑。《旧唐书·李泌传》云："泌颇有谠直之风，而谈神仙诡道，或云尝与赤松子、王乔、安期、羡门游处，故为代所轻，虽诡道求容，不为时君所重。德宗初即位，尤恶巫祝怪诞之士。……及建中末，寇戎内梗，桑道茂有城奉天之说，上稍以时日禁忌为意，而雅闻泌长于鬼道，故自外征还，以至大用，时论不能为愜。及在相位，随时俯仰，无足可称。复引顾况辈轻薄之流，动为朝士戏侮，颇贻讥诮。"又《李泌传附子繁传》云："初，泌流放江南，与柳浑、顾况为人外之交，吟咏自适。而浑先达，故泌复得入官于朝。"三人结下了深厚的友谊，李泌对神仙鬼道的嗜好及谠直之风，与顾况的道教修养人格精神不谋而合，三人既为同道，而同时相互间的影响也是必然的。顾况最终成为道教中人，道家思想赋予顾况以洒脱飘逸的人格风神。在少年皇甫湜的眼中，顾况则无异于神仙中人："脱縻无复北意，起屋于茅山，意飘然若将续古三仙，以寿九十卒。以童子见君扬州孝感寺，君披黄衫，白绢鞱头，眸子瞭然，炯炯清立，望之真白圭振鹭也。"

由上可见，吴中诗派成员俱有深厚的儒释道修养，清高旷达的人品，他们彼此相交以道，真可谓同道中人。《陆文学自传》云："上元初，结庐于苕溪之滨，闭关对书，不杂非类，名僧高士，谈宴永日。"福琳《唐湖州杼山皎然传》如此记述皎然的交游："及中年谒诸禅祖，了心地法门，与武邱山元浩、会稽灵澈为道交……至五年五月，会前御史中丞李洪自河北负谴，再移为湖守。初相见，未交一言，若神合。素知公精于佛理，因请益焉，先问宗源，次及心印。公笑而后答……昼以陆鸿渐为莫逆之交……颜鲁公真卿命神赞《韵海》二十余卷，好为《五杂俎》篇，用意奇险，实不忝江南谢之远裔矣。昼清净其志，高迈其心，浮名薄利，所不能啖。唯事林峦，与道者游，故终身无愠色……昼生常与韦应物、卢幼平、吴季德、李萼、皇甫曾、梁肃、崔子向、薛逢、吕渭、杨逵，或簪组，或布衣，与之交结，必高吟乐道，道其同者，则然始定交哉。故著《儒释交游传》……"① 道情相和，方可为友，道友们交游唱和、谈禅、悟道、诵经。皎然《赠韦早陆羽》云："只将陶与谢，终日可忘情。不欲多相识，逢人懒道名。"在皎然诗作中，多次使用"道情"一词，如《杼山上峰和颜使君真卿、袁侍御五韵赋得印字……之会》"道情寄远岳，放旷临千仞"；《奉陪陆使君长源诸公游支硎寺（寺即支公学道处）》"灵境若可托，道情知所从"；《西溪独泛》"道情何所寄，素舸漫流间"；《夏日与綦毋居士、昱上人纳凉》"为依炉峰住，境胜增道情"；《春日陪颜使君真卿、皇甫曾西亭重会〈韵海〉诸生》"为重南台客，朝朝会鲁儒。暄风众木变，清景片云无。峰翠飘檐下，溪光照座隅。不将簪艾隔，知与道情俱"；《奉应颜尚书真卿观玄真子置酒张乐舞破阵画洞庭三山歌》"道流迹异人共惊，寄向画中观道情。如何万象自心出，而心澹然无所营"；《观李中丞洪二美人唱歌轧筝歌（时量移湖州长史）》"每笑石崇无道情，轻身重色祸亦成"；《送顾处士歌》"谢氏檀郎亦可俦，道情还似我家流。皎然不但把顾况、陆羽、张志和等视为同道中人，而且连朝廷命官、湖州刺史颜真卿也是同道中人。正是源于同道，他对灵澈的提携保荐不遗余力；正因源于同道，他和陆羽成为莫逆之交；正因为源于同道，他敢和女道士李冶互相调笑。

3.2.2 这个诗人群体是一个典型的艺术沙龙②

皎然、灵澈是有名的诗僧。秦系、朱放工诗。张志和，懂乐擅画。唐书本传说他"善图山水，酒酣，或击鼓吹笛，舐笔辄成。尝撰《渔歌》，宪宗图真求其歌，不能致。李德裕称志和'隐而有名，显而无事，不穷不达，严光之比'云。"③ 李冶，不仅擅长翰墨诗文，而且通

---

① 福琳：《唐湖州杼山皎然传》，《全唐文》卷九一九。
② 姜剑云：《审美的游离——论唐代怪奇诗派》，北京：东方出版社，2002年版，第45页。
③ 《新唐书》卷二一九，列传第一二一。

晓音律，善弹琴。"人道海水深，不抵相思半。海水尚有涯，相思渺无畔。携琴上高楼，楼虚月华满。弹得相思曲，弦肠一时断。"这曲《相思怨》，在这清微淡澹的吟声中，通篇不见一个"怨"字，却字字啼血，句句挚爱，情到深处，琴弦柔肠一时梗阻，再也难以为继的相思情怨打动过多少古往今来的读者。

  颜真卿是书法家，工正楷，端庄雄伟，气势开张，行书刚劲舒和，神采飞动。清人冯班说："宋人行书，多出颜鲁公。"可见颜书在宋代之风靡。欧阳修、苏东坡和黄庭坚是学颜的代表人物，给予颜体以高度评价。欧阳修评道："颜公书如忠臣烈士、道德君子，其端严尊重，人初见而畏之，然愈久而愈可爱也。"又说"斯人忠义出于天性，故其字画刚劲独立，不袭前迹，挺然奇伟，有似其为人。"（《集古录》）。苏轼对颜书的推崇是无以复加，他将颜书与杜诗相媲美，可谓高瞻远瞩，一语破的："颜鲁公书雄秀独出，一变古法，如杜子美诗，格力天纵，奄有汉魏晋唐以来风流。"又说，"自颜柳氏没，笔法衰绝，加以唐末衰乱，人物凋落磨灭，五代文采风流扫地尽矣。独杨公凝式笔迹雄杰，有二王、颜、柳之余。"把颜真卿比作百代诗宗杜甫，充分肯定了颜书的当时书法创变。正因为颜真卿不为法度羁绊，所以有《东方朔画赞碑》的清雄刚劲，《麻姑仙坛记》的奇古壮阔，《大唐中兴颂摩崖》的端庄雄伟、豪放恢宏，《颜勤礼碑》和《颜氏家庙碑》的大气磅礴，以及《赠裴将军诗帖》的怪诞。而更为难得是，他在《东方朔画赞碑》《大唐中兴颂摩崖》和《自书告身帖》等诸多楷书作品中所表达的忧国忧民的爱国主义思想，是前辈书家无法比拟的。朱长文在《续书论》列其书法为神品，并评说："点如坠石，画如夏云，钩如屈金，戈如发弩，纵横有象，低昂有态，自羲、献以来，未有如公者也。其真行绝妙，所谓如长空游丝。"又说，"魏、晋而下，始减损笔画以就字势。惟公合篆籀之义理，得分隶之谨严，放而不流，拘而不拙，善之至也。"颜书自宋季以降一直备受习书者青睐，经久不衰，时至今日，颜书仍是大家取法的对象。

顾况是一位颇具艺术敏感的才子，不仅诗名早著，而且擅长绘画，文献中多有记载，张彦远《历代名画记》卷十云："顾况，字逋翁，吴兴人。不修检操，颇好诗咏，善画山水。初为韩晋公江南判官，入为著作佐郎，久次不迁，乃嘲诮宰相，为宪司所劾。贞元五年，贬饶州司户。居茅山，以寿终。有画评一篇，未为精当也。"言其善画山水，既有作品，又有理论。而所谓不修检操，正是其倜傥不羁的才子气的表现。关于顾况的绘画作品，明代时尚流传于世，明张丑《清河书画舫》卷四上云："尝闻琴川刘以则孙某，秘藏顾况《江南春图》轴卷，后有宋元名贤题跋，笔法潇洒，天真烂然，近始见之项氏。昔人评况画品入神，源出王洽，而秀润过之，殆非过许云。……吴邑顾况，人品清逸，能诗画，工真行书，前惟荥阳郑虔，后惟孤山林逋，庶几近之。外是，三绝或可继响，而人品固难乎其为同调矣。《咏顾处士江南春图小本》：'逋翁诗酒外，妙写江南春。清逸不火食，堪为摩诘邻。'《江南春图》始于顾逋翁，皇宋惠崇轴卷更奇胜，国倪迂亦仿效作之，并题诗二首，后人和章极多，好事家编为《江南春集》镂板行世，亦可传也。惠崇《江南春图》，纸本，小轴卷，清逸之极，不让顾逋翁手笔。今在王氏董宰，太史极称许之，自非庄列高风画卷可拟议也。闻有《秋塘聚禽图》，笔趣更胜，当细访之。"可见明人见过顾况的《江南春图》画轴，并且认为它是此类绘画题材的滥觞，而后皆为效仿之作。顾画笔法潇洒，神韵天然。这当得益于画者对东南佳山水的妙赏，《唐诗纪事》卷二八记载了一则顾况画山水的逸事，或许正可作为注脚，"况工小笔，尝求知新亭监。人诘之，曰：'余要貌写海中山耳。'仍辟画省，王墨为副，任职半年，解后落笔有奇趣。"文中明确指出顾况画艺的精进在于对自然真山真水的摹写，虽然为了画山水求知新亭监的理由未必可信，但至少表明了顾况追求艺术的人生状态，追求诗意的生活方式。《封氏闻见记》卷五"图画"条载顾况作画状态云："大历中，吴士姓顾以画山水历托诸侯之门。每画先帖绢数十幅于地，乃研墨汁及调诸彩色，各贮一器，使数十人吹角击鼓，百人齐声啖叫。顾子著锦袄锦缠头，饮酒半酣，绕绢帖走十余匝，取墨汁摊写于绢上，次写诸色，乃以长巾一一倾覆于所写之处，使人坐压，已执巾角而曳之，回环既遍。然后以笔墨随势开决，为峰峦岛屿之状。夫画者淡雅之事，今顾子瞑目鼓噪，有戟之象，其画之妙者乎。"① 张彦远的《历代名画记》所记为王墨事，言"王墨，师项容，风颠酒狂，画松石山水，虽乏高奇，流俗亦好"，而顾况乃王墨弟子，师徒二人有着相近的性格志趣，因此顾况必能得其画法。它集中体现了顾况重视自我表现、风流放诞的人格精神。焦山的大字之祖瘗鹤铭，曾长期以来被认为华阳真逸顾况的书法杰作，当然这只是一个由欧阳修公无意间制造的误会，前人早已辨明，华阳真逸并非顾况的名号，傅璇琮先生的《顾况考》也做了详尽的考据证明其非，但是，这依然不会影响顾况擅长书法的事实，《御定佩文斋书画谱》卷二十八书家传七云："吴邑顾况，人品清逸，能诗画，工真行书。"他的友人皎然在《送顾处士诗》中写道："醉书在箧称绝伦，神画开厨怕飞出。"用醉态来形容其行书的夭矫多姿，用夸张的假设来形容其绘画的生动气韵。顾况高超的书画造诣不言自明。书画之外，顾况还通晓音乐。他熟悉乐器，善解音声，《文献通考》"七星管"条："《广雅》曰：管象篪长尺，围寸，有六孔，无底。《风俗通》《说文》皆曰，管漆竹长一尺，六孔，十二月之音，象物贯地而牙故也。《蔡邕章句》：'管者，形长一尺，围寸，有孔无底，其器今亡。'以三者推之，管象篪而六孔，长尺围寸而无底，十二月之音也。唐之七星管，古之长笛也，一定为调，合钟磬之均，各有短长，应律吕之度，盖其状如篪而长，其数盈寻而七窍，横以吹之，旁一窍，冥以竹膜，而为助声，唐刘系所作也，用之雅乐，岂非溺于七音欤！班固曰：黄帝作律，以玉

---

① 洪惠镇：《唐代泼墨泼色山水画先驱"顾生"考》一文考证，顾生就是顾况，见《美术观察》，1998年11期。

为管，长尺，六孔，为十二月音。其言十二月音则是，至于论以玉为管，是不考黄帝取竹之过也（顾况有《七星管歌》，有'龙泽四泽欲兴雨，凤引九雏惊宿鸟'之句）"。①末引顾况《七星管歌》之句，今集中不存。又"大忽雷琵琶"条："小忽雷琵琶唐文宗朝，内库有琵琶二，号大忽雷、小忽雷。时有内弟子郑中丞常弹小忽雷，遇时头脱，逸崇仁坊赵家修治，遭训、注之乱，人莫知者。已而，中丞身殁，权相旧吏梁厚本赂乐匠，得赵家所修治器，每至夜分，轻弹。后遇良辰，饮于花下，酒酣，弹数曲，有黄门过而听之，曰：'此郑中丞琵琶声也。'翌日，达上听，文帝惊喜，遣中使召之，赦厚本罪，别加锡赉。咸通中，有米和郎、田从道尤善此艺。顾况有《忽雷儿之歌》，盖生于此。"②举顾况的诗作《忽雷儿之歌》，今亦不存。但从两则材料可知，顾况曾写有此类诗作，说明他对这些乐器是相当熟悉的。

陆羽少年时代的坎坷经历，造就了他的多才多艺。新唐书本传载："幼时，其师教以旁行书，答曰：'终鲜兄弟，而绝后嗣，得为孝乎？'师怒，使执粪除圬墁以苦之，又使牧牛三十，羽潜以竹画牛背为字。得张衡《南都赋》，不能读，危坐效群儿嗫嚅若成诵状，师拘之，令薙草莽。当其记文字，懵懵若有遗，过日不作，主者鞭苦，因叹曰：'岁月往矣，奈何不知书！'呜咽不自胜，因亡去，匿为优人，作诙谐数千言。天宝中，州人酺，吏署羽伶师，太守李齐物见，异之，授以书，遂庐火门山。"③《文苑英华》卷七九三《陆文学自传》："因倦所役，舍主者而去。卷衣诣伶党，著《谑谈》三篇，以身为伶正，弄木人、假吏、藏珠之戏。公追之曰：'念尔道丧，惜哉！吾本师有言：我弟子十二时中，许一时外学，念降伏外道也。以我门人众多，今从尔所欲，可缉学工书。'"他童年放牛时"以竹画牛背为字"，勤奋学书，在流浪

---

① 马端临：《文献通考》，卷一三八·乐考十一。
② 马端临：《文献通考》，卷一三七·乐考十。
③ 《新唐书》卷二一九，列传第一二一。

生活中学会了各种杂技。后来与大书法家颜真卿、怀素等人交往，书艺大进，还写下了《论徐颜二家书》《僧怀素传》这样书法专著。大历十年（775）春，陆羽将他在新居"青塘别业"修订的《茶经》稿本呈送给当时还在湖州任上的颜真卿过目时，就他于颜公案头所见的徐吏部书束，品评了徐颜二家的书法。他说："徐吏部不授右军笔法，而体裁似右军；颜太保授右军笔法，而点画不似。何也？有博识君子曰：'盖以徐得右军皮肤眼鼻也，所以似之；颜得右军筋骨心肺也，所以不似。'"① 这就是《论徐颜二家书》的由来。陆羽认为徐吏部的字虽体裁形似王羲之，但并未把右军笔法学到家，仅得其皮肤；颜真卿学羲之，注重遒劲有雄健的笔力，天真自然的气度，把握住了右军笔法的精髓，是得其"筋骨心肺也"。陆羽所论，从形似与神似的关系中，深刻地阐明了继承与创新的关系。继承是为了创新，重要的是神似不必拘泥于形似。同时，正确地说明了颜真卿之所以卓然成家，雄视书坛的道理之所在。建中二年（781）秋天，陆羽应诗友戴叔伦之邀赴湖南幕府，恰遇戴的好友书僧怀素，并一见如故，成了好友。贞元二年（786）陆羽在洪州。为了纪念怀素逝世一周年，写了《僧怀素传》，文中追述怀素幼年他们幼时学书的艰难处境，"贫无纸可书，尝于故里种芭蕉万余株，以供挥洒"。接着记叙怀素书法的师承，邬彤传授笔意的秘诀：一曰态势要自然，二曰要体察造化。以及怀素和颜真卿关于草书的精彩讨论，"观夏云多奇峰辄尝师之"。文中表达对草书的总体看法是："余酒以养性，草书以畅志"。这篇传记成为研究书法史论的重要文献。

　　这样一个具有浓郁的艺术气息的诗人群体，赏景作画，听歌起舞，酣酒醉书，即兴赋诗，便自然成为该派成员重要的活动内容。颜真卿文集有《怀素上人草书歌序》，言"睹其笔力，勖以有成……兼好事者同作歌以赞之，动盈卷轴……嗟叹不足，聊书以冠诸篇首。"惜众人之歌不存，只见此序。顾况诗集中有《萧郸草书歌》《范山人画山水歌》

---

① 《论徐颜二家书》《僧怀素传》，见《全唐文》卷四三三。

《嵇山道芬上人画山水歌》《杜秀才画立走水牛歌》《梁司马画马歌》等歌咏书法和绘画的作品。还有《琴歌》《丘小府小鼓歌》《李供奉弹箜篌歌》《刘禅奴弹琵琶歌》《李湖州孺人弹筝歌》《郑女弹筝歌》《听刘安唱歌》等音乐鉴赏诗；其《王氏广陵散记》杂记文记琅邪王淹兄幼女弹奏琴曲《广陵散》之异事。而他的《越中席上看弄老人》，应为朋友集会时看木偶戏，地点是越中山阴。李冶《从萧叔子听弹琴，赋得三峡流泉歌》云："妾家本住巫山云，巫山流泉常自闻。玉琴弹出转寥复，直是当时梦里听。三峡迢迢几千里，一时流入幽闺里。巨石崩崖指下生，飞泉走浪弦中起。初疑愤怒含雷风，又似呜咽流不通。回湍曲濑势将尽，时复滴沥平沙中。忆昔阮公为此曲，能令仲容听不足。一弹既罢复一弹，愿作流泉镇相续。"这是一首描写琴技的诗，将琴声比作三峡流水，时而清流淙淙，时而幽隐深细，时而高亢激越，时而飘逸飞扬，如巨石崩崖，如飞泉走浪，如风雷咆哮，如流水低泣，如急流险滩，如水滴平沙，生动的语言，贴切的比喻，把琴声高低起伏、抑扬顿挫的变化描绘得有声有色，同时也反映出诗人的音乐造诣。值得注意的是，试题中的所谓"赋得"，凡是指定、限定的诗题，照例在题目上都要加上"赋得"二字，这种做法源于应制诗，后来广泛用于科举试贴诗，有时集会，大家共写一个题目，或出个题叫别人做，都可在试题前加"赋得"二字。显然，李冶这首听琴诗，是和友人燕集时所做，文献记载李冶曾随刘长卿等联社乌程开元寺，又与皎然、陆羽等有诗词唱和。可以断定，当时听琴的绝不止李冶一人，当还有其他同题作者，可惜其他人的作品未流传下来。

朱景玄《唐朝名画录》记载张志和《渔歌子》情况："或号曰烟波子，常渔钓于洞庭湖。初颜鲁公典吴兴，知其高节，以渔歌五首赠之。张乃为卷轴，随句赋象，人物、舟船、鸟兽、烟波、风月，皆依其文，曲尽其妙，为世之雅律，深得其态。"可见《渔歌子》是同题唱和之作，为首者是郡守颜真卿，张志和五首乃奉和之作，而且因诗作画，这是一场典型的艺术沙龙。这种类似的艺术沙龙，也见载于皎然诗集，如《奉应颜尚书真卿观玄真子置酒张乐舞破阵画洞庭三山歌》，即从诗题来看，可知皎然乃奉和颜真卿诗作而成，当时的场景可以还原为：颜真卿与下属同僚与皎然等友人宴集，观看张志和边喝酒边歌舞边画洞庭山水，对常人而言，这当是一场高难度的综合艺术表演，集音乐、绘画、歌舞于一体，但对多才多艺的张志和来说，却是拿手好戏，其中喝酒的环节当是为了情绪的酝酿，酒酣耳热之际，进行艺术表演和创作，正可以激情飞扬、乘兴挥洒，以达元气淋漓的艺术效果。那么，张志和之外的观众，是要赋诗助兴歌咏此事的。颜真卿等人之作散逸，故仅见于皎然集中。从皎然对这次表演的描绘歌咏来看，是非常成功非常精彩的。皎然诗集中歌咏此类艺术沙龙和集会的作品还有好多，如《奉和裴使君清春夜南堂听陈山人弹白雪》《奉和颜使君真卿与陆处士羽登妙喜寺三癸亭》《奉和颜使君真卿修〈韵海〉毕会诸文士东堂重校》《奉和陆使君长源水堂纳凉效曹刘体》《奉和颜使君真卿修〈韵海〉毕，州中重宴》《奉酬陆使君见过，各赋院中一物，得江蓠》《张伯英草书歌》《周长史昉画毗沙门天王歌》《奉和颜鲁公真卿落玄真子舴艋舟歌》《戛铜碗为龙吟歌》《观李中丞洪二美人唱歌轧筝歌（时量移湖州长史）》《陈氏童子草书歌》《观王右丞维沧洲图歌》《观裴秀才松石障歌》等。其《夏日同崔使君论登城楼赋得远山》："远山湖上小，青翠望依稀。才向窗中列，还从林表微。色浓春草在，峰起夏云归。不是蓬莱岛，如何人去稀。"小诗本身，就是一幅清丽悠远的吴中山水画。根据《送顾处士歌》可以推测，他也见过顾况的醉书和神画。这样的艺术沙龙，不仅是一种群体间加强联系的重要方式，还是一种美的享受，一种艺术的熏陶、技艺的切磋，更是诗歌创作的灵感和源泉。

3.3　诗会与茶会

3.3.1　诗会：会异永和年，才同建安作

除了前述交游酬唱、谈禅论道、品书赏画之外，举办诗会是吴中诗派一项重要的文学活动。此所谓诗会，即著名的湖州诗会。据《皎然集》和《颜真卿集》所存52首联句来看，虽非所有吴中诗派成员皆参与其中，但其核心人员如颜真卿、皎然、顾况、陆羽、张志和，是参加了湖州诗会的，而皎然是与湖州诗会相始终的人物。

在中国文学史上，诗词唱和是一种极为普遍的现象。它源远流长，形式多样，特色独具。诗词唱和的性质是同题共作。联句属于唱和诗的一部分，赠答与其有交叉，拟和乃古人用功之法①。酬赠唱和诗部分前已论及，本节所论湖州诗会，主要是指联句形式。若从联句的角度考察湖州诗会，可以把它分成前后两个阶段②：第一阶段，是皎然主持的湖州诗会。它是随着皎然定居湖州而开始的，一直持续到大历八年。现存联句诗31首：《讲德联句》《讲古文联句》《项王古祠联句》《还丹可成诗联句》《建安寺西院喜王郎中遘恩命初至联句》《建安寺夜会，对雨怀皇甫侍御曾联句》《泛长城东溪，暝宿崇光寺，寄处士陆羽联句》《与崔子向泛舟自招橘经箬里宿天居寺……联一十六韵以寄之》《渚山春暮，会顾丞茗舍，联句效小庾体》《与李司直令从荻塘联句》《远意

---

①　巩本栋：《关于唱和诗词研究的几个问题》，江海学刊，2006年第3期。
②　据贾晋华考证，湖州诗会分三个时期：一前期，皎然与朱巨川、陆羽、阎伯均、裴澄等在湖州过往联唱时间：广德二年（764）；二高峰，大历八年至十二年（773—777）颜真卿刺湖州；三后期联唱，皎然与孟郊、陆羽、陆长源等人在湖州聚为诗会的时间，兴元元年至贞元元年（784—785）。贾晋华《皎然年谱》，厦门：厦门大学出版社，1992年版。

联句》《暗思联句》《乐意联句一首》《恨意联句》《秋日卢郎中使君幼平泛舟联句一首》《重联句五首》《与潘述集汤衡宅怀李司直纵联句》《安吉崔明甫山院联句一首》《道观中和潘丞观青溪图联句》《春日对雨联句一首》《春日会韩武康章后亭联句》《康录事宅送僧联句》《与邢端公李台题庭石联句》《冬日建安寺西院,喜昼公自吴兴至,联句一首》《秋日潘述自长城至雪上与昼公》《汤评事游集累日……以寄之》《喜昼公寻山回相遇联句一首》《送昼公联句》。参与人员有：湖州刺史卢幼平、武康令韩章，皎然、顾况、潘述、汤衡、裴济、齐翔、王遘、李纵、崔子向、陆士修、李令从、疾（失姓）、裴澄、朱巨川、阎伯均、从心（失姓）、杭（失姓）、卢藻、李恂、惮（失姓）、崔逵、杨秦卿、仲文（失姓）、郑说、（余缺）。先后达26人次，每次参与者不等，多则六人，少则二人。其人员规模自然难以与后来的颜真卿诗会相比，学界多将其视为后面高潮的前奏。也不如广德元年至大历五年鲍防任浙东从事时的浙东联唱诗会，该诗会原作者多至五十七人，《大历年浙东联唱集》二卷，为鲍防联唱诗人群的作品总集，据考，今存诗三十八首，偈十一首，序二首，姓名可考知者有鲍防、严维、刘全白、朱迪、吕渭、谢良辅、丘丹、陈允初、郑概、杜弈、范恺、樊珣、刘蕃、贾弇、沈仲昌、李清、范淹、吴筠、迥迥、口成用、张叔政、周颂、裴晃、徐嶷、王纲、庾骥、贾肃、萧幼和、李津、杜倚、崔泌、杜羔、任遹、秦踽、范绛、张著、段格、刘题，共三十八人。贾晋华认为，吴中诗派的秦系、朱放、张志和、灵澈可能也参加了浙东诗会[①]。这只是一种推测，而并没有相应确凿的作品证据，但有一点是可以可定的，大历浙东联唱诗会影响了后来的湖州诗会。

第二阶段，是颜真卿组织的诗会。大历八年至十二年（773—777），颜真卿任湖州刺史。他到湖州的头等大事，就是延揽文士，编定

[①] 贾晋华：《唐代集会总集与诗人群研究》，北京：北京大学出版社，2001年版，第74页。

《韵海镜源》。他在《湖州乌程县杼山妙喜寺碑铭》中对此事缘由做了清楚地交代:"大历七年,真卿蒙刺是邦……真卿自典校时,即考五代祖隋外史府君与法言所定切韵,引《说文》《苍雅》诸字书,穷其训解,次以经史子集中两字已上成句者,广而编之,故曰《韵海》。以其镜照原本,无所不见,故曰《镜源》。天宝末,真卿出守平原,已与郡人渤海封绍、高□、族弟、今太子通事舍人浑等修之,裁成二百卷。属安禄山作乱,止具四分之一。及刺抚州,与州人左辅元、姜加璧等增而广之,成五百卷。事物婴扰,未遑刊削。"修书为文人雅集创造了机会,直接促成了湖州诗歌盛会的到来。期间,颜真卿频繁与韵海诸生及往来文士登临游赏,诗酒唱和,在湖州掀起了一场以联句为主的诗歌盛会。碑铭又曰:"大历壬子岁,真卿叨刺于湖。公务之隙,乃与金陵沙门法海、前殿中侍御史李萼、陆羽、国子助教州人褚冲、评事汤某、清河丞太祝柳察、长城丞潘述、县尉裴循、常熟主簿萧存、嘉兴尉陆士修、后进杨遂初、崔宏、杨德元、胡仲、南阳汤涉、颜祭、韦介、左兴宗、颜策,以季夏於州学及放生池日相讨论。至冬,徙于兹山东偏。来年春,遂终其事。前是颜浑、正字殷佐明、魏县尉刘茂、括州录事参军卢锷、江宁丞韦宁、寿州仓曹朱弁、后进周愿、颜暄、沈殷、李莆亦尝同修,未毕,各以事去。而起居郎裴郁,秘书郎蒋志,评事吕渭,魏理、沈益、刘全白、沈仲昌、摄御史陆向、沈祖山、周阆、司议邱悌、临川令沈咸,右卫兵曹张著,兄弟荐、葛,校书郎权器,兴平丞韦桓尼,后进房夔、崔密、崔万、窦叔蒙、裴继,侄男超、岘,愚子桓、硕,往来登历。时杼山大德僧皎然工于文什,惠达、灵煜味于禅诵……"可知湖州任上的此番修撰,起于大历八年季夏,至九年(774)春季"遂终其事",历经三季。在颜真卿刺湖近四年半时间里,以他和皎然为核心,大开诗会,前后共聚集了九十五位文士,游赏赋诗,联句唱和,其中包括了陆羽、张志和、袁高、刘全白、吴筠、皇甫曾、张志和、耿沣、杨凭、杨凝等著名作家。颜真卿湖州诗会的结晶,就是由颜真卿结集为《吴兴集》十卷,此集已散佚①。今查《全唐诗》存于颜真卿名下的联句,得21首:《登岘山观李左相石尊联句》《水堂送诸文士戏赠潘丞联句》《与耿㠓水亭咏风联句》《又溪馆听蝉联句》《送耿㠓拾遗联句》《五言月夜啜茶联句》《五言夜宴咏灯联句》《三言喜皇甫曾侍御见过南楼玩月》《七言重联句》《五言送李侍御联句》《五言玩初月重游联句》《五言重送横飞联句》《五言夜集联句》《三言拟五杂组联句》《三言重拟五杂组联句》《七言大言联句》《七言小言联句》《七言乐语联句》《七言囋语联句》《七言滑语联句》《七言醉语联句》。参与联句的人员有:颜真卿、皎然、陆羽、刘全白、裴循、张荐、吴筠、强蒙、范缙、王纯、魏理、王修甫、颜岘、左辅元、刘茂、颜浑、杨德元、韦介、崔弘、史仲宣、权器、陆士修、裴幼清、柳淡、释尘外、颜颢、颜须、颜顼、李崿、潘述、杨凭、杨凝、耿㠓、乔(失姓)、陆涓、伯成(失姓)、崔万、袁高、皇甫曾、殷佐明、蒋志、李益。总达42人次。每次诗会,多则29人(如《登岘山观李左相石尊联句》),少则2人(如颜真卿、皎然《五言夜集联句》)。

以上通过对湖州诗会两个阶段的勾勒,可以得出结论:1.颜真卿刺湖,激活了原有的湖州诗会,使它焕发出前所未有的光彩,而臻于鼎盛,无论规模还是影响,都远远超过了前期的皎然诗会,甚至大历浙东诗会。2.颜真卿虽然以其地位人望理所当然地成了众文士的核心,他本人对诗歌的兴趣使他成为联句活动实际上的倡导人②,但皎然的核心地位也是不容置疑的,他是全程跨越两个阶段诗会的吴中诗人,从现存作品来看,早在颜真卿来湖州之前,皎然就已经多次和当时的湖州刺史卢幼平,武康县令韩章,以及卢藻、李恓、郑述成、杨素卿、潘述、汤衡、顾况、陆羽等诗人进行联句赋诗活动;而在后期,他也几乎参加了

---

① 贾晋华:《唐代集会总集与诗人群研究》,北京:北京大学出版社,2001年版,第93页。
② 蒋寅:《大历诗人研究》,北京:北京大学出版社,2007年版,第136页。

绝大多数场合的联句，颜真卿推许他为"杼山大德僧，工于文什"。3.在众多的联句参与者中，颜真卿、皎然、陆羽这三位吴中诗派的成员过从密切，陆羽不但参加了前期皎然联句，而且在后期诗会中成为颜真卿颇为赏识的座上宾，许多联句皆参与其中，是湖州诗会一颗耀眼的明星。

从现存的诗篇看，前后湖州诗会联句的形式极其多样，有三言、四言、五言、六言、七言；题材内容相当丰富多彩，有讲文论道，有宴集赋诗，有登览游赏，有迎来送往，有求仙念友，有游戏咏物等。各类题材，都或多或少呈现出独特的色彩；不同的文体形式，具有不同的语言风格。现综论概述如下：

第一，体现了"以文载道"的文学思想和济世情怀。这类诗作主要包括谈文论道、怀古咏史类题材联句，其文体多为四言、五言，其风格是严肃的、雅正的、典重的。如皎然、潘述、汤衡三人的四言《讲德联句》，诗人们站在历史和现实社会政治的高度纵论古今，认为从三代诸侯建制，到嬴刘秦汉分封，再到大唐立国，无一不是有德者在其位、正直者得其用，统治阶层克己恭俭，与民休息，方能邦本永固，兵精粮足，民富国强。可是诗人们所处的时代，眼前的大唐社会，已是几经磨难，千疮百孔，要想实现新的复兴：恤其凋瘵，剪其荆棘。威怀逋叛，扑灭蟊贼（潘述）；疾恶如仇，闻善不惑。哀矜鳏寡，旌礼儒墨（汤衡）；乃修堤防，乃浚沟洫。以利通商，以溉嘉谷（皎然）；征赋以节，计功以时。人胥怀惠，吏不能欺（潘述）；我政载孚，我邦载绥。猛兽不暴，嘉鱼维滋（汤衡）；肃恭明神，齐沐不亏。岁或骄阳，雨无愆期（皎然）。如果上位者能够体恤下情，剪除叛乱，平息民愤，施以教化；治理河道，发展农商，按时征税。如此或许能够重续国泰民安、风调雨顺、政治清明的王道。表现了对现实的无比忧虑和高度关注，不失四言诗的风雅精神。联句集中体现了儒家"以德治国"的仁政思想，以及辅以老、墨二家的治国理念。皎然、潘述、汤衡三人的五言联句

第3章 中唐吴中诗派的构成形态探析

《项王古祠联句》，是三人凭吊古迹项羽祠堂时进行的联句，这么严肃的场合，这么悲情的历史人物：遗庙风尘积，荒途岁月侵（潘述）。英灵今寂寞，容卫尚森沉（皎然）。霸楚志何在，平秦功亦深（汤衡）。诸侯归复背，青史古将今（潘述）。星聚分已定，天亡力岂任（皎然）。采蘩如可荐，举酒洒空林（汤衡）。诗人们从眼前风尘荒芜的古庙说起，瞻仰森严肃穆的遗容，感叹英魂寂寞，评说当年的王霸大业，充分肯定其平秦之功，同时又总结其功败垂成的历史教训，说明人心向背是战争胜负的关键，大有怀古鉴今的意味，最后采蘩举酒以示祭奠。在这首联句中，诗人们不是在巧妙上争奇斗胜，而是齐心协力地创作出一首统一的、如同由一位诗人单独写成的诗①，其思想情感语言风格浑然一体，不露联句痕迹。皎然本为诗僧，但特殊的家世和时代又使他难以完全忘怀国事，而作诗与论诗更是他生活中不可或缺的重要内容和精神上的主要依托，他和裴济、潘述、汤衡四人长达43韵的《讲古文联句》，依然采用四言体，集中体现了：1. 厚古薄今的文学观念。联句依次评论上古三代之文、秦汉屈宋诗赋、魏晋六朝之诗，对三曹父子、王粲、刘桢、陆机、潘安、左思、阮籍、嵇康、郭璞等人的诗风进行抑扬，褒赞有加，对陶渊明和谢灵运更是推崇备至，并对其他南朝诸子如江淹、鲍照、沈约、谢朓、惠休、吴均、柳恽、何逊、江总、阴铿等人的创作得失一一评点，认为六朝文学"暨于江表，其文郁兴（汤衡）"，但对煌煌大唐本朝诗人却无一述及。2. 复变的文学发展观。"屈宋接武，班马继作（皎然）"；"降及三祖，始变二雅（潘述）"；"江淹杂体，方见才力。拟之信工，似而不逼（汤衡）"。皎然认为，由屈而宋的骚体，再到班马的汉大赋，是复中之变；潘述认为，建安三曹所开创的建安风骨，是一种变雅，是变中之复，其实质和诗经风雅精神还是一脉相承的；汤衡认为江淹对前代诗人进行模拟的"拟诗"，亦步亦趋竟失真

---

① 美·宇文所安著 贾晋华译《盛唐诗》，北京：生活·读书·新知三联书店，2004年版，第334页。

125

意，是复而不知变的结果。3. 雅正的审美观。这集中体现在皎然的联句中，如"仲宣闲和，公干萧洒。士衡安仁，不史不野（皎然）"；"吴均颇劲，失于典裁。竟乏波澜，徒工边塞（皎然）"；"江总征正，未越常伦。时合风兴，或无淄磷（皎然）"。所谓"闲和""不史不野"，所谓"征正""未越常伦"，即是中庸、雅正，而吴均却"失于典裁"，诗风以"险""劲"为主，则是有失雅正的典范。潘述句"鲍昭从军，主意危苦。气胜其词，雅愧于古"，认为鲍照从军诗也是有失雅正的。4. 绮丽和清新自然同为风流高格的风格论。在联句中，对六朝诗歌的总评是绮丽和清新，并充分予以肯定，"绮丽争发，繁芜则惩。词晔春华，思清冬冰（潘述）"。在品评历代诗人诗作的时候，对其具体风格特征分别进行了高度概括：左张精奥，嵇阮高寡（汤衡）；景纯跌宕，游仙独步。青云其情，白璧其句（汤衡）；灵运山水，实多奇趣。远派孤峰，龙腾凤翥（潘述）；陶令田园，匠意真直。春柳寒松，不凋不饰（皎然）；何逊清切，所得必新。缘情既密，象物又真（潘述）；彼柳吴兴，高视时辈。汀洲一篇，风流寡对（汤衡）；谢朓秀发，词理翩翩。孤标爽迈，深造精研（汤衡）；隐侯似病，创制规矩。时见琳琅，惜哉榛楛（皎然）；江淹杂体，方见才力。拟之信工，似而不逼（汤衡）。从引句可以看出，皎然等人崇尚的是清新、真切、高远、秀发、跌宕、奇异等风格，是不雕不饰，风流自然，而对于规矩、模拟，拘忌、失真的作品是排斥的。这些观点，在他后来成书的《诗式》中，都得到了进一步的阐发。

第二，体现了"以诗会友"的自觉意识和文人情趣。这类诗作主要包括宴集赋诗、求仙参禅、迎来送往，怀友念远、游赏咏物类题材联句。诗体多为四言、五言。风格清雅恬淡，雍容闲适。皎然《同李侍御萼、李判官口集陆处士羽新宅》说得明白："诗流得友朋。"诗会成为主要目的，而宴游本身则退居次要地位。《与邢端公李台题庭石联句》："共题诗句遍，争坐薛文稀（皎然）"，直接表达"以诗会友"

第3章 中唐吴中诗派的构成形态探析

之意。皎然等人的《建安寺夜会，对雨怀皇甫侍御曾联句》云："相思非是远，风雨遣情多（皎然）；愿欲披云见，难堪候晓过（李纵）；夜长同岁月，地近极山河（郑说）；戒相初传授，文章旧切磋（王邁）；时称洛下咏，人许郢中歌（崔子向）；惆怅徒延首，其如一水何（齐翔）"。诗意很明白，是写夜雨思人的。几位诗人在一个风雨之夜在建安寺聚会赋诗，共同思念咫尺天涯的朋友皇甫曾，因为现时不在眼前，无法一起切磋文章，探讨诗艺，是多么令人惆怅的事情啊。诗句的"传授""切磋""歌""咏"等词语，充分体现了集会人员"以诗会友"的自觉意识。雨夜，佛寺、诗会、外地的友人、惆怅的意绪，共同创造出一种静谧幽远的意境。再如《秋日卢郎中使君幼平泛舟联句一首》：共载清秋客船，同瞻皂盖朝天（卢藻）；悔使比来相得，如今欲别潸然（卢幼平）；渐惊徒驭分散，愁望云山接连（皎然）；魏阙驰心日日，吴城挥手年年（陆羽）；送远已伤飞雁，裁诗更切嘶蝉（潘述）；空怀鄂杜心醉，永望门栏胫捐（李俌）；别思无穷无限，还如秋水秋烟（潘述）。高兴忽至，"喜嘉客，辟前轩（颜真卿）"，"欢宴处，江湖间（皇甫曾）；卷翠幕，吟嘉句（李崿）"，确是人生快事。然而，所谓"天下没有不散的宴席"，"恨清光，留不住（李崿）；高驾动，清角催。惜归去，重装回（皎然）"[①]。所以，每当一位朋友要离开，其他诗友总会流露依依不舍之情，"喜来欢宴洽，愁去咏歌频（颜真卿《送耿湋拾遗联句》）"，"相逢情不厌，惜别意难为（韩章《送昼公联句》）"。"几年无此会，今日喜相从（潘述《喜昼公寻山回相遇联句一首》）"，而当自己一个人幽宅独处无以排遣之时，恰有良友来，又是何等赏心乐事，"幽独何以慰，友人顾茅茨（汤衡）；已忘岁月念，载说清闲时（潘述）"，这是皎然等《与潘述集汤衡宅怀李司直纵联句》在汤衡宅燕集联句时的感受。而颜真卿所主持的诗会，更被参与者誉为永和兰亭集会，《七言重联句》云："顷持宪简推高步，独

[①] 颜真卿：《三言喜皇甫曾侍御见过南楼玩月》联句，《全唐诗》卷七八八。

占诗流横素波；不是中情深惠好，谁能千里远经过（颜真卿）。诗书宛似陪康乐，少长还同宴永和；夜酌此时看碾玉，晨趋几日重鸣珂（皇甫曾）。万井更深空寂寞，千方雾起隐嵯峨；荧荧远火分渔浦，历历寒枝露鸟窠（李崿）。汉朝旧学君公隐，鲁国今从弟子科；只自倾心惭煦濡，何曾将口恨蹉跎（陆羽）。独赏谢吟山照耀，共知殷叹树婆娑；华毂苦嫌云路隔，衲衣长向雪峰何（皎然）。"颜真卿句，表示对自己刺湖期间能聚集如此众多的文人雅士，成为诗流领袖而颇感自负和自豪，认为那是自己雅爱诗文，真心待士的结果，所以远近雅才尽皆来附。皇甫曾却说，参加这样的诗会，讲书吟诗联句，就像是陪谢康乐一样有趣，少长共聚一堂就像是永和九年春日的兰亭集会。这样的雅集是让人留恋的，《水堂送诸文士戏赠潘丞联句》云："居人未可散，上客须留著。莫唱阿䢂回，应云夜半乐（颜真卿）；诗教刻烛赋，酒任连盘酌。从他白眼看，终恋青山郭（潘述）；林栖非姓许，寺住那名约。会异永和年，才同建安作（陆羽）；何烦问更漏，但遣催弦索。共说长句能，皆言早归恶（权器）；那知殊出处，还得同笑谑。雅韵虽暂欢，禅心肯抛却（皎然）；一宿同高会，几人归下若。帘开北陆风，烛焯南枝鹊（李崿）；文场苦叨窃，钓渚甘漂泊。弱质幸见容，菲才诚重诺（潘述）。"诗酒高会，更漏频催，而诗人们却诗兴正浓，不肯散去，以至陆羽竟然说此会不同于兰亭雅集，才气纵横直逼建安邺下。由此足证湖州诗会之高情雅趣。

湖州联句中登游诗、赠别诗和隐逸诗、咏物诗，几乎都体现了一个共同特点：描绘吴中地区的清丽山水，风物名胜，在风景游赏中，直接从大自然的水流山静鸢飞鱼跃中感悟生命的本真，社会人生的真谛。皎然等人的《与崔子向泛舟自招橘经箸里宿天居寺……联一十六韵以寄之》，写一天的水路泛舟情景。从晴日写到微雨，从白昼写到清夜。先写白天所见的山渚、白鹤、箸水、野梅、碑残、飞雉、古坛、笋露、松碧；傍晚转阴，写细云、墙阴、杂英、悬灯无光、圆月有魄，高峰、茗园、藤涧隐约可见，几点微雨，湿了葛巾、惊了小鹿。诗人们用移步换景法，多镜头不同角度扫描，通过细密的意象组合，把江南水乡寂静、闲适、清美、多姿多彩的春态描摹殆尽，可比一幅工笔春景图。而读者仿佛随着诗人的摇橹，一路饱览春日江南的美丽风景画卷，大有如在山阴道上行，使人应接不暇之感。《与李司直令从荻塘联句》写的是一处小景，画舸悠悠的荻塘，那里有不知名的寒花，像菊一样清丽耐寒，霜叶如枫一样的娇艳，却不知树名。这更像是景物特写，野味和情味十足。而诗人乐得在这样的风景里享受心闲，在寂静中悟得清净禅理；或者兴逸纵横，佳句迭出。然而，诗禅相妨，乱云飞渡正好赋诗，水月相印正可参禅。即使如皎然那样的名僧大德，内心也有纠结和矛盾的时候。就算是小天地的亭园聚会，在诗人眼中照样不缺风景，《春日会韩武康章后亭联句》："后园堪寄赏，日日对春风。客位繁阴下，公墙细柳中（皎然）；坐看青嶂远，心与白云同（韩章）；林暗花烟入，池深远水通（杨秦卿）；井桃新长蕊，栏药未成丛（仲文，失姓）；松竹宜禅客，山泉入谢公（皎然）；砌香翻芍药，檐静倚梧桐（韩章）；外虑宜帘卷，忘情与道空（杨秦卿）；楚僧招惠远，蜀客挹扬雄（仲文，失姓）；便寄柴桑隐，何劳访剡东（皎然）"。小小的后花园，却大有堪赏堪咏之处，园中有景：树茂花繁，春风拂柳，撩拨诗兴；井栏旁，新桃吐蕊，栏药发芽，惹人情丝；山泉叮咚，可入谢公佳句；松竹宜人，好证禅客之心；芍药挨阶，梧桐齐檐；一帘之隔，外虑不入；忘情世事，大道本空。园外借景：坐看远山青嶂，心与白云齐飞；树高林暗，该是花气弥漫；一池幽深，应有远水相通。席上人物如何？有慧远一样的高僧，有杨雄一样的骚客。如此，便可像陶渊明隐居柴桑那样隐居于此，无须劳动身体再访剡东名士。原本一个普通的园子，在诗人的灵心慧眼中，却不啻于包容万物、通达圆融的小宇宙。寄寓着闲适之情，隐逸之思。表达文人闲适情怀、高雅志趣的联句还有《五言玩初月重游联句》《五言夜集联句》《与耿沣水亭咏风联句》《又溪馆听蝉联句》

《送耿沣拾遗联句》《五言夜宴咏灯联句》《三言喜皇甫曾侍御见过南楼玩月》等。

在唐代湖州诗会中，参与人数最多的一次是大历八年（773）在湖州南郊的岘山举行的诗会，共有颜真卿、皎然、陆羽、刘全白、吴筠等二十九人参加，诗会的直接成果就是《登岘山观李左相石樽联句》，收录于《全唐诗》卷七百八十八中。岘山在湖州城南五里，本名显山，因晋朝湖州太守殷康在山上筑显亭而得名；唐代时，为避中宗李显之名讳而改名为岘山。唐玄宗开元（713—741）中，唐太宗的曾孙李适之来任湖州别驾，因岘山上有一圆形的石筋，可贮酒五斗，李适之就常常率领身边的人登上岘山，远望京城，醉酒以解乡愁。后来，李适之回到京城，担任左相一职，于是湖州本地人就把他曾在岘山上贮酒的石樽称为"李左相石樽"。以颜真卿为首的此次湖州诗会就是为观看这个李左相石樽而举行的。联句首二联破题，点出地点和人事，"李公登饮处，因石为洼尊（颜真卿）；人事岁年改，岘山今古存（刘全白）"。继而怀古思人，"览事古兴属，送人归思繁（皎然）；怀贤久徂谢，赠远空攀援（崔弘）"。再由古而今，转入观赏风景，"森沈列湖树，牢落望效园（陆士修）；白日半岩岫，清风满丘樊（裴幼清）；旌麾间翠幄，箫鼓来朱轓（柳淡）；闲路蹑云影，清心澄水源（释尘外）；萍连浦中屿，竹绕山下村（颜颛）；景落全溪暗，烟凝半岭昏（颜须）"。最后抒发登览之意，挽结全诗，"去日往如复，换年凉代温（颜顼）；登临继风骚，义激旧府恩（李崿）"。《嘉泰吴兴志》卷十二《古迹》项记载此次诗会活动云："颜真卿及门生、子侄，多携壶，舣楫以游，作《李相石樽宴集联句》。叙云：'因积溜淙石，嵌为樽形，公注酒其中，结宇环饮之处'"。此诗会是在大历八年春夏之交的一个黄昏举行的，联句中王纯"余烈暖林野，众芳揖兰荪"一联是最好的说明。《登岘山观李左相石樽联句》共有二十九联，五十八句，二百九十字，是湖州诗会最长的联句。

第三,体现了"以文滑稽"的游戏观念和娱情心态。这类游戏诗,多为用七言和三言句式,风格怪诞、诙谐。以文滑稽类游戏诗,在湖州诗会的创作中出现得很早,前期皎然和阎伯均等人作有多首游戏联句,如《远意联句》:家在炎州往朔方(疾,失姓),岂知于阒望潇湘(澄,失姓),曾经陇底复辽阳(巨川),更忆东去采扶桑(皎然),槎客三千路未央(阎伯均),烛龙之地日无光(疾,失姓),将游莽苍穷大荒(皎然),车辙马足逐周王(阎伯均)。《暗思联句》:斜风飘雨三十夜(疾,失姓),邻女余光不相借(巨川),迹灭尘生古人画(皎然),洞房重扉无隙罅(阎伯均),烛灭更深月西谢(从心,失姓)。《乐意联句一首》:良朋益友自远来(阎伯均),万里乡书对酒开(皎然),子孙蔓衍负奇才(疾,失姓),承颜弄鸟咏南陔(澄,失姓),鼓腹击壤歌康哉(巨川)。《恨意联句》:同心同县不相见(疾,失姓),独采蘼芜咏团扇。(阎伯均),莫听东邻捣霜练(皎然),远忆征人泪如霰(澄,失姓),长信空阶荒草遍(从心,失姓),明妃初别昭阳殿(杭,失姓)。这些诗句,颇似庄子的谬悠之说、荒唐之言、无端崖之辞,而其中渗透的游戏观念和娱情心态,是与传统的"言志"说和"缘情"说完全不同的一种文学观念。这种观念的最早出现,应该追溯到南朝齐梁时期,而在隋和初盛唐时期一度沉寂。它之所以在中唐时期的吴中重新回归,一方面是因为中唐社会的动荡不安,斗争的尖锐激烈,忧生意识、享乐观念同时滋生;二是因为纲纪损坏,儒学式微,释道两教趋于世俗化,尤其是洪州禅的兴起;三是地缘、家世关系。吴中地区本就是南朝文学滋生的土壤,而反过来又长期受其浸淫,皎然出身南朝齐梁谢世家族,一生大部分时间生活在吴越,对自己家世对南朝文学有着特殊的认同感,受其影响甚深。大致与此同时,以鲍防为中心的浙东诗会也有《酒语联句》一首。可见,这不是偶然的,这种产生于齐梁时期吴越一带的游戏诗,在时隔数百年之后,经由吴中诗人之手得以复兴,是一种历史的必然。三是其以性情论诗的诗歌主张在创作上的极度表现。请问什么是情？《荀子·正名》曰"性之好、恶、喜、怒、哀、乐谓之情。"《礼记·礼运》也说："何为人情，喜、怒、哀、惧、爱、恶、欲，七者。"这种文字游戏，实际上是把人情中之"喜""乐"当作创作目的，强化了文学的娱己功能，而淡化了它的社会功能。四是从联句体的诗体来看，它本就源于游戏娱乐。联句诗，是指古人聚会时由两人或两人以上共用一韵连缀而成的诗篇，亦称连句诗。传统的文体学家认为联句诗始于《柏梁台诗》，刘勰《文心雕龙·明诗》也说，"联句共韵，则柏梁余制"。虽多有所怀疑，却仍是现存有文献可考的最早的联句诗。齐梁时一度兴盛，出现了梁武帝《清暑殿效柏梁体》、梁元帝《宴清言殿作柏梁体诗》谢朓《阻雪连句遥赠和》、何逊《至大雷联句》《折花联句》《摇扇联句》等联句作品。所以，这种文字游戏出现在皎然联句中就没有什么可奇怪的了。

后期颜真卿湖州诗会出现了更多此类联句，《三言拟五杂组联句》：五杂组，四豪客。往复还，阡与陌。不得已，长沙谪（张荐）；五杂组，五辛盘。往复还，马上鞍。不得已，左降官（李崿）；五杂组，甘咸醋。往复还，乌与兔。不得已，韶光度（颜真卿）；五杂组，五色丝。往复还，回文诗。不得已，失喜期（皎然）。三言诗因受字数所限，很难表达细腻的感情，在诗歌史上始终处于附庸点缀的地位，五杂组体是三言诗的代表，其结构特点是：三言六句，奇句都沿用古乐府五杂组成句；表意上，成句五杂组只起诗体标志作用，并不参与表意；但往复还和不得（获）已，都参与表意，整首诗表现的都是不如意和无可奈何的情调[1]。《七言大言联句》：高歌阆风步瀛洲（皎然），燀鹏燨鲲餐未休（颜真卿），四方上下无外头（李崿），一啜顿涸沧溟流（张荐）。人物大，食量大，空间大，饮量大，颜真卿、皎然四人分别从四个角度用极度夸张的诗句说明什么是"大言"。《七言小言联句》：长路

---

[1] 杨琳：《从五杂组诗到五杂组文——论五杂组诗文的发展过程》，古籍整理研究学刊，2006年第4期。

迢遥蚕吐丝（颜真卿），蟭螟蚊睫察难知（皎然）。用蚕丝和微末动物的睫毛说明什么是"小言"。《七言乐语联句》：苦河既济真僧喜（李崿），新知满座笑相视（颜真卿），戍客归来见妻子（皎然），学生放假偷向市（张荐）。僧已涉过苦河而登岸，是为开悟之喜；广结善缘。新知满座，是为朋友之喜，这正是颜真卿湖州时期的真实写照；常年戍边的征人终于回到了温暖的家里，见到了久别的妻儿，是为家庭团圆之喜；放假的学生终于可以溜到坊间玩乐，是为悠游之喜。再如常常为后人多所诟议的如下几首，《七言馋语联句》：拈馏舐指不知休（李崿），欲炙侍立涎交流（颜真卿），过屠大嚼肯知羞（皎然），食店门外强淹留（张荐）。《七言滑语联句》：雨里下山蹋榆皮（颜真卿），莓苔石桥步难移（皎然），芜荑酱醋吃煮葵（刘全白），缝靴蜡线油涂锥（李崿），急逢龙背须且骑（李益）。《七言醉语联句》：逢糟遇曲便酕醄（刘全白），覆车坠马皆不醒（颜真卿），倒著接䍦发垂领（皎然），狂心乱语无人并（陆羽）。这些联句名为大言、小言、乐语、馋语、滑语、醉语，取义自佛氏口业。风格滑稽、诙谐、幽默、机智，读之令人忍俊不禁，可以设想当初诗会联唱之时，该是何等欢快惬意。洪迈《容斋随笔》录有《大集经》所载六十四种恶口之业，有粗语，大语，喜语，狂语，远语等。这种以佛家语业为题的游戏诗产生于齐梁时期。胡震亨《唐音癸签》卷二九云："宋玉有大言、小言赋，晋人效之，为了语、危语。唐颜真卿有大言、小言，雍裕之有了语、不了语，真卿又有乐语、馋语、滑语、醉语诸联句。昼公更有暗思、远意、乐意、恨意，亦此类也。"并云："以上并体同俳谐"。诗人之会免不了间以笑谑，邢居实《拊掌录》载："欧阳公（修）与人行令，各作诗两句，须犯徒以上罪者。一云：'持刀哄寡妇，下海劫人船'；一云：'月黑杀人夜，风高放火天'；欧云：'酒粘衫袖重，花压帽檐偏。'或问之，答云：'当此时，徒以上罪亦作了。'"反映了他们以诗歌为消遣游戏的新观念。洪迈曾怀疑上述诸诗是否为颜真卿所作，他在《容斋随笔》

卷十六"颜鲁公戏吟"条说:"颜鲁公集有七一言联句四绝……以公之刚介守正而作是诗,岂非以文滑稽乎?然语意平常,无可咀嚼,予疑非公诗也。"晁公武《郡斋读书志》卷四中述颜真卿文时云:"世谓真卿怜杨国忠、李辅国、元载、杨炎、卢杞,拒安禄山、李希烈,废斥者七八,以至于死,而不自悔,天下一人而已。而学问文章,往往杂神仙浮屠之说,不皆合于理,而所为乃尔者,盖天性然也。"

洪迈所说的"以文滑稽",正是以皎然为首的吴中诗派的诗歌观念。颜真卿虽为一代名臣,但不逢其时,朝廷软弱无能,政要宦官弄权,因而屡遭排斥,在地方为官多年,国事身世如此,难免产生隐退娱情之念。其次,颜真卿虽北人,但以少孤,寄养外家,曾在吴地生活多年,吴中可以说是他的第二故乡,此次刺湖,也可以说是一种心态上的调整和转换,即从京都文化心态向家园回归的返璞归真,也就是遗传学上所说的返祖现象,他在《送耿㧑拾遗联句》写道:"尧舜逢明主,严徐得侍臣。分行接三事,高兴柏梁新",可见湖州诗会的联句,是有意效法柏梁体的。再次,吴中诗人陆羽、张志和的诗、画、音乐创作,以其惊怪张狂的文艺风格,激发了颜真卿骨子里好奇的一面。复次,在文学观念上颜真卿对南朝文学的认同。他在作于代宗永泰元年(765)的《尚书刑部侍郎赠尚书右仆射孙逖文公集序》中说:"古之为文者,所以导达心志,发挥性灵,本乎咏歌,终乎雅颂……质胜文,则野于礼乐,而木讷不华。历代相因,莫能适中。故诗人之赋丽以则,词人之赋丽以淫,此其效也。汉魏已还,雅道微缺;梁陈斯降,宫体韦兴。既驰骋于末流,遂受嗤于后学。是以沈隐侯之论谢康乐也,乃云灵均已来,此未及睹;卢黄门之序陈拾遗也,而云道丧五百岁,而得陈君。若激昂颓波,虽无害于过正;榷其中论,不亦伤于厚诬。"认为诗主性灵,诗赋欲丽是文学发展的必然,并借沈约之论大赞谢灵运,之后指出卢藏用矫枉过正,从而提出了重新评价南朝文学的问题。这和皎然的文学思想不谋而合。至于皎然,在稍后贞元五年(789)完成的《诗式》中,对南朝文学和陈子昂皆从复变的角度进行了评价,并正式将"以文滑稽"写进了著作,提出了调笑格:"此一品非雅作,足以为谈笑之资矣。"所谓"谈笑之资",正是指诗歌的娱乐、消遣功能。

孟郊有诗云:"昔游诗会满,今游诗会空。"(《送陆畅归湖州因凭题故人皎然塔陆羽坟》)当孟郊日后再到湖州时,依然对当年的诗会盛况念念不忘,可以想见当年在那种场所所学得的诗歌理论和经验对他后来的诗歌创作发生了极大的影响。与广德至大历初的鲍防等人浙东联唱相比,大历湖州诗会规模更宏大,持续的时间更久,成果更丰硕,不但获得了较为出色的创作业绩,而且体现了相当重要的文学史、文学理论建设和文学文化学等多方面的意义[①]。稍后,权德舆与张荐等台阁诗人大量写作《五杂组》《数名诗》《离合诗》等游戏诗,正是直接受了湖州诗会的影响,张荐本人即参与了湖州诗会游戏诗的创作,而少年权德舆大历中则生长于江东一带,并在贞元初与皎然交游。而自初盛唐以来,对齐梁诗风的重新认识和重新评价,在湖州诗会上已肇其端,而最终由皎然《诗式》完成文字写定。

3.3.2 茶会:茗爱传花饮,诗看卷素裁

湖州诗会,有时是刺史颜真卿所召集的盛大公宴,而更多的时候是诗朋词客会聚茗舍的小型集会,而更像是茶会与诗会的结合体。请看皎然《晦夜李侍御萼宅集招潘述、汤衡、海上人饮茶赋》:"晦夜不生月,琴轩犹为开。墙东隐者在,淇上逸僧来。茗爱传花饮,诗看卷素裁。风流高此会,晓景屡徘徊。"晦夜无月,更觉幽静,何况琴、诗、茗、花、隐、僧俱备,岂不更富雅兴清趣。这里没有诗酒宴会的酣饮极乐,也没有传统"兴尽悲来"的感伤。后来韦应物《郡斋雨中与诸文士宴集》一类诗的风流清雅风格,正肇源于此。这是一次茶会,所以初盛

[①] 贾晋华:《唐代集会总集与诗人群研究》,北京:北京大学出版社,2001年版,第94页。

唐人酒宴习俗之"传花饮酒",为中唐吴中诗人的"传花饮茗"所取代。茶性清,茶助诗兴,诗自然是素淡清雅的。这一场貌似普通文人间的风流搞会,却透露了两个信息:昭示着文人习俗之新变,昭示着诗风之新变。

检索全唐诗,诗题涉及茶(茗)字的咏茶之作,得105首。发现中唐以前写茶诗、茶会的诗作极少,初盛唐只有2首,一是王昌龄的《洛阳尉刘晏与府掾诸公茶集天宫寺岸道上人房》,二是李白的《答族侄僧中孚赠玉泉仙人掌茶》。王诗所言茶会,当是见之于唐诗的最早的茶会了;然而,诗题标明是茶集,可通览全诗,却无一句言及茶事,诗中书写无非平日碌碌,幸得官事之余良朋相会,可见茶集意不在茶,茶只是一种饮品,茶会也只是一种交际平台,完全与文事无关。而李白之诗,不但写了玉泉仙人掌茶的生地出处,"常闻玉泉山,山洞多乳窟。仙鼠如白鸦,倒悬清溪月。茗生此中石,玉泉流不歇";而且对此茶的制作、泡制、功效也颇熟悉,"根柯洒芳津,采服润肌骨。丛老卷绿叶,枝枝相接连。曝成仙人掌,似拍洪崖肩",认为它是禅家必备之罕世名茶。因此,它为唐代现存最早之咏茶诗。不过,"斗酒诗百篇"的酒仙李白应该更爱酒。除此两篇,剩余103篇皆为中晚唐之作。这是因为,盛唐以前文人的饮茶既没有形成普遍风尚,也没有自觉地与文学艺术活动发生密切关系。茶与诗的真正结合,基本上是盛唐以后的事儿①。

盛唐以后,具体说,真正引领中晚唐好茶风尚并将其与文艺活动结合起来的,当为吴中诗人。吴中地区是唐代茶业的中心产区,特别是阳羡(今江苏宜兴)到吴兴(今浙江湖州市)一带更是生产名茶,阳羡茶和吴兴紫芽茶是宫廷指定的贡茶,顾况《湖州刺史厅记》便记载了湖州茶贡,曾参与湖州诗会的湖州刺史袁高有一首《茶山诗》,是专写湖州紫芽茶产地顾渚茶贡的。诗中表露了对上层特权阶级劳民伤财的不

---

① 赵睿才、张忠纲:《中晚唐茶、诗关系发微》,文史哲,2003年第4期。

满,"动生千金费,日使万姓贫";而对茶民的辛苦和不幸遭遇充满怜恤之情,"我来顾渚源,得与茶事亲。氓辍耕农耒,采采实苦辛。一夫旦当役,尽室皆同臻。扪葛上欹壁,蓬头入荒榛。终朝不盈掬,手足皆鳞皴"。表现出来的,是一个正直清廉的官守应有的本分。长期在这样的茶乡生活、活动,而湖州清幽的山水地理环境和人才济济的文化氛围,正适合中唐士人忘怀世事、恬退隐逸、淡泊娴静的心境,这种心境又恰与茶道的美学相应。所以吴中诸子大多嗜茶、懂茶、爱茶,甚至还亲自种茶、采茶、考茶、制茶、写茶、吟茶。是一群真正的茶人。

陆羽,"嗜茶,著经三篇,言茶之原、之法、之具尤备,天下益知饮茶矣。时鬻茶者,至陶羽形置炀突间,祀为茶神。有常伯熊者,因羽论复广著茶之功。御史大夫李季卿宣慰江南,次临淮,知伯熊善煮茶,召之,伯熊执器前,季卿为再举杯。至江南,又有荐羽者,召之,羽衣野服,挈具而入,季卿不为礼,羽愧之,更著《毁茶论》。其后尚茶成风,时回纥入朝,始驱马市茶。"[①] 陆羽一生布衣,隐居吴中,长期实施调查研究,熟悉茶树栽培、育种和加工技术,并擅长品茗,撰《茶经》三卷,成为世界上第一部茶叶专著。

张志和,陆羽好友,茶是他们的共同爱好之一,颜真卿《浪迹先生元真子张志和碑铭》:"肃宗尝赐奴婢各一,元真配为夫妇,名夫曰渔僮,妻曰樵青。人问其故,曰:'渔僮使捧钓收纶,芦中鼓枻;樵青使苏兰薪桂,竹里煎茶。竟陵子陆羽、校书郎裴修尝诣问有何人往来,答曰:'太虚作室而共居,夜月为灯以同照。与四海诸公未尝离别,有何往来?'"

秦系,其《山中赠张正则评事(系时授右卫佐,以疾不就)》云:"终年常避喧,师事五千言。流水闲过院,春风与闭门。山茶邀上客,桂实落前轩。莫强教余起,微官不足论。"山茶待客,而非酒肉,可见人品之逸,交谊之清。

---

① 《新唐书·隐逸·陆羽传》,卷一九六,列传一二一。

颜真卿，湖州顾诸山贡茶院，作为第一家官办的皇家贡茶院，从大历五年（770）起连续上贡及供地方征茶，所以作为湖州刺史，颜真卿应该和袁高一样，每年都有任务督造贡茶，直接参与茶事，这客观上密切了他与茶的关系。颜真卿主持编修《韵海镜源》，凭借他的地位声望和人格魅力，在周围汇集了一大批文士名流包括士大夫、僧侣、处士、道士，虽然身份各异，但都具文人气质的雅趣禅趣，陆羽、皎然、张志和的好茶习惯也必对其产生影响。刺湖期间，颜真卿经常在太湖、苕溪、顾渚、杼山等地举办各种集会，赋诗、论艺、宴游、联唱活动，还有茶会。有时这几种集会是混合在一起的。成为一时文坛盛事，其文化活动的影响已远远超过了编修这部音韵学著作。茶不只是作为饮品介入到湖州诗会中来。

顾况，是一位好茶、懂茶、精通茶文化的高士。任新亭监期间，就曾对茶业进行过考察，其《临平坞杂题》十四首之二《焙茶坞》应该是考察茶农后写下的，全诗给我们描绘了一幅非常动感的茶农的生活图景，记述了一天的农事活动。另外，他还有一首《过山农家》，传神入微地刻画出江南山乡焙茶晒谷的劳动场景，以及山农爽直的性格和淳朴的感情，生活气息浓厚[①]。两诗用白描手法，却渗透着诗人对茶事的用心、对茶农的人文关怀。正因为有这样的实地考察和体验，所以才写出了著名的《茶赋》："稽天地之不平兮，兰何为兮早秀，菊何为兮迟荣。皇天既孕此灵物兮，厚地复糅之而萌。惜下国之偏多，嗟上林之不生。至如罗玳筵，展瑶席。凝藻思，开灵液。赐名臣，留上客。谷莺啭，宫女嚬。泛浓华，漱芳津。出恒品，先众珍。君门九重，圣寿万春。此茶上达于天子也。滋饭蔬之精素，攻肉食之膻腻，发当暑之清吟，涤通宵之昏寐。杏树桃花之深洞，竹林草堂之古寺。乘槎海上来，飞锡云中至。此茶下被于幽人也。《雅》曰：'不知我者，谓我何求。'可怜翠涧

[①] 参萧涤非、程千帆等：《唐诗鉴赏辞典》，上海：上海辞书出版社，1983年版，第664页。

第3章 中唐吴中诗派的构成形态探析

阴,中有碧泉流。舒铁如金之鼎,越泥似玉之瓯。轻烟细沫霭然浮,爽气淡烟风雨秋。梦里还钱,怀中赠橘,虽神秘而焉求。"[①] 顾况认为,茶是天地所育之"灵物",一惜一嗟,道出茶性的清幽隐逸气象,皇家园林不生,生于山乡水壤。然而,此茶却可以上达天子,下被隐逸之士。这种喜好的广泛性、普遍性,说明中唐时期饮茶已成风气。尤其值得注意的是,作者根据不同阶层人等对茶的需求,依次介绍了茶的好处和功用。首先,对于帝王官僚阶层而言,可以"罗玳筵,展瑶席。凝藻思,开灵液。赐名臣,留上客",这是宫廷君臣的茶会(宴),而座中群彦必有行文赋诗活动,作者把茶水称为"灵液",并与"凝藻思"联系起来,岂不等于说茶可以提神醒脑,活跃思维,激发创作灵感,如此明确地将茶与诗思关联,恐怕是文学史的第一次(待考)。那么,这场天子召集的茶宴,也定是一场文学创作的盛宴。其次,对于普通百姓而言,茶可以助消化,除膻腻,是不错的保健品;对骚人墨客而言,茶可以消暑气,涤昏睡,助清吟;对佛道隐逸之士而言,仙林洞府,草堂古寺,茶有助于消肥轻骨,保持醒真,保持清净,从而彻悟大道。赋的最后,还对泉水、茶具以及烹茶、品茶、茶品进行了描述和赞美:碧水清泉,金鼎越瓯、煮茶时漂浮的轻烟细沫,饮茶后的神清气爽。由上可知,顾况的茶赋,基本已经达到了茶道审美境界。与陆羽《茶经》是相通的。在大历四、五年间,顾况与陆羽、皎然、朱放等人交往于湖州,他们曾聚于湖州产茶区顾渚山论茶道,其《茶赋》一文当作于此间,应该是受到了陆羽、皎然等人影响的。

皎然,是陆羽的莫逆之交,他虽然没有像陆羽那样写出《茶经》,但他的诗作足以证明,他的嗜茶、懂茶,对茶业、茶道的精通,并不比陆羽差。从皎然集所存咏茶诗、饮茶诗、茶事诗等与茶有关的诗作来看,茶已经成了皎然生活中不可或缺的必需品。他待客用茶,《湖南草堂读书招李少府》:"药院常无客,茶樽独对余。有时招逸史,来饭野

[①] 顾况:《茶赋》,《全唐文》卷五二八。

中蔬。"送客用茶,《送许丞还洛阳》:"剡茗情来亦好斟,空门一别肯沾襟。悲风不动罢瑶轸,忘却洛阳归客心。"《送李丞使宣州》:"聊持剡山茗,以代宜城醑。"《日曜上人还润州》"送君何处最堪思,孤月停空欲别时。露茗犹芳邀重会,寒花落尽不成期。"《饮茶歌送郑容》:"赏君此茶祛我疾,使人胸中荡忧栗。日上香炉情未毕,醉踏虎溪云,高歌送君出。"参禅用茶,《白云上人精舍寻杼山禅师兼示崔子向何山道上人》:"积疑一念破,澄息万缘静。世事花上尘,惠心空中境。清闲诱我性,遂使肠虑屏","识妙聆细泉,悟深涤清茗。此心谁得失,笑向西林永"。用茶举办朋友聚会,《答裴集、阳伯明二贤各垂赠二十韵今以一章用酬两作》:"坐石代琼茵,制荷捐艾绶。清宵集我寺,烹茗开禅牖。发论教可垂,正文言不朽。白云供诗用,清吹生座右。"待客《陪卢判官水堂夜宴》:"久是栖林客,初逢佐幕贤。爱君高野意,烹茗钓沦涟。"《遥和康录事李侍御萼小寒食夜重集康氏园林》:"已爱治书诗句逸,更闻从事酒名新","谁见柰园时节共,还持绿茗赏残春"。他熟悉吴中各地名茶,顾渚紫芽茶,剡溪茶,天目山茶。他关心朋友陆羽的茶事,亲自往访,《访陆处士羽(一作访陆羽处士不遇)》:"太湖东西路,吴主古山前。所思不可见,归鸿自翩翩。何山赏春茗,何处弄春泉。莫是沧浪子,悠悠一钓船。"却为造访不遇,愈生相思之意、惆怅之情。他不仅爱茶,在顾渚一带还有寺管的茶园,直接关心和参与茶事活动,其《顾渚行寄裴方舟》云:"我有云泉邻渚山,山中茶事颇相关。鹧鸪鸣时芳草死,山家渐欲收茶子。伯劳飞日芳草滋,山僧又是采茶时。由来惯采无近远,阴岭长兮阳崖浅。大寒山下叶未生,小寒山中叶初卷。吴婉携笼上翠微,蒙蒙香刺罥春衣。迷山乍被落花乱,度水时惊啼鸟飞。家园不远乘露摘,归时露彩犹滴沥。初看怕出欺玉英,更取煎来胜金液。昨夜西峰雨色过,朝寻新茗复如何。女宫露涩青芽老,尧市人稀紫笋多。紫笋青芽谁得识,日暮采之长太息。清泠真人待子元,贮此芳香思何极。"诗为皎然到顾渚山管理茶园而作,并寄之于清冷真人裴方舟。诗中详细描写了唐代名茶"顾渚紫笋茶"的采摘和买卖。先写寺院周围的茶事与顾渚山相似，接着以"鹈鴂""伯劳"两种鸟鸣来表明采摘茶籽、茶芽的季节，指出不同的山岭和环境所生长的茶芽，其时间和形状各不相同；然后描写采茶姑娘不计远近乘露采摘的美玉般的茶芽，煎出的茶汤胜过金液；又说明雨后、日暮和过时采的茶芽品质都不好。这是研究唐代贡茶生产中心顾渚山地区茶事活动的重要史料，从中亦可看出皎然对茶叶生产技术非常熟悉，非一般爱喝茶者所能比[1]。

如果说顾况《茶赋》直接提出了"茶助文思"的见解，明确了茶与诗的关系。那么，皎然则在其诗作中多次表达"以茶代酒"的思想，他在《九日与陆处士羽饮茶》中说："九日山僧院，东篱菊也黄。俗人多泛酒，谁解助茶香。"九日重阳，僧院篱墙边的菊花正茂，在这样美好的日子与朋友在僧院相聚，一同品茶、赏菊、赋诗，共叙友情，何其乐也。按重阳传统习俗，重九这天，无论男女老幼，皆登高、持蟹、饮酒、赏菊，乃高雅之举。而皎然一反常俗，提倡重阳饮茶，以茶代酒，认为香茶也可以为佳节助兴。这自然与其释子身份有关，但诗人同时又称那些只知"泛酒"不习饮茶者为"俗人"，却又令人深思。陆羽《茶经·一之源》曰："茶者，南方之嘉木也……性凝滞，结瘕疾。茶之为用，味至寒，为饮最宜精行俭德之人，若热渴、凝闷、脑疼、目涩、四支烦、百节不舒，聊四五啜，与醍醐、甘露抗衡也。"茶亦有德馨，与人相应，当配精言慎行、俭朴有道之人，它与酒之浓烈、酣畅形成对比。吴中诗人为何狂而能清？也许与他们爱茶、嗜茶有些许微妙关系。另外，值得注意的是，皎然在他著名的《饮茶歌诮崔石使君》诗中，还首次提出了"茶道"这一概念："越人遗我剡溪茗，采得金牙爨金鼎。素瓷雪色缥沫香，何似诸仙琼蕊浆。一饮涤昏寐，情来朗爽满天地。再饮清我神，忽如飞雨洒轻尘。三饮便得道，何须苦心破烦恼。此

---

[1] 李新玲：《从皎然的茶诗看皎然与陆羽的关系》，《农业考古》，2004年第4期。

物清高世莫知,世人饮酒多自欺。愁看毕卓瓮间夜,笑向陶潜篱下时。崔侯啜之意不已,狂歌一曲惊人耳。孰知茶道全尔真,唯有丹丘得如此。"赏茶,饮茶,品茶,戏谑崔使君,是此诗的思路脉络。诗人先从名茶剡溪茗的由来、名贵雅洁的茶具,茶汤的香味写起,这样的茶配上雪白的素瓷,何异仙琼蕊浆。继而写饮茶三境界,一饮消除昏寐,情思爽朗;二饮精神清明;三饮得道,一切烦恼随之烟消云散,这是饮茶的最高境界,达此境界,心中不留任何芥蒂,是真正的品茶悟道,皎然用了"茶道"一词来概括至高境界。茶道概念的提出,是皎然在茶文化史上的最大贡献。饮罢要品评,皎然将茶之为物评定为"清高",并以古来好酒之人的精神状态反衬茶之物性,酒不解真愁,所以自古酒徒多自欺欺人之辈,即使如名士毕卓、陶潜等也概莫例外,实难浇平心中之块垒。最后引向本诗对象,和古人一样嗜酒的崔使君,讥诮他整天没完没了地喝酒,狂歌痛饮,故作惊人之态。殊不知茶道才能真正保全真性情而不迷失,最好的例子就是仙人丹丘子了。可见,此诗的写作目的,就是劝人"以茶代酒"。而皎然也许无意中使用的茶道一词,对陆羽的《茶经》而言,却正好是一个弥补或者升华。

　　由前所述吴中诸人与茶之关系可知,皎然、陆羽、顾况等对茶的看法和见解基本上是一致的。他们彼此间的互相影响是显而易见的,但又彼此各有偏长,正好互补。如陆羽偏重茶艺,皎然侧重茶道。这可能与他们的身份不同有关。关于这一点,有专家指出:陆羽是位诗人、文学家,他往往从艺术角度来观照茶事活动,……不妨说,陆羽是以诗人的身份在品茶。而皎然是位诗僧,僧人平常就是以传经布道为业,经常会从教化的角度来观照事物,因此更善于从"形而上"的角度来考虑问题,他会从禅学角度来对待品茶活动,将之提高到哲理的高度。可以说,皎然是以哲人的身份来品茶。因而茶道概念会由他先提出来[①]。而

[①] 参见陈文华:《长江流域茶文化》,武汉:湖北教育出版社,2004年版,第278-279页。

第3章 中唐吴中诗派的构成形态探析

皎然对茶道的体悟,使他在朋友中不断宣讲"以茶代酒"的思想,如上诗苦口婆心地讥嘲崔使君,意在劝他喝酒不如饮茶,但不知道结果如何;而九日重阳节和陆羽聚会,皎然直接和陆羽交流这一想法,肯定会得到好友的认同;他的《饮茶歌送郑容》,借仙人丹丘传说通篇皆说饮茶益处,无非也是告诉郑容,饮茶最好。

皎然不但对朋友宣传他的这一思想,而且把它运用到生活实践中。迎送客人、诗友雅集,不再或很少用酒,而是用茶,《对陆迅饮天目山茶,因寄元居士晟》:"喜见幽人会,初开野客茶。"湖州诗会亦多为茶会,如《与崔子向泛舟自招橘经箬里宿天居寺……联一十六韵以寄之》:"茗园可交袂,藤涧好停锡(崔子向)。"再如《渚山春暮,会顾丞茗舍,联句效小庾体》,便是皎然与崔子向、陆士修三人在茶会上的联句:谁是惜暮人,相携送春日。因君过茗舍,留客开兰室(陆士修);烟浓山焙动,泉破水春疾。莫拗挂瓢枝,会移阆书帙(皎然)。而最著名的还是颜真卿《五言月夜啜茶联句》:泛花邀坐客,代饮引情言(陆士修);醒酒宜华席,留僧想独园(张荐);不须攀月桂,何假树庭萱(李萼);御史秋风劲,尚书北斗尊(崔万);流华净肌骨,疏瀹涤心原(颜真卿);不似春醪醉,何辞绿菽繁(皎然);素瓷传静夜,芳气清闲轩(陆士修)。这首联句啜茶诗,众人配合得非常默契,诗写吃茶,而无一"茶"字,但又是句句言茶,深得含蓄温雅之致。而诗的主导精神,却是皎然一贯倡导的"以茶代酒"思想,陆士修开句即说"泛花邀坐客,代饮引情言",代饮,即饮茶代酒。继之张荐则说"醒酒宜华席,留僧想独园",茶正是解酒的妙方,释子的良饮。茶会的组织者颜真卿,如是说"流华净肌骨,疏瀹涤心原",大赞茶的减肥醒神功效。再看皎然的"不似春醪醉,何辞绿菽繁",这才是茶会联句的主旨,春酒醉人,绿茶清神,孰好孰劣不言而喻。可见皎然的主张宣传已经奏效。这次茶会,还有它更为特殊的意义,它既是一次茶会,更是一次诗会,同时连接了联句诗和茶文化这两种不同的文化范式,对茶

143

在士大夫阶层的推广有积极意义。而茶会上和谐的氛围、美妙的功用、清闲的意境，平和的茶道，使它与文人士大夫温文尔雅的处世态度、人格修养密切相和，而终于在中晚唐大行其道，频频出现在诗人雅集和联唱诗中，这不得不说，是陆羽、皎然、颜真卿、顾况等吴中诗派成员导夫先路，占了风气之先。

第4章

中唐吴中诗派的诗歌创作讨论

吴中诗派活跃的时代，为大历、贞元年间，即中唐的前期，一个被文学史称为文学断层的迷惘时代。前人对这一时代诗歌的美学风貌论述颇多，如高棅在《唐诗品汇·总序》云："大历、贞元中，则有韦苏州之雅淡，刘随州之闲旷，钱、郎之清赡，皇甫之冲秀，秦公绪之山林，李从一之台阁，此中唐之再盛也。"列举了这一时期几个颇具代表性诗人作为这一时期典型诗风的代表。李泽厚在《美的历程》一书中说："就美学风格来说，它们也确乎与盛唐不同。这里没有李白、张旭那种天马行空式的飞逸飘动，甚至也缺乏杜甫、颜真卿那种忠挚刚健的骨力气势，他们不乏潇洒风流，却总开始染上了一层薄薄的孤冷、伤感和忧郁，这是初盛唐所没有的。……与盛唐比，完全是两种风貌、韵味。比较起来，他们当然更接近杜甫。不仅在思想内容上，而且也在美学理想上，如规范的讲求，意义的重视，格律的严肃，等等。"① 袁行霈先生《中国文学史》则将大历诗风②的主流情调概括为"淡泊寂寞"，认为，大量作品表现出一种孤独寂寞的冷落心境，追求清雅高逸的情调。这使诗歌创作由雄浑的风骨气概转向淡远的情致，转向细致省净的意象创

---

① 李泽厚：《美学三书·美的历程》，天津：天津社会科学院出版社，2003年版，第137页。
② 大历诗风，指的是大历至贞元年间活跃于诗坛上的一批诗人的共同创作风貌。

造,以表现宁静淡泊的生活情趣。同时认为,吴中诗派的中坚人物顾况,是大历诗风主流之外独具特色的诗人,具有异于同辈的艺术个性,他的诗歌显示出亦俗亦奇的创作风貌。关于俗与奇两个特点,姜剑云先生在他的《论唐代怪奇诗派》一书中,从流派学的角度把这个时代的诗坛分为四个流派[①]:以元结和箧中七子为代表的箧中复古派,皆有严重的复古倾向,浓烈的反审美意识,把"枯槁艰涩"奉为至高至上的艺术理想,以至于他们的诗作毫无诗美可言;以李端、卢纶等大历十才子为代表的京洛才子派,其创作旨趣和风格则偏爱近体格律,雅好冷清闲淡,耽于雕章琢句;以刘长卿、李嘉祐为代表的江南仕宦派,流连山水林泉、春风芳草,忙于酬赠唱和;以皎然、顾况为代表的吴中清狂派,用"清狂"二字概括其个性诗风,等等。在姜剑云和袁行霈二位先生的论述中,都涉及了吴中诗派特立独行的艺术追求,但论述都较为简短概括。现在已有研究成果基础之上,将笔者研习所得加以详细阐发。

4.1 吴中诗派对通俗之美的追求

　　清而狂的人格精神,是中唐吴中诗派的精神总貌,同时也是他们共同的诗美趣尚。与大历贞元诗坛的主流诗风之尚雅淡尚闲逸不同,吴中派众才子另作别调,对通俗和新奇之美却表现出浓厚的兴趣。吴中诗派最喜以文滑稽,是狂的人格精神在诗风上的表现之一。现实生活中,他们通脱狂放;而在艺术上,则追求不主故常、惊世骇俗、以谐俗为奇崛的逸格,如此便有意无意地正合了皎然的诗歌理论。事实上,吴中诗歌自古以来就有通俗化口语化的传统。皎然诗文中一再提到吴声、楚调,

---

[①] 姜剑云:《审美的游离——论唐代怪奇诗派》,北京:东方出版社,2002年版,第27—50页。

第4章 中唐吴中诗派的诗歌创作讨论

这些民歌自不必说，所谓"楚奏铿訇，吴声浏亮"（皎然《玄真子画武城赞》），是说吴楚之歌，声调响亮，节奏铿锵，即所谓吴体。即使史书所载南朝的"吴均体"，葛立方在《韵语阳秋》卷三中，引吴均诗句"绿竹可充食，女萝可代裙"评价道，"今效此体为俚语小词，传于世者甚多，不足道也。"明代的方以智《通雅·释诂》中更说："吴均诗'秋风泷白水，雁足印黄沙'为沈约所笑，唐人以此为险浑语……犹云打油也。"都明确指出了吴均诗歌险浑俚俗的创作风貌。而初唐吴中四士的诗歌创作，也是以不避俗语，以俗语、口语入诗而著称的，杜甫的《遣兴诗》云："贺公雅吴语，在位常清狂。"贺知章也自称"乡音未改鬓毛衰"。再如包融《武陵桃源送人》诗："武陵川径入幽遐，中有鸡犬秦人家。先时见者为谁耶？源水今流桃复花。"若拿这首诗同七绝的格律相较，其中两句是拗句，第二句失对，第二句与第三句间失粘，第二句尾三字犯三平之忌。大概吴语中的某些读音，在吴人读来抑扬顿挫，而按之诗律则往往失对、失粘。清狂放诞的吴地诗人们并不为诗律所限制，而是按照自己的语言习惯来创作诗歌。吴中诗人的诗歌创作，对唐诗的通俗化、口语化起了相当大的作用[①]。李白《对酒诗》："蒲萄酒，金叵箩，吴姬十五细马驮。青黛画眉红锦靴，道字不正娇唱歌。"也许，正因为吴姬"道字不正"的吴侬软语，才好听，才能打动诗人的灵感。杜甫漂泊西南时期，有一首《愁》诗，题下自注云"强戏为吴体"，以格律考之，则为失粘不协平仄，刘禹锡《竹枝词九首》有七首与杜甫此诗类似，皆为拗体[②]。由上可知，通俗化口语化几乎是吴地诗人由来已久的传统，因此，即使是在格律诗大行其道的中唐，吴中诗人们依然延续了这一传统，为当时的平庸的诗坛吹进了一股鲜活的风。

而所谓通俗，是与典雅相对的风格学审美范畴。就文艺作品的美学

[①] 张雪松：《试论以"吴中四士"为首的初唐吴地诗人群体》，苏州大学学报，2004年第4期，86-90页。
[②] 关于吴体和吴均体的关系，赵昌平先生有详细的辨析，参见其《"吴中诗派"与中唐诗歌》，中国社会科学，1884年第四期。

147

风貌来说，它不仅取决于文体形式，还取决于文学题材、语言文字，等等。中唐吴中诗派对通俗之美的追求，主要体现在如下几个方面：

4.1.1 在诗歌体式上重视古体

自六朝创立"声病说"以来，经初盛唐的沈宋王孟以及杜甫等人，传统诗歌走的是一条不断律化和雅化的道路，至大历时期，诗人们多以创作律诗为主，精雕细刻，不愿再作古体诗。但是以皎然顾况为首的吴中诗派却对古体诗不离不弃，甚至情有独钟。首先从领袖人物皎然的理论著作《诗式》来看，其中的基本指导思想就是：重视自然而又不废人为，提倡人为而又不失自然。在此基础上，皎然对待声律、对偶的态度也是如此，提倡写诗不受声韵格律的限制，以意为主。把写诗拘挛于声律者，称为拘忌之徒：

> 明作用：作者措意，虽有声律，不妨作用，如壶公瓢中，自有天地日月。时时抛针掷线，似断而复续，此为诗中之仙。拘忌之徒，非可企及矣。①
>
> 明四声：乐章有宫商五音之说，不闻四声。近自周颙、刘绘流出，宫商畅于诗体，轻重低昂之节，韵合情高，此之未损文格。沈休文酷裁八病，碎用四声，故风雅殆尽。后之才子，天机不高，为沈生弊法所媚，懵然随流，溺而不返②。

既不满沈约"声病说"的细碎，批评他"沈休文酷裁八病，碎用四声，故风雅殆尽"；同时又并不否定声律对偶。他在《诗式》"对句不对句"条中又说："夫对者，如天尊地卑、君臣父子，盖天地自然之数。若斤斧迹存，不合自然，则非作者之意。"因此他所真正反对的，

---

① 李壮鹰：《诗式校注》，北京：人民文学出版社，2003年版，第13页。
② 李壮鹰：《诗式校注》，北京：人民文学出版社，2003年版，第14页。

不过是那种过分拘于声律乃至于有损自然之美的做法。他以此理论为依据观照历代诗人诗作，所以最推崇的不是格律严谨的唐代近体诗，而是旧题为李陵、苏武所作的古诗、古诗十九首以及谢灵运的作品。他赞美苏李诗"发言自高，未有作用"。评价《古诗十九首》"始见作用之功"，但"以讽兴为宗，直而不俗，丽而不朽，格高而意温，语近而意远，情浮于语，偶像则发，不以力制，故皆合于语而生自然"，与苏李诗等同。更高度赞美谢灵运诗作是"真于情性，尚于作用，不顾词彩而风流自然"。诚然，唐代理论界既重新声（格律）又重古体的提法早已有之，如殷璠《河岳英灵集》一书的入选标准便是"既闲新声，复晓古体；文质半取，风骚两挟；言气骨则建安为俦，论宫商则太康不逮"（《河岳英灵集序》）。而《文镜秘府论》南卷引王昌龄《诗格》云："自古文章，起于无作，兴于自然，感激而成，都无饰练，发言以当，应物便是。"强调自然感发，不假雕饰，又不否定声律章法。皎然的《诗式》在继承前人并结合当时诗坛创作情况以及自己诗歌创作实践的基础上，发展了这一理论。这种兼收并蓄的审美态度在格律诗大行其道的中唐就显得格外突出。皎然不但在理论上提倡重视风流自然的古体，而且在创作上也是力行其道的。

皎然诗歌共有484首，古体诗就占了191首，近体诗293首[1]。要知道，当此格律诗备受宠爱的中唐时期，其古体诗所占比例还是很大的。大历才子派们"尤刻意于五律"（姚姬传《五、七言今体诗钞》），"七律章法，大历诸公最纯熟"（《贞一斋诗说》），"大历诸子，实始争工字句"（《读雪山房唐诗序列》）。在这样以工巧为时尚的风会之际，皎然旗帜鲜明地提倡自然之美，提倡古体诗，是对"津津于格律雕虫"诗风的反动。而吴中诗派其他诸人的创作情况又是怎样的呢？

顾况诗四卷203题，239首，其中古体100首，其中古体诗24首，乐府、歌行76首；近体诗中，五、七言律诗和排律一共38首，余者皆

---

[1] 参考易丽菊：《皎然诗歌用韵考》引言，华中师范大学硕士学位论文，2010年

为五、六、七言绝句。76首乐府、歌行，既有古题乐府，新乐府，亦有歌行体，占了顾况诗歌总体比例的32%。在举世皆重律诗的时代，顾况逆潮流而行，对乐府、歌行体如此偏爱，表现出对大唐正声的反拨。他将自己的艺术触角伸向民间，他的诗，无论古体、乐府、歌行还是绝句，格调通俗明快，具有"清水出芙蓉，天然去雕饰"的民歌韵味，音节和谐流畅，浑然天成，不假雕饰，散发着浓郁的民歌气息：

野人夜梦江南山，江南山深松桂闲。野人觉后长叹息，帖藓黏苔作山色。闭门无事任盈虚，终日欹眠观四如：一如白云飞出壁，二如飞雨岩前滴，三如腾虎欲咆哮，四如懒龙遭霹雳。崄峭嵌空潭洞寒，小儿两手扶栏杆。——《苔藓山歌》

诗的内容很单纯，诗人梦回江南故乡，看到了一幅松桂掩映幽深闲适的山居图，醒后生出有家难回的深沉慨叹，于是黏苔藓作山水以慰乡思之苦，并写与小儿一起观看的乐趣。而其中对观看假山的反复咏叹，所谓"一如""二如""三如""四如"，造成一种民歌般回环流荡的调子，大有"江南可采莲，莲叶何田田，鱼戏莲叶间。鱼戏莲叶东，鱼戏莲叶西，鱼戏莲叶南，鱼戏莲叶北"（《江南》）的风情，在诗人不厌其烦的观瞻中，流露着对家乡的无限深情。吴声是南朝乐府民歌的主要部分，圆润自然，流畅优美极具江南地方特色。《宋书·乐志》："吴歌杂曲，并出江东，晋宋以来，稍有增广。"《乐府诗集》卷44论吴歌云："盖自永嘉渡江之后，下及梁、陈，咸都建业，吴声歌曲起于此也。"吴地民歌以情歌为主，毫无儒家传统理论的约束，感情大胆强烈而执着，又不乏纯真朴素，且具有动人的情致，天然明朗的韵味。顾况的家乡为三吴之地，典型的江南，那里是吴歌的发祥地，其诗歌受到江南民歌的影响是自然而然的。如《江上》："江清白鸟斜，荡桨冒苹花。听唱菱歌晚，回塘月照沙。"在江上泛舟听歌而晚归，本是江南水乡生

第4章 中唐吴中诗派的诗歌创作讨论

活中的一件寻常小事，诗人用他的一支笔忠实地记录下来：清清的江水，衬着侧身而飞的白鸟，一叶小舟在水上飘荡，一不小心，船桨竟挂在苹花上了。采菱女们唱起了优美的歌曲，因为只顾倾听，不知不觉间月亮已经照到了曲折的荷塘和沙滩上。小诗委婉清丽，温柔敦厚，含蓄缠绵。再如《溪上》：“采莲溪上女，舟小怯摇风。惊起鸳鸯宿，水云撩乱红。”这是一首采莲诗，刻画采莲少女娇美的神形和爱情萌动的心理状态。一个"怯"字，极为传神，彩莲女既羞怯又好奇的心理情状宛然可见；"水云撩乱红"，"红"字双关，是彩云的倒影，又是羞红的脸色。虽不以"歌""曲"命题，但却具有吴歌般浓厚的水文化特点，如涓涓流水一般，清新婉约，一波三折。

至于吴中诗派其他成员，存诗较少，古今体诗创作情况统计如下：颜真卿除联句外，存诗10首，其中古体7首：《题杼山葵亭得暮字（亭，陆鸿渐所创）》《谢陆处士杼山折青桂花见寄之什》《赠裴将军》《赠僧皎然》《咏陶渊明》《三言拟五杂组二首》等，近体三首：《使过瑶台寺，有怀圆寂上人》《登平望桥下作》《刻清远道士诗，因而继作》①。张志和存诗七首，《渔父歌》（又称《渔父》）5首外，四言古诗2首《太寥歌》《空洞歌》，七言绝句1首《上巳日忆江南禊事》，七言律诗1首《渔父》。陆羽存诗2首，1首古体《歌》，1首七言绝句《会稽东小山》②。李冶存诗18首，古体3首，近体15首③。朱放存诗23首，都是五、七言近体④，其实，在皎然的《诗式》中，是把朱放和归入江南仕宦诗人群体的，他在卷四中说："大历中，诗人多在江外，皇甫冉、严维、张继、刘长卿、李嘉祐、朱放窃占青山白云、春风芳草以为己有。吾知诗道初丧，正在于此。"本文之所以将他划入吴中诗派，主要是考虑到他和吴中诗派成员的密切关系，尤其是和李冶的关

---

① 颜真卿诗，见《全唐诗》卷一五二。
② 张志和、陆羽诗，皆见《全唐诗》卷三〇八。
③ 李冶诗，见《全唐诗》卷八〇五、八八八。
④ 朱放诗，见《全唐诗》卷三一五。

系。灵澈存诗17首，1首歌行《听莺歌》，16首近体①。秦系存诗38首，皆为五、七言近体②。

由上可知，吴中诗派共存诗838首，其中古体诗310首，占了三分之一还多。尤其是皎然、顾况、颜真卿、张志和、陆羽这些核心成员，在自己的创作中采用古体、歌行类，重视性情的抒写、意趣的表达，重视诗歌的自然韵律，可以说是时代主旋律的变奏。

4.1.2 绝句、歌行体中浓重的民歌色彩

吴中诗派很喜欢绝句体，受民歌影响非常明显。五、七言绝句本就与民歌小调有着很深的渊源，唐人用以和乐歌唱，实际上是唐代的乐府诗，流传最为广泛。创作之盛，终唐之世未曾衰歇。因为体制短小，容不得说大话，发空论，炫耀才学，堆砌词藻，罗列典故，"只须将要紧的意思，真实的情感，经济的表达，自然的流露，只要兴会淋漓，神与境会，即不识字人，也道得好言语。"③ 所以，绝句的最高境界是"语近情遥"。胡应麟论历数唐代绝句高手："七言绝，李、王二家之外，王翰《凉州词》，王维《少年行》，高适《营州歌》，王之涣《凉州词》，……刘方平《春怨》，顾况《宫词》，……皆乐府也。然音响自是唐人，与五言绝稍异。"④ 此处虽然只点出吴中诗派顾况的《宫词》，但足以说明他在唐代绝句史上是有一席之地的。

其实，不但顾况，吴中诗派诸才子的五、七言绝句大都写得明白晓畅。五绝如李冶《结素鱼贻友人》："尺素如残雪，结为双鲤鱼。欲知心里事，看取腹中书。"李冶《春闺怨》："百尺井栏上，数株桃已红。念君辽海北，抛妾宋家东。"朱放《铜雀妓》："恨唱歌声咽，愁翻舞袖

---

① 灵澈诗，见《全唐诗》卷八一〇、八一八。
② 秦系诗，见《全唐诗》二六〇。
③ 周啸天：《唐绝句史》，修订增补本，重庆：重庆出版社，2006年版，第53页。
④ 胡应麟：《诗薮·内编》卷六。

第4章 中唐吴中诗派的诗歌创作讨论

迟。西陵日欲暮,是妾断肠时。"朱放《毗陵留别》:"别离非一处,此处最伤情。白发将春草,相随日日生。"七绝如皎然《题湖上草堂》:"山居不买剡中山,湖上千峰处处闲。芳草白云留我住,世人何事得相关。"张志和《上巳日忆江南禊事》:"黄河西绕郡城流,上巳应无祓禊游。为忆渌江春水色,更随宵梦向吴洲。"陆羽《会稽东小山》:"月色寒潮入剡溪,青猿叫断绿林西。昔人已逐东流去,空见年年江草齐。"秦系《宿云门上方》:"禅室遥看峰顶头,白云东去水长流。松间倘许幽人住,不更将钱买沃州。"秦系《晓鸡》:"黯黯严城罢鼓鼙,数声相续出寒栖。不嫌惊破纱窗梦,却恐为妖半夜啼。"顾况《山中》:"野人爱向山中宿,况在葛洪丹井西。庭前有个长松树,夜半子规来上啼。"《听子规》:"栖霞山中子规鸟,口边血出啼不了。山僧夜后初入定,闻似不闻山月晓。"吴中诗派这些绝句皆有如下特点:语言直率自然,不假雕饰,只将所见所闻所感明白道出,饶有民歌风致。它们都学习了歌谣俚曲的表现手法,在回环往复中体现了一种天然韵致。张志和《渔父》一直很大的艺术影响,也是在于它的用语确实有一种天籁之美。这类作品既远法汉魏六朝乐府诗,又有可能就近取法于江南民间俗调。唯惜其时唐代吴歌资料过少,目前尚难作具体说明①。又有而顾况的《竹枝曲》《早春思归有唱竹枝歌者坐中下泪》两绝句,更是将源于巴渝之地的民间小调"竹枝词"正式引入文人诗章,具有不可磨灭的开创之功:

帝子苍梧不复归,洞庭叶下荆云飞。巴人夜唱竹枝后,肠断晓猿声渐稀。——《竹枝曲》

渺渺春生楚水波,楚人齐唱竹枝歌。与君皆是思归客,拭泪看花奈老何。——《早春思归有唱竹枝歌者坐中下泪》

---

① 查屏球:《由皎然与高仲武对江南诗人的评论看大历贞元诗风之变》,复旦学报,2003年第6期。

153

竹枝曲，西晋左思《魏都赋》云"明发而耀歌。"唐李善注引魏何晏曰："巴子讴歌，相引牵连手而跳歌也。"此即竹枝歌，至少魏晋时已流传，其起源当更早。黄庭坚《山谷内集》云："竹枝词本出三巴，其流在湖湘耳。"皇甫冉《杂言迎神词序》云："吴楚之俗，与巴渝同风。"因此，顾况前诗言"巴人"，后诗言"楚人"。二诗当为诗人大历二年（767）至四年（769）间客居湖湘时所作。前者被收入《乐府诗集》，题曰《竹枝》，位于此曲之冠，题下有注："《竹枝》本出于巴渝。唐贞元中，刘禹锡在沅湘，以俚歌鄙陋，乃依骚人《九歌》作《竹枝》新辞九章，教里中儿歌之，由是盛于贞元、元和之间。禹锡曰：'竹枝，巴歈也。巴儿联歌，吹短笛、击鼓以赴节。歌者扬袂睢舞，其音协黄钟羽。末如吴声，含思宛转，有淇濮之艳焉。'"① 实际上是肯定了顾况之诗的滥觞作用的，然而后之论者常常绕过顾况，只言后来刘禹锡、白居易仿民歌作《竹枝词》《杨柳枝词》云云，实在是一种学问上的疏忽。

除了五言、七言绝句之外，吴中诗派的六言诗也很独特。如李冶六言《八至》："至近至远东西，至深至浅清溪。至高至明日月，至亲至疏夫妻。"真是通俗易懂，明白如话，将自然人生的道理说得深入浅出，轻松自然。有趣的是，她这首六言诗的用韵甚至意象、风调，竟与刘长卿著名的六言佳作《苕溪酬梁耿别后见寄》出奇的一致："清川永路何极，落日孤舟解携。鸟向平芜远近，人随流水东西。白云千里万里，明月前溪后溪。独恨长沙谪去，江潭芳草萋萋。"要知道，她和刘长卿是往来比较密切的友人，而据《唐诗纪事》记载："刘长卿即谓季兰为女中诗豪。"② 明月，清溪，东西远近前后的空间变幻，韵律的轻快流荡，多么惊人的相似。

---

① 郭茂倩《乐府诗集》卷八十一·近代曲辞三。
② 见《唐诗纪事》卷七八，李季兰条。

第4章 中唐吴中诗派的诗歌创作讨论

六言诗体的流变不是本文考察的重点。据刘勰的《文心雕龙·明诗》篇中记载："至于三、六杂言，则出自篇什。"一部《全唐诗》，包含了多少六言诗，刘继才等人做过统计，说唐代共有六言诗七十五首，计四百四个二句[1]。对于这个数字的准确性，有人持怀疑态度，所以，浙江大学唐爱霞博士根据《全唐诗》（包括《全唐诗外编》《全唐诗补编》《敦煌歌辞总编》）、唐人笔记和其他材料，共辑得唐五代六言诗125首，其中古近体绝句71首，三韵小律、律诗与长篇共53首，三句体一首（顾况《渔父引》）[2]。125首，这个数字应该更接近真相。但从其所列表格来看，这个统计还是有遗漏的，比如中唐吴中诗派成员，其中所列顾况六言诗1首，这个数字是不准确的，顾况诗集存六言诗3首，外加《渔父引》3个六言散句（也有认为是六言三句整诗）。此外，顾况的好友包佶存有六言诗1首，即《顾著作宅赋诗》："几年江海烟霞，乘醉一到京华。已觉不嫌羊酪，谁能长守兔罝。脱巾偏招相国，逢竹便认吾家。各在芸台阁里，烦君日日登车。"唐博士的统计表中未列此诗。而从此诗的诗题来看，当是顾况在长安任著作郎期间僚友们的一次燕集赋诗，而这次赋诗当是限做六言诗的，其中定有顾况的作品，可惜未流传下来。顾况仅存的六言绝句三首如下：

不能经纶大经，甘作草莽闲臣。青琐应须长别，白云漫与相亲。——《思归》

心事数茎白发，生涯一片青山。空林有雪相待，古道无人独还。——《归山作》

板桥人渡泉声，茅檐日午鸡鸣。莫嗔焙茶烟暗，却喜晒谷天晴。——《过山农家》

---

[1] 刘继才：《论唐代六言近体诗的形成及其影响》，《文学遗产》1988年第2期；俞樟华、盖翠杰：《论古代六言诗》，《文学评论》2002年第5期。

[2] 参见唐爱霞博士论文：《古代六言诗研究》，浙江大学，2009年，第42页。

洪迈《万首唐人绝句》收录六言诗 37 首，因而感慨："予编唐人绝句，得七言七千五百首，五言二千五百首，合为万首，而六言不满四十，信其难也。①"高棅也说："六言始自汉司农谷永，魏晋曹刘间出，自唐初李景伯有《回波乐》，……逮开元大历间王维刘长卿诸人相与继述而篇什稍屡见，然亦不过诗人赋咏之余矣。"（《唐诗品汇》）而我们今天看到的顾况的六言诗，却以重叠的意象群创造诗境，素词淡语，不带任何修饰，明白晓畅，节奏顿挫，语语可歌，具有词的韵味②，不失为六言诗中难得的佳作。尤其是他的《归山》，组合了白发、青山、雪、古道、空林这些冷落、孤独、寂寥的意象，透露出作者心境的失落寂寥冷清，被明代顾璘评为"语短意长"，也被明人选入《六言诗画谱》中。此外，顾况的《渔父引》六言三句："新妇矶边月明，女儿浦口潮平；沙头鹭宿鱼惊。"有人视为中唐六言诗的新体。并且深受宋人黄山谷、徐师川的喜爱，竟全文借用，作为《浣溪沙》的上片。

从六言诗源起以及后来的发展和流传来看，它与乐府有着紧密联系。像魏晋六朝的六言诗，许多就是乐府。如曹丕、陆机均作有归属乐府的《董逃行》六言诗。崔豹在《古今注》中曰："董逃歌，后汉游童所作也。终有董卓作乱，以逃亡，后人习之为歌章。乐府奏之，以为儆诫焉。"③ 又如《怨歌行》《舞媚娘》《回波乐》《妾薄命》等六言诗均为乐府歌辞。在史传材料中，我们亦可见到六言诗与音乐之间的关系。六言诗在后代均被划归词部。又如易导致板滞不畅。根据任半塘在《唐声诗》中的总结分类，六言诗可以分为以下几种：六言三句一调，如《渔父辞》；六言四句五调，如《回波乐》《三台》《舞马辞》《轮台》《塞姑》等；六言六句一调，如《何满子》；六言八句三调，如《三台》《破阵乐》《谪仙怨》等；还有六言十句一调者，如《寿山

---

① 洪迈：《容斋随笔》卷十五，上海：上海古籍出版社，1978 年版。
② 参见周啸天：《唐绝句史》，2 版，修订增补本，重庆：重庆出版社，2006 年版，第 187 页。
③ 萧艾：《六言诗三百首》，郑州：中州古籍出版社，1987 年版，第 5 页。

第4章 中唐吴中诗派的诗歌创作讨论

曲》。像《回波乐》《轮台》《塞姑》《破阵乐》《谪仙怨》等诗体,内容多是边地舞曲、塞上之词,颇具战争之象。在唐代,写作六言诗的诗人逐渐增多,其中王维、刘长卿、皇甫冉、张继、顾况、韦应物、王建、刘禹锡、白居易、杜牧、鱼玄机等都有较好的①。

而吴中诗派的六言诗,除了前所言顾况《渔父引》三句,为乐府之外,其他皆为具有乐府民歌风调的徒诗。如朱放《剡山夜月(一题剡溪舟行)》:"月在沃洲山上,人归剡县溪边。漠漠黄花覆水,时时白鹭惊船。"幽静的夜晚,有山有水,有花有月,人在船上,船行其中,是多么美妙的画面,船过处惊动了白鹭,精灵般翩然溪上月下,咿呀的橹声和着白鹭的惊飞鸣叫,激活了无限生机,增添了声韵美。景物现成,语言现成,明白如话,而漠漠、时时两个叠词的嵌入,即是动静的对置,同时又传达出一种于无声中听妙音的美感。此外皎然还把六言诗引入了联句活动,如他和崔逵《重联句一首》即用六言:"清高素非宦侣,疏散从来道流。"(皎然)"今日还轻墨绶,知君意在沧洲。"(皎然)"浮云任从飘荡,寄隐也信沈浮。"(崔逵)"不似漳南地僻,道安为我淹留。"(崔逵)虽为二人联句,但所抒高洁隐逸之情志,因了诗句的自然流畅,便觉前后一气,轻便流转,清新悦目,毫无板重呆滞强凑之感。因此,纵观吴中诗派所存六言诗,在韵律的流荡上并不输于那些专事歌唱的六言声诗。这都是吴中诗派善于向民歌学习的结果。

除了绝句之外,吴中诗派还在乐府、歌行等诗体创作中注入或强化民歌因素,主要表现在诗体的内部结构上:三三七句式、反复修辞的使用。三三七句式是民歌常用的句式,这种句式在皎然诗作中用的还不是很多,即使有出现,也主要是在杂言诗和乐府诗中,算不上成熟的三三七句式。如《山雨》:"一片雨,山半晴。长风吹落西山上,满树萧萧心耳清。云鹤惊乱下,水香凝不然。风回雨定芭蕉湿,一滴时时入昼禅。"(皎然)只是三五七杂言体。再如《风入松》:"声断续,清我魂。

---

① 参见俞樟华、盖翠杰:《论古代六言诗》,《文学评论》,2002年第5期。

流波坏陵安足论，美人夜坐月明里。含少商兮点清徵，风何凄兮飘飘。搅寒松兮又夜起。夜未央，曲何长，金徽更促声泱泱。何人此时不得意，意苦弦悲闻客堂。"（皎然）这首乐府诗，句式三七言交替使用，句式长短不一，语言朴实自然，保持了乐府民歌的本色。在歌行体大量使用三三七句式的是顾况，如他的《公子行》："轻薄儿，面如玉，紫陌春风缠马足。"《幽居弄》："苔衣生，花露滴，日入西林荡东壁。"《庐山瀑布歌送李顾》："飘白霓，挂丹梯，应从织女机边落。"《送行歌》："送行人，歌一曲，何者为泥何者玉。"《梁司马画马歌》："画精神，画筋骨，一团旋风瞥灭没。"《杜秀才画立走水牛歌》："昆仑奴，骑白象，时时锁着师子项。"而《李供奉弹箜篌歌》一诗竟几次复用这种句式："大弦长，小弦短，小弦紧快大弦缓"，"李供奉，仪容质，身才稍稍六尺一"，"驰凤阙，拜鸾殿，天子一日一回见"，等等。既整齐，又活泼，谨严整饬之中，具有民歌的风调。而张志和的《渔父歌》五首中的三三七句式："青箬笠，绿蓑衣，斜风细雨不须归。""能纵棹，惯乘流，长江白浪不曾忧。""江上雪，浦边风，笑著荷衣不叹穷。""枫叶落，荻花干，醉宿渔舟不觉寒。""钓车子，橛头船，乐在风波不用仙。"在艺术上几臻炉火纯青。

陈寅恪先生对三三七句式的民间性曾有精彩的论述："关于新乐府之句律，李公垂之原作不可见，未知如何。恐与微之之作无所差异，即以七字之句为其常则是也。至乐天之作，则多以重叠两三字句，后接以七字句，或三字句后接以七字句。此实深可注意。考三三七之体，虽古乐府中已不乏其例，即如杜工部《兵车行》，亦复如是。但乐天新乐府多用此体，必别有其故。盖乐天之作，虽于微之原作有所改进，然于此似不致特异其体也。寅恪初时颇疑其与当时民间流行歌谣之体制有关，然苦无确据，不敢妄说。后见敦煌发见之变文俗曲殊多三三七句之体，始得其解。关于敦煌发见之变文俗曲，详见《敦煌掇琐》和《鸣沙余韵》诸书所载，兹不备引。然则乐天作新乐府，乃用毛诗，乐府古诗，

第 4 章 中唐吴中诗派的诗歌创作讨论

及杜少陵诗之体制，改进当时民间流行之歌谣。实与贞元元和时代古文运动巨子如韩昌黎元微之之流，以《太史公书》，《左氏春秋》之文体试作《毛颖传》，《石鼎联句诗序》，《莺莺传》等小说传奇者，其所持之旨意及所用之方法，适相符同。其差异之点，仅为一在文备众体小说之范围，一在纯粹诗歌之领域耳。由是言之，乐天之作新乐府，实扩充当时之古文运动，而推及之于诗歌，斯本为自然之发展。惟以唐代古诗，前有陈子昂李太白之复古诗体。故白氏新乐府之创造性质，乃不为世人所注意。实则乐天之作，乃以改良当日民间口头流行之俗曲为职志。"[1] 由此可知，吴中诗派主要成员向民歌学习，大量使用三三七句式，无疑为元白诗派的"新乐府"创作做了先导。

　　反复是为了强调某种意思，突出某种情感，特意重复使用某些词语、句子。这可以分两种情况，一种是词语反复，即为了凸显某种感情或某种行为，连续两次以上使用同一词语，以达到强调的目的。如皎然《和邢端公登台春望句，句有春字之什》："春日绣衣轻，春台别有情。春烟间草色，春鸟隔花声。春树乱无次，春山遥得名。春风正飘荡，春瓮莫须倾。"皎然《春夜集陆处士居玩月》："欲赏芳菲肯待辰，忘情人访有情人。西林可是无清景，只为忘情不记春。"皎然《留别阎士和》："不惯人间别，多应忘别时。逢山又逢水，只畏却来迟。"皎然《陇头水二首》其一："陇头水欲绝，陇水不堪闻。"皎然《拟长安春词》："春信在河源，春风荡妾魂。春歌杂鶗鴂，春梦绕轩辕。春絮愁偏满，春丝闷更繁。春期不可定，春曲懒新翻。"皎然《禅思》："空何妨色在，妙岂废身存。寂灭本非寂，喧哗曾未喧。"李冶《偶居》："心远浮云知不还，心云并在有无间。狂风何事相摇荡，吹向南山复北山。"顾况《弃妇词》："古人虽弃妇，弃妇有归处。今日妾辞君，辞君欲何去"，"及至见君归，君归妾已老"。顾况《伤子》："老夫哭爱子"，"老夫已七十"。顾况《游子吟》："故枥思疲马，故窠思迷禽。"顾况《从

---

[1] 陈寅恪：《元白诗校笺》，上海：上海古籍出版社，1978 年版，第 120-121 页。

江西至彭蠡入浙西淮南界道中寄齐相公》："作镇江山雄"，"自镇江山来"。顾况《长安窦明府后亭》："君为长安令，我美长安政。"顾况《苦雨》："朝与佳人期，碧树生红萼。暮与佳人期，飞雨洒清阁。佳人窅何许，中夜心寂寞。"顾况《古离别》："西山为水水为尘，不是人间离别人。"顾况《悲歌二》："我欲升天天隔霄，我欲渡水水无桥。我欲上山山路险，我欲汲井井泉遥。"等等。另一种是句子的反复。有时为了表达内容或者结构安排的需要，要连续两次以上使用同一个词组或句子。如顾况《游子吟》："胡为不归欤，坐使年病侵"，"胡为不归欤，辜负匣中琴"，"胡为不归欤，泪下沾衣襟"。《和翰林吴舍人兄弟西斋》：起首"君家诚易知，易知复难同"，结尾"君家诚易知，易知意难穷"。顾况《上湖至破山赠文周萧元植》：起首"一别二十年，依依过故辙"，结尾"一别二十年，人堪几回别"。顾况《哭从兄苌》："人生倏忽间，旅衬飘若遗。稚子新学拜，枯杨生一枝。人生倏忽间，精爽无不之。旧国数千里，家人由未知。人生倏忽间，安用才士为。""人生倏忽间"重复出现三次。等等。

　　从大量例证来看，吴中诗派此种现象并非偶然，而是一种有意识的创作实践。字句重复为近体诗所忌，却是民歌体的惯用形式。我们看以上所列诸人的诗句，跟南朝以来的吴声子夜的风调是多么相似。体现了吴中诗派力避大历诗坛"拘限声病"（元结《箧中集》）之风气，追求诗歌通俗化的审美倾向。同时，也是皎然《诗式》卷一"湮没格一品"之"淡俗"的实践。[①]

4.1.3　诗歌取材上的生活化倾向

　　皎然在《诗式》卷四评论"齐梁诗"时论及大历时期江南诗人的诗风，"大历中，词人多在江外。皇甫冉、严维、张继、刘长卿、李嘉祐、朱放，窃占青山、白云、春风、芳草以为己有。吾知诗道初丧，正

[①] 李壮鹰：《诗式校注》，北京：人民文学出版社，2003年版，第53页。

≪ 第4章 中唐吴中诗派的诗歌创作讨论

在于此。"并举如下诗例：如皇甫冉《和王相公玩雪诗》："连营鼓角动，忽似战桑乾。"严维《代宗挽歌》："波从少海息，云自大风开。"刘长卿《山鸲鹆歌》："青云杳杳无力飞，白露苍苍抱枝宿。"李嘉祐《少年行》："白马撼金珂，纷纷侍从多。身居骠骑幕，家近滹沱河。"张继《咏镜》："汉月经时掩，胡尘与岁深。"朱放诗："爱彼云外人，来取涧底泉。"这些诗题例句集中反映了该派诗人创作上的共同特点：寄情山水，歌咏自然，流连风景，内容狭窄，题材风格单调，气格不高，即使是挽歌和少年行这样的题目，也因缺乏感动愤激之情，而略无生气，显得平庸，因此被皎然品评为"有事无事第四格"①。而以大历十才子为首的京洛诗人群体，大都以王维为宗，秉承山水田园诗派的风格，不仅体裁多用近体格律，很少见到乐府歌行，而在题材上，多投献之作，多吟咏山水风景之作，歌颂升平，称道隐逸，乃至羁旅思乡，为其主要诗材。以此二个诗歌流派来做参照，吴中诗派的创作就显得尤为可贵了。以皎然、顾况为代表的吴中诗人，大都多才多艺，兴趣广泛，而在皎然看来，"夫诗者，众妙之华实，六经之菁英。虽非圣功，妙均于圣。彼天地日月，元化之渊奥，鬼神之微冥，精思一搜，万象不能藏其巧。②"（诗式序）诗是最重要的一种体裁，可以包罗万象，并达于精微要妙，天地日月人间万象皆可巧裁入诗。通览吴中诗派的诗歌作品，其题材是十分丰富多彩的，讽谕、游仙、宫怨、边塞、田园、纪游、民俗、悼亡、赠答、题画、写乐等，无所不包，并且表现出向现实生活回归的取材趋向，吴中诗人对身边的人事物象表现出极大的热情和创作兴趣，因此更为丰富多彩。

在吴中诗派的作品中，既有顾况以《补亡训传》十三章为代表的新乐府诗，触及了中唐社会的许多社会弊端，反映了深受其害的下层民众的生活境况和愿望。有李冶作为女道士对自己感情生活的真实抒写，

---

① 李壮鹰：《诗式校注》，北京：人民文学出版社，2003年版，第273页。
② 李壮鹰：《诗式校注》，北京：人民文学出版社，2003年版，第1页。

161

更有张志和、皎然、顾况等对各地不同民俗风情的关注,他们的诗歌充满着浓浓的生活气息和民俗色彩。所谓民俗者,"就是民众的风俗习惯,民众长期共同实行的某种行为方式"①,按民俗学界的观点,民俗的内容大致可分为四个层面:图腾意象、神话传说、岁时节日和风俗②。张志和《渔父歌》中西塞山的桃花流水、肥美的鳜鱼,和松江的菰饭莼羹,是多么诱人的地方美味。再看皎然的两首诗:

竹杖裁碧鲜,步林赏高直。实心去内矫,全节无外饰。行药聊自持,扶危资尔力。初生在榛莽,孤秀岂封殖。干雪不死枝,赠君期君识。——《采实心竹杖寄赠李萼侍御》

见说吴王送女时,行宫直到荆溪口。溪上千年送女潮,为感吴王至今有。乃知昔人由志诚,流水无情翻有情。平波忽起二三尺,此上疑与神仙宅。今人犹望荆之湄,长令望者增所思。吴王已殁女不返,潮水无情那有期。溪草何草号帝女,溪竹何竹号湘妃。灵涛旦暮自堪伤,的烁婵娟又争发。客归千里自兹始,览古高歌感行子。不知别后相见期,君意何如此潮水。——《赋得吴王送女潮歌,送李判官之河中府》

第一首,据诗意,当为早年干谒之作。和唐代一般青年知识分子一样,皎然早年生活富足,以富家子的身份为入仕而活动,应该有过一些裘马轻狂的经历。他自许甚高,努力读书上进,读书、游历,由于习儒,抱的是入世的态度,有过功名的追求③。此非处讨论重点。重点是,此诗引入少见的实心竹为喻托物,我们平日常见多为空心竹,所以人人皆知竹子虚心的品格。而皎然在这首诗里却引入了罕见的实心竹,

---

① 程啬、董乃斌:《唐帝国的精神文明》,中国社会科学出版社1996年版,第10页。
② 参见钟敬文主编:《民俗学入门》,民间文艺出版社1984年版。
③ 漆绪邦:《皎然生平及交游考》,《北京社会科学》,1991年第3期,第108页。

实心竹，即满心竹，其竿实中，故称。元代李衎《竹谱详录·竹品谱·异形品》：满心竹，生广西阳朔山中。枝叶一如箣竹，但干实无心，故名。湖湘之间亦有之。笋味佳。《云南记》曰：云南有实心竹，文采斑驳，可为器用。唐僧清昼有实心竹杖诗，按此或即满心竹是也①。可见被皎然写入诗中实心竹是一种特定的地方风物，世所罕见。查皎然诗集中，多次出现洞庭二字，可推知皎然当到过湖湘一带，而诗中的实心竹当为湖湘之地的产物。第二首，吴王送女潮，潮水名，《格致镜原》卷五引《西吴记》：长兴吴山下有溪名吴山湾，昔吴王送女至此，有潮高三尺，倒流七十里，名吴王送女潮②。诗人以民间传说为歌咏对象，赋予无情的潮水以深情和信义，抒发了对友人的惜别之情，并寄望与友人能够像潮信一样保持联系或再次相会。此外，皎然《顾渚行奇裴方舟》，描写顾济一带茶农收新茶的场面，非常真实细致、清新优美，无异于一幅江南茶乡的风俗画。诗的格调显然受江南民歌的影响，婉转流丽，浅切坦易，平淡而有醇厚的韵味。

　　顾况一生宦游过许多地方，当地的民俗风情常常引起他的兴趣而入于诗章，如《杜秀才画立走水牛歌》是一首题画诗。画面是地道的江南水乡的风俗图景，非常俚俗真切。再如：

　　东瓯传旧俗，风日江边好。何处乐神声，夷歌出烟岛。

　　　　　　　　　　　　　　　　　　　　　　——《永嘉》

　　新茶已上焙，旧架忧生醭。旋旋续新烟，呼儿劈寒木。

　　　　　　　　　　　　　　　　　　　　　　——《焙茶坞》

　　谁家无春酒，何处无春鸟。夜宿桃花村，踏歌接天晓。

　　　　　　　　　　　　　　　　　　　　　　——《听山鹧鸪》

---

① 华夫主编：《中国名物大典》下，济南：济南出版社，1993年版，第1410页。
② 华夫主编：《中国名物大典》上，济南：济南出版社，1993年版，第254页。

凄清回泊夜，沧波激石响。村边草市桥，月下罟师网。

——《青弋江》

第一首，永嘉，今浙江温州市，唐代为温州治所。此诗当作于大历六年（771）至建中二年（781）之间，时顾况在温州操办盐务。顾况《释祀篇》云："龙在甲寅，永嘉大水，损盐田。温人曰：'雨潦不止，请陈牲豆，备嘉乐，祀海龙，拣辰告庙，拜如常度。'"诗中的"旧俗""乐神"当与"祀海龙"的民俗活动有关，陆龟蒙《野庙碑》云："瓯粤间好事鬼，山椒水滨多淫祀①。"一句"夷歌出海岛"，仿佛从远距离让我们看到了这一极具民俗味的风俗画，描绘出一幅东瓯民间祭祀的欢乐场面。第二首，描绘了一幅完全动感的茶农的生活图景，记述了一天的农事活动。"新茶""旧架""新烟""寒木"，让我们看到了茶农：收获的喜悦，心中的担忧，生活的忙碌。新与旧的更替，昭示着生活日复一日的循环往复，以及平淡而富有生机的人生样态。另外，《过山农家》一诗写的是过访茶农的情景："板桥人渡泉声，茅檐日午鸡鸣。莫嗔焙茶烟暗，却喜晒谷天晴。"作者按照走访的顺序，依次摄取了山行途中、到达农舍、参观焙茶和晒谷的四个镜头，由景及人，绘声绘色，传神入微地刻画出江南山乡焙茶晒谷的劳动场景，以及山农爽直的性格和淳朴的感情，生活气息浓厚②。第三首，当作于漫游湖湘时期。记述夜宿桃花村的所闻所见，犹如一幅春日里歌舞饮酒、彻夜狂欢的风俗画。山鹧鸪，唐曲，《乐府诗集》卷八十"近代曲辞"引《历代歌辞》曰："《山鹧鸪》，羽调曲也。"《山堂肆考》徵十六云："《鹧鸪辞》，近代思归之词曲也。"此曲起于湘楚民间，歌时踏地为节，故诗云"踏歌接天晓"。"踏歌"，据唐人《岳阳风土记》记载："荆湖民

---

① 《礼记·曲礼下第二》："天子祭天地，祭四方，祭山川，祭五祀，岁遍。……非其所祭而祭之，名曰淫祀。淫祀无福。"
② 参萧涤非、程千帆等：《唐诗鉴赏辞典》，上海：上海辞书出版社，1983年版，第664页。

俗，岁时会集或祷祠，多击鼓，令男女踏歌，谓之歌场。"是西南地区民间集体歌舞活动中一种极普遍的形式，所谓"歌场"，便主要指踏歌之场。踏歌的意义和作用在于它节奏鲜明，易于使徒歌之调规整化，进而产生大量的依调歌唱。《山鹧鸪》《竹枝》即为其中之歌曲①。第四首，作于诗人游宣州时。青弋江，源出于石埭县，流经宣城、南陵二县，北入芜湖县界，注入长江。首二句写夜泊青弋江，波浪拍动岸石的声音，衬托出漂泊羁旅之人的凄清境况。三、四句描写当地的市井风情：村边赶集，月下捕鱼。草市，乡村集市；罟师网，渔网。两句犹如一幅热闹忙碌的风俗画，与诗人心情之凄凉恰成鲜明对比。对民众生活的接触，因频繁而熟悉，因体验而深刻，诗人笔下便生成了一幅幅栩栩如生的民俗画卷：

  不觉老将春共至，更悲携手几人全。还丹寂寞羞明镜，手把屠苏让少年。——《岁日作》

此诗为顾况晚年所作。《文心雕龙·物色》云："若夫珪璋挺其惠心，英华秀其清气，物色相召，人谁获安？是以献岁发春，悦豫之情畅；滔滔孟夏，郁陶之心凝。天高气清，阴沉之志远；霰雪无垠，矜肃之虑深。"②时俗节令，常常引动诗人多情的心灵，生发出无限感慨。此诗即作于农历元旦，慨叹新春来临，而老之将至，故人飘零，表达了青春不返的悲感。末句引入古代习俗，屠苏，也作屠酥，一种用屠苏、肉桂、山椒、白术等草药泡浸制成的酒。古俗于农历元旦饮屠苏酒，可除瘟气。《荆楚岁时记》："正月一日，是三元之日也，……于是长幼悉正衣冠，以次拜贺，进椒柏酒，饮桃汤，进屠苏酒。"按，古岁饮屠苏

---

① 唐代许多燕乐曲子，如《缭踏歌》《队踏子》《踏金莲》《柳枝》《纥那曲》等，可能都是在踏歌中产生或受踏歌促成的。
② 范文澜：《文心雕龙注·物色》，北京：人民文学出版社，1998年版，第693页。

酒，年岁小者先饮。《容斋续笔》卷二："岁旦饮酒条"云："今人元旦饮屠酥酒，自小者起，相传已久，然固有来处，后汉李膺、杜密，以党人同系狱，值元日，于狱中饮酒，曰：正旦从小起，《时镜新书》晋董勋云：正旦饮酒先从小者何也？勋曰，俗以小者得岁，故先酒贺之；老者失岁，故后饮酒。《初学记》载《四月民令》云：正旦饮酒次第，当从小起，以年小者起先。"① 诗人"手把屠苏让少年"的举动，是习俗使然，达观中隐含着悲哀与无奈的情绪。

　　唐代，是一个无比包容而气度弘放的时代，敢于和乐于吸收外来文化和融合国内各民族的文化，多种文化的交融碰撞，产生了许多新鲜事物。吴中诗派的作家们用自己的笔忠实而生动地记录了当时社会的新鲜事物。如皎然《春夜赋得溧水囊歌，送郑明府》，记录了佛家洗澡用的澡瓶。《郑容全成蛟形木机歌》记载了郑容设计和制作的蛟形木机，从其中诗句"形如器车生意奇""风号雨喷心不折""爱君开闸江之滨"来看，这个蛟形木机当为水车类汲水工具，吴中地区，水车本是常见之物，但这个木机的可贵之处，却在于"万物贵天然，天然不可得。浑朴无劳剞劂工，幽姿自可蛟龙质。"所用木材本是长就的蛟形，是众木中的佼佼者，而被能工巧匠郑容选中的。诗人在"风号雨喷心不折，众木千丛君独知"句后自注："广德中，郑生避贼吴兴毗山间，于稠人之中遇予，独见称赏。"② 由此可知，诗中虽然歌咏木机，却有自况的意味，隐含着知遇之感。后来皎然和郑容又一起饮茶，写了《饮茶歌送郑容》一诗："丹丘羽人轻玉食，采茶饮之生羽翼。名藏仙府世莫知，骨化云宫人不识。云山童子调金铛，楚人茶经虚得名。霜天半夜芳草折，烂漫缃花啜又生。赏君此茶祛我疾，使人胸中荡忧慄。日上香炉

---

① 参见王启兴、张虹：《顾况诗注》，上海：上海古籍出版社，1984年版，241页注释。
② 所谓"避贼"的"贼"，当指广德元年（763）"陷台州，连陷浙江州县"的袁晁之乱。据《吴兴志》载，时湖州人朱泚、沈皓"举亡命之徒以应之"，攻陷了武康县城。可知郑容为浙东人或湖州武康人。

情未毕，醉踏虚溪云，高歌送君出。"古来送别，都是饮酒，而皎然作为佛门释子，却以茶送客。一边饮茶，一边向郑容讲述饮茶的各种功效，极力称赞云山童子"调金铛"的高超茶艺，反映了唐代士人饮茶风气的普遍，以及唐代茶文化的鼎盛。而在《戛铜碗为龙吟歌》中，皎然记录了一种很神奇的音乐——戛铜碗为龙吟：能把铜碗敲的跟龙吟一样，出神入化，美妙动听，是一种非同寻常的技艺。作者自序云："唐故太尉房公琯，早岁尝隐终南山峻壁之下，往往闻龙吟，……时有好事僧潜戛之．以三金写之，唯铜声酷似。他日房公偶至山寺，闻林岭间有此声，乃曰：龙吟复迁于兹矣。僧因出其器以告。"后李贺诗有《假龙吟》①。

如果说皎然所记新鲜事物多与佛道与他自身的生活有关，那么顾况诗中所录就更丰富多彩，如木偶傀儡戏、民风民俗的某些技艺，如竹竿技等，这些民间特技和绝活，给我国杂技史、民俗学史、戏剧史或多或少起到添砖加瓦作用②。其《越中席上看弄老人》诗云："不到山阴十二春，镜中相见白头新。此生不复为年少，今日从他弄老人。"据台湾大学讲座教授曾永义先生《中国偶戏考述》一文考证，弄老人，即唐代的傀儡戏，文中还说，唐代傀儡戏盛行，不止庶民百姓，即大官贵人君王亦皆嗜之实深。唐代诗人多有吟咏，梁锽《咏木老人》诗（一题作《傀儡吟》）云："刻木牵丝作老翁，鸡皮鹤发与真同。须臾弄罢寂无事，还似人生一梦中。"又卢纶《焦篱店醉题（时看弄邵翁伯）》云："洛下渠头百卉新，满筵歌笑独伤春。何须更弄邵翁伯，即我此身如此人。""老翁""邵翁伯"，与"老人"名称虽异，实质相同，皆为老迈之人。从顾诗以及梁、卢二人的作品所表达的情感来看，"弄老人"之剧情必涉及人世百态，易使人产生人生无常之感；也由此可见，

---

① 陈贻焮主编：《增订注释全唐诗》（第三册），北京：文化艺术出版社，2001年版，第48页。
② 陈耀东、陈思群：《承先启后 探新求奇——顾况诗文纵横谈》，嘉兴学院学报，2006年第2期。

傀儡在人们心目中是被捉弄的，傀儡戏场如人生，一样是幻灭的。再如其《险竿歌》：

宛陵女儿擘飞手，长竿横空上下走。已能轻险若平地，岂肯身为一家妇。宛陵将士天下雄，一下定却长稍弓。翻身挂影恣腾蹋，反绾头髻盘旋风。盘旋风，撇飞鸟；惊猿绕，树枝裹。头上打鼓不闻时，手蹉脚跌蜘蛛丝。忽雷掣断流星尾，矐矆划破蚩尤旗。若不随仙作仙女，即应嫁贼生贼儿。中丞方略通变化，外户不扃从女嫁。

险竿，在高竿上表演杂技，俗称爬竿，古为百戏之一。据《明皇杂录》载："玄宗御勤政楼，大张乐，罗列百伎。时教坊有王大娘者，善戴百尺竿，竿上施木山，状瀛洲、方丈，令小儿持绛节，出入于其间，歌舞不辍。时刘晏以神童为秘书正字，年十岁，形状狞劣而聪悟过人。玄宗召于楼上，贵妃复令咏王大娘戴竿，晏应声曰：'楼前百戏竞争新，唯有长竿妙入神。谁谓绮罗翻有力，犹自嫌轻更着人。'玄宗与贵妃，及诸嫔御欢笑移时，声闻于外，因命牙笏及黄文袍以赐之。"①《全唐诗》卷一二〇有刘晏《咏王大娘戴竿》。我国杂技发展的历史源远流长，始于先秦，盛于汉唐，至玄宗时，品种繁多，技巧娴熟，艺人队伍壮大，从皇宫走向社会，走向民间。顾况于贞元十六年曾游宣州，撰有《宛陵公署记》，此诗当作于同时，记录了在宣州民间观看险竿表演的情景。而其《剡纸歌》一诗，则是以越州剡中的地方特产剡藤、剡纸、禹馀粮和会稽紫罗笔为题材创作的："云门路上山阴雪，中有玉人持玉节。宛委山里禹余粮，石中黄子黄金屑。剡溪剡纸生剡藤，喷水捣后为蕉叶。欲写金人金口经，寄与山阴山里僧。手把山中紫罗笔，思量点画龙蛇出。政是垂头蹋翼时，不免向君求此物。"介绍了剡纸具体的产地、原料、制作、功用、价值和自己的心愿。

---

① 郑处诲：《明皇杂录》卷上。

第 4 章　中唐吴中诗派的诗歌创作讨论

此外，在顾况诗中，即使是笔涉仙趣，其中的仙人形象也大多是世俗化的，有着世俗之人的七情六欲和喜怒哀乐。如《古仙坛》中的仙人误将野火认作"坛边醮"，走近了才知道自己的孟浪，于是在坛边拍手大笑，与凡人几无二致。《梁广画花歌》中"上元夫人"的小女，看到梁生画的花，情窦初开，就含羞带笑芳心暗许了，并且"为白阿娘从嫁与"，具有凡夫俗子的感情世界。而《黄菊湾》中的仙人，跟俗人一样酿酒、嗜酒，"醉里飞空山"，喝多了就到处游荡。在诗人笔下，神仙被世俗化和人格化了，消解了他们在人们头脑中原本所具有的神秘性，而具有通俗之美。

4.1.4　诗歌语言上口语化倾向

与诗体、内容相应，吴中诗派的作品，在语言风格上表现出自然随意与口语化的倾向。大历京城诗人的创作都非常重视诗歌语言的清雅、新奇、巧丽，因而创造了省净精约的语言风格，但事物往往过犹不及，当它走向极端时，便失去了自然韵致，凸显出刻镂斧凿的痕迹和雷同化的倾向。过分追求省净，便阻隔了情感的自由表达，隐没了诗人的创作个性[1]。如后人评曰："大历钱、刘古诗亦近摩诘，然清气中时露工秀。淡字、微字、远字皆不能到，此所以日趋于薄也。"[2] 论诗以自然为尚的皎然，对此种语言风格自是持批评态度，《文镜秘府论》南卷《论文意》收《其诗议》，其中明确反对俗巧，提出"削其俗巧"。皎然说，所谓俗巧，是由不辨正气，习弱师弊。分不清何为诗之正道，而师习时俗之弱弊，意熟语旧，但见诗皮，淡而无味。他提出有如渡头、浦口，水面、波心那样的俗对；上句青，下句绿，上句爱，下句怜那样的下对；映带、傍伴这样的熟字；制锦、一同、仙尉、黄绶这样的熟名；溪

---

[1] 查屏球：《由皎然与高仲武对江南诗人的评论看大历贞元诗风之变》，复旦学报，2003 年第 6 期。

[2] 施补华：《岘佣诗说·清诗话》，上海：上海古籍出版社，1978 年版，第 981 页。

汊、水隈、山脊、山肋这样的俗名；若个、占剩这样的俗字。他又提出两种俗，即鄙俚俗和模仿因袭的古今相传俗。他又说，唯知用小、花、漫、点等轻柔细巧的字，一味追求细巧，也可能有俗巧之嫌①。皎然的批评，可谓正中大历诗坛的肯綮。从立的一面而言，他所倡导的是"虽俗而正"，提倡一种自然流利的诗歌语言，而并非单纯地排斥俗。从吴中诗派的创作来看，主要特点表现为：口语化的句式，通俗化的言辞——一种轻松自然的语言风格。

如秦系诗，《山中崔大夫有书相问》："经年常倮足，连日半蓬头。"《耶溪抒怀寄刘长卿员外》："偶逢野果将呼子，屡折荆钗亦为妻。"如张志和诗，《渔父》："却把渔竿寻小径，闲梳鹤发对斜晖。翻嫌四皓曾多事，出为储皇定是非。"如陆羽诗，《歌》："不羡黄金罍，不羡白玉杯；不羡朝入省，不羡暮入台。"如李冶诗，《寄朱放》："望水试登山，山高湖又阔。相思无晓夕，相望经年月。"《湖上卧病喜陆鸿渐至》："昔去繁霜月，今来苦雾时。相逢仍卧病，欲语泪先垂。"朱放诗，《题竹林寺》："岁月人间促，烟霞此地多。殷勤竹林寺，能得几回过。"明白如话的诗句，如拉家常，读起来毫不费力，通俗易懂，顺畅妥贴。颜真卿、皎然等人在湖州的联句，则更是以俗为趣的典型，如《七言乐语联句》：苦河既济真僧喜（李崿），新知满座笑相视（颜真卿）；戍客归来见妻子（皎然），学生放假偷向市（张荐）。《七言馋语联句》：拈饴舐指不知休（李崿），"欲炙侍立涎交流"（颜真卿）。"过屠大嚼肯知羞"（皎然），"食店门外强淹留"（张荐）。用近乎粗鄙的白话口语，多方诠释什么叫"乐"，什么叫"馋"，这种文字游戏，可谓俗得彻底，又雅得极致。充分展示出吴中诗派在语言风格上口语化、俗白化的美学倾向。这当属于皎然《诗式》所设调笑格一品——戏俗，虽"非雅

---

① 这段文字，参见卢盛江：《皎然诗议考》，南开学报（哲学社会科学版），2009年第4期。卢先生对《诗议》和《诗式》之间存在的龃龉之处以及二者的关系，进行了细致的梳理、精微的辨析和精彩的论断。

作",但足以解颐,"为谈笑之资"。皎然既认为调笑戏俗之作不入雅列,却又看出了它的审美价值。这种以诗为戏的活动也促进了诗歌语言摆脱了律诗庄重典雅的面目,使之向轻松活泼与通俗易懂的方向发展。

皎然的诗歌,可说正是其诗歌理论的具体实践。其《寻陆鸿渐不遇》云:"移家虽带郭,野径入桑麻。近种篱边菊,秋来未著花。扣门无犬吠,欲去问西家。报道山中去,归时每日斜。"诗人以平白朴素的语言直述所见,陆羽居处的幽静的环境,深具特色的时令景物,客到时的情状,以及与邻居的问答,纯用白描手法,一一道来,而其情其景,使人历历如见,恍如耳闻。主人不在,已是失落遗憾,本想稍等片刻或许能回,哪知邻人答曰,他每每夕阳西下时才回来呢,只在此山中,云深不知处,更添一层惆怅。诗中似有禅家机锋,但却非刻意为之。诗体介于古、律之间,四联皆不成对,全然不受律格的限制。可谓兴到成诗,不使作用。其《九月十日》云:"爱杀柴桑隐,名溪近讼庭。扫沙开野步,摇舸出闲汀。"口语"爱杀"二字,真让人忍俊不禁。即便是怀古伤逝这类沉重的主题,如《青阳上人院说金陵故事》:"君说南朝全盛日,秣陵才子更多人。千年秋色古池馆,谁见齐王西邸春。"皎然写来,也绝不给人掉书袋的感觉,而是以流畅自然的笔法直赋所见所闻,叙完即止,不加点染。严羽称:"僧皎然之诗,在唐诸僧之上。[1]"皎然的口语基本上是当时江浙一带的南方方言。纵观皎然一生,绝大部分时间都生活在湖州,而且他的诗歌有300多首是在湖州完成的。所以,皎然诗歌的语言即使受方言的影响也是江浙一带(特别是湖州)的方言[2]。考查皎然诗集,吴字、楚字(郢字)出现的频率极高。如吴字:

风教凌越绝,声名掩吴趋。

——《答豆卢次方》

---

[1] 郭绍虞:《沧浪诗话校释》,北京:人民文学出版社,1961年版,第188页。
[2] 参考易丽菊:《皎然诗歌用韵考》引言,华中师范大学,硕士学位论文,2010年。

南朝分古郡，山水似湘东。堤月吴风在，湔裾楚客同。
　　　　　——《晦日陪颜使君白蘋洲集》
藩牧今荣饯，诗流此盛文。水从吴渚别，树向楚门分。
　　　　　——《奉送陆中丞长源诏征入朝》
草见吴洲发，花思御苑开。
　　　　　——《同颜使君真卿岘山送李法曹阳冰西上献书时会有诏征赴京》
别意倾吴醑，芳声动越人。
　　　　　——《早春送颜主簿游越东，兼谒元中丞》
绿水迎吴榜，秋风入楚词。
　　　　　——《送李秀才赴婺州招》
吴缣楚练何白皙，居士持来遗禅客。
　　　　　——《春夜赋得漉水囊歌，送郑明府》
古台不见秋草衰，却忆吴王全盛时。千年月照秋草上，吴王在时几回望。
　　　　　——《姑苏行》
昔年群盗阻江东，吴山动摇楚泽空。
　　　　　——《武源行赠丘卿岑》
吴门顾子予早闻，风貌真古谁似君。
　　　　　——《送顾处士歌》
吴婉携笼上翠微，蒙蒙香刺胃春衣。
　　　　　——《顾渚行寄裴方舟》

如楚（郢）字：

别来秋风至，独坐楚山碧。

第4章 中唐吴中诗派的诗歌创作讨论

——《答豆卢次方》

绵绵渺渺楚云繁，万里西归望国门。

——《送僧之京师》

得道殊秦佚，骧名似楚狂。余生于此足，不欲返韶阳。

——《因游支硎寺寄邢端公》

坎坎山上声，幽幽林中语。仙乡何代隐，乡服言亦楚。

——《冬日天井西峰张炼师所居》

重阳荆楚尚，高会此难陪。

——《九日陪颜使君真卿登水楼》

夜到洞庭月，秋经云梦天。黎生知吾道，此地不凊然。欲寄楚人住，学挈渔子船。

——《答黎士曹黎生前适越后之楚》

证心何有梦，示说梦归频。文字贵秦本，诗骚学楚人。

——《酬别襄阳诗僧少微（诗中答上人归梦之意）》

治书招远意，知共楚狂行。

——《奉酬袁使君西楼饯秦山人与昼同赴李侍御招三韵》

诗祖吴叔庠，致君名不尽。身当青山秀，文体多郢声。

——《杼山禅居寄赠东溪吴处士冯一首》

新声殊激楚，丽句同歌郢。

——《答俞校书冬夜》

以上所引诗例说明：皎然生活和活动的地域多为吴楚之地，因而具有深厚的乡土观念；二皎然多与吴楚之人交游往来，受其影响甚深；三皎然其人其诗根植于吴中文化，并深受楚文化的影响。吴楚之地的地理山水、历史人文、风俗人情、俚语歌谣，给皎然的诗歌创作以丰富的营

173

养。他自称楚狂，在诗文中一再使用吴楚并列的句子，并多次提到吴声、楚调、郢声，其《玄真子画武城赞》所谓"楚奏铿訇，吴声浏亮"，是说吴楚之歌，声调响亮，节奏铿锵。吴声、楚奏，自《汉书·艺文志》起，已经归于同一系统。皇甫冉《杂言迎神词序》中说："吴楚之俗，与巴渝同风。"诗人张籍有诗题《吴楚歌词》。有趣的是，皎然在《诗式》卷一开篇为诗文创作"明势"，所用喻体均为楚地山川。其跌宕格之骇俗，用楚狂接舆的精神风貌为喻。论湮没格之淡俗："采吴楚之风，虽俗而正"。由上可知，吴楚文化、文学、语言对皎然诗歌批评和创作都有很深的影响。他在《答俞校书冬夜》诗中，称赞俞校书的新诗风格激楚，高亢清越，像郢歌一样的美妙动听：新声殊激楚，丽句同歌郢。除以上所引诗句外，有皎然参加的联句也多用"吴"字，如《泛长城东溪，暝宿崇光寺，寄处士陆羽联句》：荆吴备登历，风土随编录（崔子向）。《秋日卢郎中使君幼平泛舟联句一首》：魏阙驰心日日，吴城挥手年年（陆羽）。《重联句一首》：晚景南徐何处宿，秋风北固不堪辞（皎然）。吴中诗酒饶佳兴，秦地关山引梦思（卢藻）。由此可证吴中诗派有着共同的地缘关系和文化底蕴。

再说顾况，顾诗中多见吴地方言，鲜活生动，具有浓郁的地方色彩。如吴语名词前多加词头"阿"，常加在亲属称谓、人名前，表示亲密、怜爱等感情。如《淳化阁帖王献之书》："不审阿姨所患得差否？"《世说新语》容止篇："阿奴，恨才不称耳。"此阿奴乃对年幼者之爱称，如今吴语之阿固。顾诗《梁司马画马歌》云："此马昂然独此群，阿爷是龙飞入云。""阿爷"，吴语称父亲为阿爷，称母亲为阿娘，这里将龙马完全人格化了。再如《梁广画花歌》云："上元夫人最小女，头面端正能言语。手把梁生画花看，凝颦掩笑心相许。心相许，为白阿娘从嫁与。"仙人不但有人的七情六欲，而且连称呼也是人间世俗化的，一句"阿娘"，仿佛使人听到了小女孩的娇音。而指代词，是最具有吴语特色的，唐人诗文凡是涉及描写江南风土、表现江南人士或运用吴语

第4章 中唐吴中诗派的诗歌创作讨论

的多用此类词汇。比较突出的吴语指代词有：第一人称"侬"，《玉篇》："侬，吴人自称我。"日常生活中第一人称的使用频率很高，因此江南居民在语言上给人最突出印象的自然是"侬"了，所以吴人常常被称为"吴侬"。顾况《谅公洞庭孤橘歌》云："待取天公放恩赦，侬家定作湖中客。"第三人称"渠""伊""其"。刘知几云："渠、伊、底、个，江左彼此之辞，乃、若、君、卿，中朝汝我之义。"①《谅公洞庭孤橘歌》云："不种自生一株橘，谁教渠向阶前出。"《千松岭》云："终日吟天风，有时天籁止。问渠何旨意，恐落凡人耳。"《归阳萧寺有丁行者能修无生忍担水施僧况归命稽首作诗》云："伊人自何方，长缨趋遥泉。"《别江南》云："将底求名宦，平生但任真。"《庐山瀑布歌送李顾》："老人也欲上山去，上个深山无姓名。"《酬柳相公》："个身恰似笼中鹤，东望沧溟叫数声。"《送少微上人还鹿门》："少微不向吴中隐，为个生缘在鹿门。"吴语词汇的摄入，使顾况的诗歌语言生动而富有浓郁的生活气息，增强了民歌韵味，也是"采吴楚之风，虽俗而正"②的具体实践。

吴语之外，顾况还采用闽、越之地的方言，为自己的语言注入鲜活的成分，以增强诗歌的表现力。如十三章之《囝》一章，揭露闽地卖童为奴习俗的残忍与恶劣，因而使用了地方色彩浓郁的闽地方言"囝"和"郎罢"，苕溪渔隐曰："予官闽中，见其风俗，呼父为郎罢，呼子为囝。顾况有诗云：'郎罢别囝，囝别郎罢；及至黄泉，不得在郎罢前。'乃知顾况用此方言也。山谷《送秦少章往余杭从苏公诗》：'斑衣儿啼真自乐，从师学道也不恶；但使新年胜故年，即如常在郎罢前。'唐子西诗：'儿馁嗔郎罢。'皆用顾况语也。"③"蔡宽夫《诗话》云诗人用事，有乘语意到处，辄从其方言为之者，亦自一体，但不可为常

---

① 刘知几《史通》，卷十七。
② 李壮鹰：《诗式校注》卷一，北京：人民文学出版社，2003年版，第53页。
③ 胡仔《苕溪渔隐丛话后集》卷三十一。

175

耳。……呼儿为囝，父为郎罢，此闽人语也。顾况作《补亡训传》十三章，其哀闽之词曰：'囝别郎罢心摧血'，况善谐谑，故特取其方言为戏，至今观者，为之发笑。然五方之音各不同，自古文字，曷尝不随用之。楚人发语之辞曰羌、曰塞，平语之词曰些，一经屈、宋采用，后世遂为佳句。但世俗常情，不能无贵远鄙近耳。"[1]杜鹃，越人谓之谢豹。《送大理张卿（一题作送张卫尉）》云："春色依依惜解携，月卿今夜泊隋堤。白沙洲上江蓠长，绿树村边谢豹啼。迁客比来无倚仗，故人相去隔云泥。越禽唯有南枝分，目送孤鸿飞向西。"胡仔说："杜鹃，一名子规，一名怨鸟，夜啼达旦，血渍草木。凡始鸣，皆北向；啼苦，则倒悬于树。说文所谓蜀王望帝化为子嶲，今谓之子规是也。至今寄巢生子，百鸟为哺其雏，尚如君臣云。尔雅曰：嶲周，即此鸟也。越人谓之谢豹，顾况诗云：'绿树阴中谢豹啼'。又名射豹。"[2]

《旧唐书·顾况传》云："顾况者，苏州人。能为歌诗，性诙谐，虽王公之贵与之交者，必戏侮之，然以嘲诮能文，人多狎之。……及泌卒，不哭，而有调笑之言，……其《赠柳宜城》辞句，率多戏剧，文体皆此类也。"[3] 认为"率多戏剧"，乃顾况诗作的主要特点。此处"戏剧"二字，自然不同于现代文体意义上的戏剧概念。查《汉语大词典》释"剧"[4]：（1）游戏、嬉闹。（2）杂戏；戏剧。《辞源》释"戏剧"[5]：（1）由演员表演故事的艺术形式，犹戏曲。（2）儿戏，开玩笑。再结合本传对顾况人格精神的评价，如"性诙谐""嘲诮能文""调笑之言"云云，所谓"率多戏剧"，当指其诗歌语言具有诙谐、戏弄、滑稽等特色，相当于皎然所谓的"戏俗"。顾况在诗歌语言上进行了多方面的尝试，或以素词直语化解前期律诗的典重之气，或借用乐府

---

[1]　胡仔《苕溪渔隐丛话前集》卷二十一。
[2]　《会稽志》卷十七。
[3]　《旧唐书》卷一三〇，列传第八〇。
[4]　罗竹风等：《汉语大词典》第二册，汉语大词典出版社，1990年版，第746页。
[5]　《辞源》第二册，商务印书馆，1979年版，第1195页。

民歌语气、句式与章法，或引口语俚语入诗，诗歌语言更趋附轻松自然。传中谓顾况赠柳相公之作，现在只传《酬柳相公》一首："天下如今已太平，相公何事唤狂生！个身恰似笼中鹤，东望沧溟叫数声。"语句轻脱而不豪辣，以吴语"个身"入诗，既巧妙地婉言谢绝了做官之请，以低姿态讲了推脱的理由，同时其形象比喻不免使人破颜一笑，消除了导致任何一方感到尴尬的因素。《题叶道士山房》："水边垂柳赤栏桥，洞里仙人碧玉箫。近得麻姑音信否，浔阳江上不通潮。"本来是个很严肃的题目，但奇特的问题和巧妙的解答却给人以幽默诙谐的感觉。"八十老婆拍手笑，妒他织女嫁牵牛。"（《杜秀才画立走水牛歌》）那拍手的动作，大笑的神情，以及嫉妒的心理，无不令人捧腹。"镜中真僧白道芬，不服朱审李将军。"（《稽山道芬上人画山水歌》），白话俗语"不服"二字，活画出道芬上人的自负神态，按理，这是有失出家之人的风范的，而正是这失态，倒为全诗凭添了幽默的喜剧效果。"此是天上老鸦鸣，人间老鸦无此声"（《乌啼曲二首》其一）完全以民间语言入诗，而又恰是点题之句，让人感到诙谐风趣。他的《续茅山秀才吟》以及追和贺知章《答嘲士》诗，可谓"戏剧"特色的典型代表，尤其是后者，表达对北人的嘲戏，很好地体现了顾诗风趣幽默的一面。

4.2 吴中诗派对新奇之美的追求

在求俗的同时，吴中诗派还有求险求奇的倾向，这在皎然的《诗式》中多有理论阐发，"其作用也，放意须险，定句须难，虽取由我衷，而得若神表。至如天真挺拔之句，与造化争衡，可以意冥，难以言状，非作者不能知也。"（《诗式序》·卷一）在立意构思上力避熟套，想他人所不敢想，在造句上要力避熟话套话，言他人所不敢言。如此才能创作出笔夺造化的神来之品。如何才能做到呢，首先造势要奇："如登衡、巫,觇三湘、鄢、郢山川之盛,萦回盘礴,千变万态。文体开阖作用之势。或极天高峙,崒焉不群,气腾势飞,合沓相属。奇势在工。或修江耿耿,万里无波,欸出高深重复之状。奇势互发。"(《诗式·明势》卷一)所谓,文似看山不喜平,一眼就看明白的,肯定不是好的作品。诗歌亦然。所以需要立意构思谋篇布局,要讲究曲折变化,映带开合,如山之蜿蜒,水之萦回奔腾,才能得其奇趣。他说,"诗有七至:至险而不僻;至奇而不差……至放而不迂;至难而状易。"(《诗式》卷一),另一段话可作其注脚:"取境之时,须至难至险,始见奇句。成篇之后,观其气貌,有似等闲,不思而得,此高手也。"(《诗式·取境》)皎然主张,诗歌艺术形式艺术形象的创造和诗人情感的表达,有时要借助大胆、丰富,甚至是奇特的想象,以便充分发挥诗人的艺术创造力,但这样的想象必须植根于事物的本然属性之上,不能凭空臆造,奇险的风格不等于邪僻。以上所引,皆可证明皎然对奇美的追求。而在吴中诗派的作品中,这一艺术倾向也是很明显的,具体表现在以下几个方面:夭矫奇变的古体歌行,千奇百怪的意象组合,出人臆想的奇言怪辞,别具一格的艺术匠心。

4.2.1 夭矫奇变的古体歌行

关于七言歌行体与七言古体诗的区别,前人论述甚多,最经典的当属刘熙载的《诗概》中对两类诗歌特点的概括区分:"七古可命为古、近两体。近体曰骈、曰谐、曰丽、曰绵;古体曰单、曰拗、曰瘦、曰劲。一尚风容,一尚筋骨。此齐梁、汉魏之分,即初、盛唐之所以别也。"[1] 王锡九所著《唐代的七言古诗》[2] 把顾况、皎然、灵澈等人的七言,都归入七言古诗,其实,按照刘熙载的区分标准以及前人诗评进

---

[1] 郭绍虞编选、富寿荪校点:《清诗话续编》,上海:上海古籍出版社,1983年版,第2436页。
[2] 王锡九:《唐代的七言古诗》,南京:江苏教育出版社,1991年版。

第4章 中唐吴中诗派的诗歌创作讨论

行观照,则皎然、灵澈、李冶等人的作品近七言古体,而顾况的七言更近歌诗。清人王寿昌云:"唐人七言气势纵横,文情变幻,如神龙翔空,离奇夭矫,不可方物,诚为诗境奇观。"① 这是概而论之的,也同样适合评价吴中诗派的七言诗。

李冶存诗多为五言短制,《四库全书总目提要》云:"冶诗以五言擅长,如《寄校书七兄》诗,《送韩揆之江西》诗,《送阎二十六赴剡县》诗,置之大历十子之中,不复可辨。其风格又远在(薛涛)上,未可以篇之少弃之矣。"而她的七古《从萧叔子听弹琴,赋得三峡流泉歌》却是难得的长篇奇葩:"妾家本住巫山云,巫山流泉常自闻。玉琴弹出转寥复,直是当时梦里听。三峡迢迢几千里,一时流入幽闺里。巨石崩崖指下生,飞泉走浪弦中起。初疑愤怒含雷风,又似鸣咽流不通。回湍曲濑势将尽,时复滴沥平沙中。忆昔阮公为此曲,能令仲容听不足。一弹既罢复一弹,愿作流泉镇相续。"在诗中开篇,诗人把自己比作向楚王自荐枕席的巫山神女,已是令人称奇,接下来,引出正题中的巫山三峡的飞瀑流泉,继而描摹似梦似幻的琴音,就好像千里迢迢的三峡流水一时间流入了诗人的香闺,那流水时而在山崖间跌落,如巨石崩塌,浪花飞溅,琴音訇然,时而如风雷激荡,幽怒声声,时而又似在山间穿行,幽咽难通,再听时,又如平沙细流,滴沥悦耳,真是千回百转,奇妙无穷。诗人把一首琴曲写得曲折跌宕,毫无脂粉气,想象丰富,描绘形象,善用博喻,并用神话传说、历史故事,从而使诗歌曲折生动而又富浪漫色彩,句句描写山峡流水,句句都在摹写琴声,巧妙地将听觉感受转化成了视觉感受,堪与韩愈《听颖师弹琴》、李贺《李凭箜篌引》等名篇佳作相颉颃。黄周星赞其"似幽而实壮,颇无脂粉习气"(《唐诗快》),并被胡震亨称为"大历正音"。再如灵澈的《听莺歌》:"新莺傍檐晓更悲,孤音清泠啭素枝。口边血出语未尽,岂是怨恨人不知。不食枯桑葚,不衔苦李花。偶然弄枢机,婉转凌烟霞。众雏

---

① 《小清华园诗谈》卷上,《清诗话续编》,上海:上海古籍出版社,1983年版。

飞鸣何跼促，自觇游蜂啄枯木。玄猿何事朝夜啼，白鹭长在汀洲宿。黑雕黄鹤岂不高，金笼玉钩伤羽毛。三江七泽去不得，风烟日暮生波涛。飞去来，莫上高城头，莫下空园里。城头鸥乌拾膻腥，空园燕雀争泥滓。愿当结舌含白云，五月六月一声不可闻。"这首诗可视为以莺自喻的比体诗。莺声本以清脆婉转而动人，可诗中的莺声，在诗人听来，却是清高自许，婉转啼血，因为它们清楚自身的处境局促难安，而同类的悲剧在不断地上演，玄猿朝哭夜啼，白鹭露宿汀洲，黑雕黄鹤常为金笼玉钩所伤，到处江湖险恶，风波不息，城头既有专等啄食腥膻的鸥乌，园中又有为巢泥争夺不休的燕雀，新莺当如何生存呢？还是高标自举，沉默其声为好吧。从诗的内容看，应是灵澈流放汀州以后所作。诗中的怨愤和"愿当结舌合白云，五月六月一声不可闻"的应世之策，也许算不得佛教中的高级境界，却是诗人发自内心的声音，也是一种抗争。全诗结构转折多变，情感奔放激越，呖呖莺歌，回荡着诗人的磊落不平之气，读来给人以新奇之感。

　　检皎然诗集，中有七言古诗35首：《奉应颜尚书真卿观玄真子置酒张乐舞破阵画洞庭三山歌》《答韦山人隐起龙文药瓢歌》《桃花石枕歌赠康从事》《张伯英草书歌》《寒栖子歌（曾居庐山，欲有事罗浮之行）》《翔隼歌送王端公》《白云歌寄陆中丞使君长源》《周长史昉画毗沙门天王歌》《奉和颜鲁公真卿落玄真子舴艋舟歌》《郑容全成蛟形木机歌》《奉同颜使君真卿清风楼赋得洞庭歌送吴炼师归林屋洞》《戛铜碗为龙吟歌》《饮茶歌诮崔石使君》《买药歌送杨山人》《薛卿教长行歌（时量移湖州别驾）》《桃花石枕歌送安吉康丞》《赋得吴王送女潮歌，送李判官之河中府》《观李中丞洪二美人唱歌轧筝歌（时量移湖州长史）》《陈氏童子草书歌》《饮茶歌送郑容》《花石长枕歌答章居士赠》《观王右丞维沧洲图歌》《洞庭山维谅上人院阶前孤生橘树歌》《春夜赋得漉水囊歌，送郑明府》《湛处士枸杞架歌》《观裴秀才松石障》《送顾处士歌》《水精数珠歌》《兵后西日溪行歌》《姑苏行》《短

第4章 中唐吴中诗派的诗歌创作讨论

歌行》《山月行（一作关山月）》《顾渚行寄裴方舟》《武源行赠丘卿岑》《风入松》。依照文献中的记载，皎然是不擅长写古体的。如赵璘《因话录》卷四角部云："吴兴僧昼，字皎然，工律诗。尝谒韦苏州，恐诗体不合，乃于舟中抒思，作古体十数篇为贽。韦公全不称赏，昼极失望。明日，写其旧制献之，韦公吟咏，大加叹咏。因语昼曰：'师几失声名，何不但以所工见投，而猥希老夫之意。人各有所得，非卒能致。'昼大伏其鉴别之精。"以后宋·尤袤《全唐诗话》卷六，元代辛文房《唐才子传》卷三也有相同之记录。但从现存作品来看，此说并不十分允当，他的古体善于造势，大多可以用奇势突兀来形容，如《答韦山人隐起龙文药瓢歌》《桃花歌赠康从事》《翔隼歌王端公》《郑客全成蛟形木机歌》《戛铜碗为龙吟歌》《洞庭山维谅上人院阶前孤生橘树歌》《湛士枸杞架歌》《顾渚行寄裴方舟》等，皆是这类"奇势"之作。即使如《奉应颜尚书真卿观玄真子置酒张乐舞破阵画洞庭三山歌》这样的奉和之作，亦不例外：

> 道流迹异人共惊，寄向画中观道情。如何万象自心出，而心澹然无所营。手援毫，足蹈节，披缣洒墨称丽绝。石文乱点急管吹，云态徐挥慢歌发。乐纵酒酣狂更好，攒峰若雨纵横扫。尺波澶漫意无涯，片岭峻嶒势将倒，盼睐方知造境难，象忘神遇非笔端。昨日幽奇湖上见，今朝舒卷手中看。兴余轻拂远天色，曾向峰东海边识。秋空暮景飒飒容，翻疑是真画不得。颜公素高山水意，常恨三山不可至。赏君狂画忘远游，不出轩墀坐苍翠。

这一长篇歌行，是奉颜真卿的同题作品的，颜诗已经不存。诗一开篇便让主角闪亮登场，一个有着奇异传奇色彩的人，自然会引起众人的瞩目，产生人共惊的轰动效应，画如其人，玄真子张志和将对宇宙大道的体悟寄寓在咫尺画幅之中，所谓万象由心，一颗澹然无为的心映照出

181

自然的奥妙无穷。诗人接着描写作画的过程，只见他边乐边舞，手执画笔，随意挥洒点染，画出美丽的石文，缓缓飘移的云朵。继而，音乐达到高潮，酒兴正酣之际，精神处于一种癫狂的艺术状态，这是最好的创作时机，墨泼如雨，攒成纵横错落的山峰，几条波纹画出水的澶漫无涯，一片山岭，露出崚嶒倾斜摇摇欲倒之势。画既成就，再品画境，感叹神遇和造境的不易。最后写自己以及众人观画的感受，昨日今朝云云，称赞画的逼真和巧夺天工，凝神鉴赏之时，恍惚中竟将画景疑做真景了，观画可当远游，轩墀之内即可饱览青山绿水。其中"忘"字，是一种审美鉴赏活动，张彦远《历代名画记》谓："凝神遐想，妙悟自然。""凝神"的精神状态最典型特征之一就是忘怀一切、物我两忘，所以张彦远《历代名画记》又说："物我两忘，离形去智"。唐太宗李世民也说："玩之不觉为倦，览之莫识其端。"① 谢偃《听歌赋》："听之者虑荡而忧忘，闻之者意悦而情抒"。此诗中的忘远游，即是在观画时达到的"物我两忘"的境界。纵观全诗，结构曲折逸宕，笔力雄浑健劲，气势磅礴，独具异彩。此外，他的《奉合颜鲁公真卿落玄真子舴艋舟歌》一首，可谓张志和的写照，可与此诗相互参读。

其实，在吴中诗派的古体歌行中，最让人称奇的是顾况的歌行。《旧唐书·顾况传》所谓"能为歌诗"。《诗学渊源》云"况乐府歌行颇着于时"。《大历诗略》所谓"逋翁歌行乐府多奇趣，拟之青莲近似，但无逸气耳……其稍平正可法者却高。"究其原因，顾况生性放逸，不受礼法拘检，歌行这种诗体最适合其奔放不羁的个性，可以自由挥洒，无拘无束。当贯休看到顾况歌行时，竟产生了瞠目惊怪的心理活动，其《读顾况歌行》云："雪泥露金冰滴瓦，枫柽火著僧留坐。忽睹逋翁一轴歌，始觉诗魔辜负我。花飞飞，雪霏霏，三珠树晓珠累累。妖狐爬出西子骨，雷车挼破织女机。忆昔鄱阳寺中见一碣，逋翁词兮逋翁札。庾翼未伏王右军，李白不知谁拟杀。别，别，若非仙眼应难别。不可说，

---

① 《书法钩玄》卷四，《唐太宗书王右军传授》。

不可说，离乱乱离应打折。"在僧处偶遇顾况"一轴歌"，便使贯休恍惚间进入了一个光怪陆离的梦幻世界。各种物象纷至沓来，时而飘逸洒脱，时而妙语连珠，时而怪异神奇，真是匪夷所思，让人觉得既过瘾又新鲜刺激，叹为观止。最后，贯休夸张地写到，顾诗神奇多变的美感效应，只有"仙眼"方能真正鉴别和欣赏，而他自己却是眼花缭乱不知所措，很难将观感表述清楚，所以连呼"不可说"。贯休以"诗魔"的附体与否界分顾诗独具的神奇性特征，即是说，顾诗是在一种迷狂的精神状态下而创作的，因此具有难以言传的艺术感染力。从顾况现存歌行来看，前所析题画诗《梁广画花歌》《范山人画山水歌》《稽山道芬上人画山水歌》《杜秀才画立走水牛歌》《梁司马画马歌》，以及音乐诗《丘小府小鼓歌》《刘禅奴弹琵琶歌》《李湖州孺人弹筝歌》《郑女弹筝歌》《李供奉弹箜篌歌》等，均反映了顾诗诡奇多变、惊怪陆离的艺术特色。顾况思想复杂，兴趣广泛，多才多艺，许多题材尽入于歌行，上述而外，送别、游仙、咏物、讽喻、抒情等，也都有表现。如《露青竹杖歌》：

鲜于仲通正当年，章仇兼琼在蜀川。约束蜀儿采马鞭，蜀儿采鞭不敢眠。横截斜飞飞鸟边，绳桥夜上层崖颠。头插白云跨飞泉，采得马鞭长且坚。浮沤丁子珠联联，灰煮蜡揩光烂然。章仇兼琼持上天，上天雨露何其偏。飞龙闲厩马数千，朝饮吴江夕秣燕。红尘扑辔汗湿鞯，师子麒麟聊比肩。江面昆明洗刷牵，四蹄踏浪头枑天。蛟龙稽颡河伯虔，拓羯胡雏脚手鲜。陈闳韩干丹青妍，欲貌未貌眼欲穿。金鞍玉勒锦连乾，骑入桃花杨柳烟。十二楼中奏管弦，楼中美人夺神仙。争爱大家把此鞭，禄山入关关破年。忽见扬州北邙前，只有人还千一钱。亭亭笔直无皴节，磨将形相一条铁。市头格是无人别，江海贱臣不拘绁。垂窗挂影西窗缺，稚子觅衣挑仰穴。家童拾薪几拗折，玉润犹沾玉垒雪。碧鲜似染苌弘血，蜀帝城

183

边子规咽。相如桥上文君绝，往年策马降至尊，七盘九折横剑门。穆王八骏超昆仑，安用冉冉孤生根。圣人不贵难得货，金玉珊瑚谁买恩。

诗中自称"江海贱臣"，当为贬谪饶州时期作。诗以传奇的笔法记述了一根马鞭盛衰荣辱的身世遭遇，寄寓着诗人对社会人生的深沉感慨。本来不过是一根普普通通的竹杖，却引起了诗人丰富的联想。诗一开始写竹杖不平凡的身世来历，说它是"鲜于仲通正当年，章仇兼琼在蜀川"时命令蜀人采取的。接下来对马鞭的采制过程进行了细致的描绘，其中蜀儿采取时所经历的种种艰险是常人难以想象的，"横截斜飞飞鸟边，绳桥夜上层崖颠。头插白云跨飞泉，采得马鞭长且坚。"经过精心加工修饰，马鞭变得珠光宝气、华彩耀眼，"浮沤丁子珠联联，灰煮蜡揩光烂然。"继而写马鞭的荣名功业，说章仇兼琼将马鞭进贡给唐玄宗，从此深得专宠，独驾御苑良马，精良的马鞭连狮子麒麟般的骏马都驯服了。后来，马鞭又经过陈闳、韩干等丹青国手的绘饰，竟然争得了美丽如同神仙的宫中美人的宠爱，"争爱大家把此鞭"，其功业之盛，礼遇之隆，足以让世人瞠眉惊目。然而，好景不长，安禄山入关，天子蒙尘，此鞭流落人间，身价一跌千丈，"磨揩形相一条铁"，市井之人有谁能分辨出它曾有过那样光荣的过去呢，"稚子觅衣挑仰穴，家童拾薪几拗折"，只落得徒自遭人轻贱的结局。在这"圣人不贵"的时代，这根依然"玉润犹粘玉垒雪，碧鲜似染苌弘血"的竹杖，只能被人们遗弃了。层出不穷的联想，千折百回，诗人将自己胸中的块垒统统寄寓在这根普普通通的竹杖上，写出了对人生无常、世事变幻的感慨。联想诗人怀瑾握玉积极入世却遭贬谪的坎坷遭遇，便不难窥见其中蕴含的牢骚意味，其中的人情冷暖、炎凉世态，当为诗人所亲身体验。诗中对马鞭的传奇经历的叙写，大有繁华若梦的变幻诡奇之感。这种将传奇手法用于诗歌的做法，可以说在韩愈等人那里得到继承，而且变本加

第4章 中唐吴中诗派的诗歌创作讨论

厉,将其发挥得淋漓尽致,如其《和虞部卢四汀酬翰林钱七徽赤藤杖歌》《陆浑山火和皇甫湜用其韵》就是直接效法顾况的《露青竹杖歌》的。只不过韩诗骋词使事,极尽夸张之能事,有其一贯的奇崛风格,没有顾况诗歌的那种深沉寄寓,显得较单薄①。

顾况歌行大多具有纵横跌宕,突兀夭矫的特点。如其《八月五日歌》:"四月八日明星出,摩耶夫人降前佛。八月五日佳气新,昭成太后生圣人。开元九年燕公说,奉诏听置千秋节。丹青庙里贮姚宋,花萼楼中宴岐薛。清乐灵香几处闻,鸾歌凤吹动祥云。已于武库见灵鸟,仍向晋山逢老君。率土普天无不乐,河清海晏穷寥廓。梨园弟子传法曲,张果先生进仙药。玉座凄凉游帝京,悲翁回首望承明。云韶九奏杳然远,唯有五陵松柏声。"此诗为贞元初在长安时作。八月五日,为唐玄宗生日。诗的内容并复杂,通过今昔对比,抒发世事沧桑的感慨。而行文却跌宕起伏,首四句点题,以释迦牟尼的降生引出主人公玄宗的生日,给人惊奇之感。接下来的十二句,不惜浓墨重彩大事铺排玄宗庆贺生辰的热闹排场,渲染出一派奢侈浮华、欢乐喜庆、歌舞升平的盛世景象,说不尽的富贵风流,喧闹繁华,同时也点出其求仙药妄想长生的荒唐和愚昧,隐含着悲剧因子,钟惺评曰:"小小题,讽刺慷慨,胸中有故,莫作咏物看。"(《唐诗归》)。末四句,突然从对往昔的回忆跌落到眼前的现实中,当诗人被征入京时,斯人已逝,玉座凄凉,回望昔日繁华处,仙乐岑寂,只听到五陵松柏的阵阵涛声,此情此景皆堪伤悲。给人以大喜大悲的跌宕之感,造成行文上的一种突兀和逆转气势,让人产生"骏发踔厉"的审美快感。而诗人的全部情绪,尽现于一个"悲"字,胡震亨云:"杜甫诗中自称潜夫,顾况诗中每自称悲翁,可作对。"②

前人论顾况歌行,往往将其与李白联系起来,顾况与李白在思想人

---

① 雷恩海:《天心月胁 骏发踔厉——顾况诗歌新论》,周口师范高等专科学校学报,2001年第3期。
② 胡震亨:《唐音癸签》卷二十六,"谈丛二"。

格和艺术精神上确有许多相通之处，有着相似的艺术趣尚，二人皆喜绝句和歌行，诗歌作品又都呈现出一种奇异的美学风貌。友人綦毋诚形容顾况"游仙便作诗"（《同韦夏卿送顾况归茅山》），他往往借上天入地、出神入化的想象来抒发自己的人生感慨，寄托自己的人生理想，他继承了楚辞与游仙诗的传统，往往在虚幻怪诞的境界与跳跃动荡的语言中抒发自己的感受。《送别日晚歌》《悲歌》六首、《春草谣》《朝上清歌》等皆为骚体，朱熹《楚辞后语》云："《日晚歌》者，唐著作郎顾况之所作也。况诗有集，然皆不及其见于韦应物诗集者之胜。归来子录其楚语三章，以为'可与王维相上下'，予读之信然。然其《朝上清》者有曰：'和为舟兮灵为马，君乘之觞于瑶池之上兮，三光罗列而在下。'则意非维所能及。然它语殊不近，故不得取，而独采此篇，亦以为气虽浅短，而意若差健云。"若从题材而言，《朝上清歌》则又为游仙诗，此外，《步虚词》《龙宫操》《曲龙山歌》《金铛玉佩歌》亦为游仙之作，而《庐山瀑布歌送李顾》《黄鹄楼歌送独孤助》《八月五日歌》等笔涉仙趣。李白也有相当数量的游仙诗，如《梦游天姥吟留别》《游泰山》《杂诗》《怀仙歌》《古诗》中的数篇等。当然，同是描写神奇的仙界，二人的具体风格还是有区别的，顾况笔下多为快乐而优哉游哉的仙人形象，以及仙乐飘飘、琼楼玉宇的美好世界，表现出一派宁静祥和的景象，这一切是诗人梦境的寄托，如《朝上清歌》《曲龙山歌》《金铛玉佩歌》；而李白所写则为神仙世界则更为富丽而癫狂，给人以惊奇战栗的审美感受："青冥浩荡不见底，日月照耀金银台。霓为衣兮风为马，云之君兮纷纷而来下。虎鼓瑟兮鸾回车，仙之人兮列如麻。"（《梦游天姥吟留别》）并借神仙世界反衬现实的黑暗以表达自己的愤激之情，带有更为强烈的情感色彩，与顾诗神仙世界的宁静祥和不同。

严羽《沧浪诗话·诗评》认为"顾诗多在元白之上，稍有盛唐风骨处。"顾诗的风骨之美，主要体现于在古体诗的创作上，尤其是歌行体。他的歌行中常常激荡着一种对自由精神和少年精神的憧憬与赞美，

第4章 中唐吴中诗派的诗歌创作讨论

《从军行二首》其二云:"少年胆气粗,好勇万人敌。仗剑出门去,三边正艰厄。怒目时一呼,万骑皆辟易。杀人蓬麻轻,走马汗血滴。丑虏何足清,天山坐宁谧。不有封侯相,徒负幽并客。"诗人驰骋想象,以凌云健笔抒写建功立业的豪情,赋予抒情主人公以能够克服一切困难的自由意志,似乎让我们看到了盛唐李白精神的复活,给人以磊落奇伟的审美感受。然而相对于精神自由而言,现实却有太多的阻力,于是诗人不得不用牢骚的方式倾诉心中的渴望:"少年恃险若平地,独倚长剑凌清秋。"(《行路难三首》其二)其《悲歌二》云:"我欲升天天隔霄,我欲渡水水无桥。我欲上山山路险,我欲汲井井泉遥。"诗情一泻而下,排出四个"我欲",诗人对自由的渴望像火山下喷涌而出的岩浆,不禁令人产生奇险之感,这又是有别于盛唐风骨之美的。清贺裳云:"顾况诗极有气骨,但七言长篇,粗硬中时杂鄙句,惜有高调而非雅音。如《李供奉弹箜篌歌》:'指剥葱,腕削玉,饶盐饶酱五味足。弄调人间不识名,弹尽天下崛奇曲。'后又云:'银器胡瓶马上驮,瑞锦轻罗满车送。'真为可恨。《诗归》赏之。《乌啼曲》云'此是天上老鸦鸣,我闻老鸦无此声',亦可厌。余所有顾集无此数诗,此编诗者亦具眼也。惟《弹筝歌》尚佳,如'独抱《梁州》只几拍,风沙对面胡秦隔。听中忘却前溪碧,醉后犹疑边草白。'真在'新系青丝百尺绳'之上,不宜轶去。然在集中,正不必索隐探幽,终当以《弃妇词》为第一。如'记得初嫁君,小姑始扶床。今日君弃妾,小姑如妾长。回首语小姑,莫嫁如兄夫。'虽繁弦促节,实能使行云为之不流,庭花为之翻落。其次则《公子行》尚可观,如'红光拂拂酒光凝,当街背拉金吾行。朝游冬冬鼓声发,暮游冬冬鼓声绝。入门不肯自升堂,美人扶踏金阶月'。如见膏粱纨绔之状也。"① 从其所举诗例来看,所谓"粗硬中时杂鄙句",实际上即化俗为奇,或者行文渐露怪异之美的作品,如《乌啼曲》等。而翁方纲更将其此类作品斥为:"顾逋翁歌行,邪门外

---

① 清·贺裳:《载酒园诗话》,又编"顾况"。

道，直不入格。"① 而这正可以看作皇甫湜所谓"厉"的风格特色。

在具体体式上，顾况歌行进而变整饬为散漫，许多作品句式长短错落，三言、四言、五言、六言、七言、八言、九言、十言乃至十二言，相互间杂，摆去拘束，转换自如，极错综变化之能事，充分体现了"逸歌长句"的特色，与大历诗人创作体式追求整饬化恰呈逆向，而表现出与"元和诗变"之后的散文化和"尚怪"精神的接近。② 王闿运论唐代七言歌行曰："自写性情，才气所溢，多在七言。歌行突过六朝，直接二曹，则宋之问刘希夷道其法门；王维王昌龄高岑开其堂奥；李颀兼乎众妙；李杜极其变态；阎朝隐顾况卢仝刘叉，推宕排阖，韩愈之所羡也。"（《诗法一篇示黄生》）③ 道出了顾况歌行的文学史地位。

4.2.2 千奇百怪的意象组合

皎然《诗式·用事》："取象曰比，取义曰兴，义即象下之意。凡禽鱼、草木、人物、名数，万象之中义类同者，尽入比兴"（卷一）。吴中诗派的诗歌作品在对意象的摄取上，表现出极大的创造性和奇异性。吴中诗人多为佛道中人，或与佛道源缘甚深，因而深受佛道思想的影响，佛道的人生观和宇宙观给了他们非同寻常的思维方式与观察世界的眼光，因而他们的诗歌中明显地带有想象奇特、语出惊人的特征④。其意象大致可以分为两类：

一类与佛道有关。有时诗人直接摄取宗教、神话中的人物、器皿、情节、环境等，如皎然笔下的毗沙门天王、龙吟铜碗、河间姹女、紫阳夫人、吴王送女潮、水精数珠、漉水囊、药瓢、桃花石枕、枸杞架等

---

① 翁方纲：《石洲诗话》卷二。
② 许总：《论贞元士风与诗风》，广西师范大学学报，1995年第4期。
③ 郭绍虞：《中国历代文论选》第四册，上海：上海古籍出版社，1983年版，第107-108页。
④ 孟二冬：《中唐诗歌之开拓与新变》，北京：北京大学出版社，1998年版，第174页。

等；如顾况笔下的精卫、鲛人、汉女、江妃、轩辕黄帝、五岳真君、上元夫人、黄姑织女、王母、飞琼、子乔、九天丈人、紫微君、灵娥、青鸟、玉女床、云辇车、织女机、神鼎、麈尾、金铃、龙宫、灵署、邓林、层城、玉京、三十六洞天、鼎湖、东海、金阙、灵山、鹤庙、龙门、玉洞，等等。这些意象组合，营造出一派神奇的宗教氛围。更多的时候，诗人们凭借丰富自由的联想和想象构筑起奇幻的意象群，这是诗人内心景象的复现，具有更大的虚拟性。比如皎然诗中的梦中路绝处的西陵雪（《述梦》），追逐流泉的落花（《赤松（赤松涧）》），食木的虫，能言的鸟（《偶然五首》）"立性坚刚平若砥"的石枕（《桃花石枕歌送安吉康丞》）等等；再如顾况诗中缺水的龙宫（《龙宫操》），连鼋鼍蛟蜃都不敢去游的吕梁之水（《路难三首》其二），悬挂在虚空中欲落不落的藕丝（《行路难三首》其三），"独立江海上"的仙鹤、"一弹天地清"的宝琴（《谢王郎中见赠琴鹤》），闹着要嫁给梁广的上元夫人小女（《梁广画花歌》），上与星汉相通的吴舍人兄弟西斋（《和翰林吴舍人兄弟西斋》），出嫁的麻姑（《古离别》），刚刚沐浴的星辰（《金珰玉珮歌》），劈山的火雷、喷日的水珠（《庐山瀑布歌送李顾》），吹沙喷石的泉水、粘在野客水杯上的落花（《石窦泉》），错下山的仙人（《古仙坛》），战鸟之佛（《题灵山寺》）以及白霓、丹梯、鸾凤、琅玕英、灵芝、威凤、灵潮、西飞鸟、紫河车、火树、浮草、空花、太素、天风、绿景、紫霞、金凤、玉麟、琼田、瑶草、玉衣、玉车、瑶池、灵香、石台石镜、石洞石桥、凤凰颊骨、孔雀尾毛，等等，皆出于诗人的臆构。这些意象，既想落天外，又冥通人心，具有"意外惊人"的艺术效果。想那藕丝，如何会挂在虚空中，细品味便发现，它象征让人欲罢不能的某种欲念，又是非常形象非常贴切的；而仙女的芳心暗许，正衬托出梁生画花的艺术魅力；上与星汉相通，方能显出翰林之家的高贵和气派；西山变成水，而水化成尘土，方能感受到离别的长久和刻骨铭心。"由于意象表情的需要，服从于人的情，而不是象，纵使它有时摹写的是现实中实有的景和物，但此时的景和物已不再具有独立自主的意义，而是与作者的情感深深地联系在一起，成为情感的载体。"① 而顾况的《朝上清歌》《步虚词》以及《曲龙山歌二首》，几乎是在心灵的空间所展开的美妙的梦幻，其想象之奇特富丽，简直令人瞠目，那里不仅有绿景紫霞，轻歌曼舞，瑶草琼花，还可以优哉游哉，自由翱翔，"飞符超羽翼，焚火醮星辰"（《步虚词》），充满神奇瑰丽的色彩。那是诗人对古代神话的悉心改造，同时也反映了他对如梦如幻而又美丽绝伦的道教上青界的向往。然而，宗教对顾诗意象的影响，不只体现在取象的神奇与美好，还有另一方面，即对有关地狱、魔鬼等丑恶的、令人恐怖的形象的摄取②。如《归阳萧寺有丁行者能修无生忍担水施僧况归命稽首作诗》："天魔波旬等，降伏金刚坚。野叉罗刹鬼，亦赦尘垢缠。乃致金翅鸟，吞龙护洪渊。……此辈之死后，镬汤所熬煎。业风吹其魂，猛火烧其烟。"再如《刘禅奴弹琵琶歌》："鬼神知妙欲收响，阴风切切四面来。"这些阴森可怖的形象，诗人是以欣赏的态度去赞美的。而后来的韩孟诗派在这方面表现最为突出。

二是取自现实生活中的细微丑怪之象，包括人文意象和自然意象。吴中诗派不像大历京洛诗人和江南仕宦派诗人那样，专取像于优雅的山川田园景物，而是有意识地搜寻现实生活中那些不登大雅之堂的怪物俗物入诗，从它们的奇形怪状中感受别一种不同的美学意义。皎然诗中的自然物象多突出其或奇异或险怪的意味，如那二三尺的小瀑布，多么奇绝（《咏小瀑布》）；那空寂的桑田，无花的古木，荒凉破败的仙女台，写满了神秘二字（《仙女台（得仙字）》）；写画中的松树，说那高柯细叶飒飒响动，就像幽螭嘶鸣一样，而那左右双松的形状更为奇绝，像龙鳞鏖尾被从中折断一样（《观裴秀才松石障歌》）；写鹰隼，独自凌

---

① 徐炼：《诗道》，长沙：岳麓书社，2001年版，第11页。
② 参孟二冬：《中唐诗歌之开拓与新变》，北京：北京大学出版社，1998年版，第216-219页。

第 4 章 中唐吴中诗派的诗歌创作讨论

飞于青霞之上,在万里长空兴起阴云漠漠,连寒日也只好早早落下了,那一股阴气直可摧枯草木,而它却精神倍增振翅而飞,这是何等凶猛的鸟(《翔隼歌送王端公》);写江上的大风,"应吹夏口樯竿折,定蹙溢城浪花咽。今朝莫怪沙岸明,昨日声狂卷成雪"(《杂言江上风》)。这些意象,可谓别具一副面目。其他如灵澈笔下啼血的新莺,以及与之有关的意象群:枯桑葚、苦李花,啄枯木的游蜂,不食枯桑葚,夜啼的玄猿,为金笼玉钩所伤的黑雕黄鹤,城头上抢拾膻腥的鸥乌,空园中争夺泥滓的燕雀(《听莺歌》)。再如秦系笔下,那篱间的残雪,千年的老松(《题茅山李尊师山居》);半夜里闹妖似的鸡叫《晓鸡》;添新味的坠栗,带老颜的寒花《晚秋拾遗朱放访山居》。朱放笔下与琳猴、古松为伴的山僧(《游石涧寺》),以及衰柳、枯松、暮云、残雪、寒溪、荒村等衰败破败的意象,给人一种枯萎、颓败、沉重之感。陆羽笔下纷纷对立的怪石,(《玩月辟疆园》,见《纪事》)。而顾况诗中这样的意象也比比皆是,有在水的蛭蟥(《上古一章》),寡色的烛龙(《我行自东一章》),肆毒的群蜂(《采蜡一章》),上闲阶的苔衣、催寒砧的蟋蟀(《游子吟》),病恹恹的秋叶(《拟古三首》其二),避危阶的蚂蚁、响深殿的飞蝇(《独游青龙寺》),在空阶下吟唱的蚯蚓(《历阳苦雨》),被风吹折的柳蠹、崩裂的石阶(《伤大理谢少卿》),吹浪的水豹、凌霄的花鹰(《送从兄使新罗》),铩飞翅的黄鹄(《哭从兄苌》),生病的百卉《萧寺偃松》,以及孤霞、苔衣、蟾蜍、蟏蛸、老鸦、足裂褐穿的苦行僧,等等。由上可见,这些意象都是一些传统上不用来入诗的卑微粗丑物象,一旦摄入诗人笔下,便产生了别样的意趣。美是和谐、统一、均衡、自由、愉悦,而这些物象,却给人以秽恶、败落、贫病、恐怖、死亡的审美感受[①],即丑和怪,这与温柔敦厚、中和雅正的传统美学格格不入。他们在幽僻细微的物象中又突出奇绝怪险粗

---

① 参姜剑云:《审美的游离——论唐代怪奇诗派》,北京:东方出版社,2002年版,第163-165页。

191

丑的一面，在造境上表现出求险逐奇的兴趣。而以丑为美，正是其后韩孟诸人所努力的方向。

4.2.3 出人臆想的奇言怪语

《周易·系辞上》云："子曰：'书不尽言，言不尽意。然则圣人之意其不可见乎？'子曰：'圣人立象以尽意，设卦以尽情伪，系辞焉以尽其言。'"诗歌是语言艺术，皎然在《诗式·序》中对用语造句有精彩的论述："放意须险，定句须难，虽取由我衷，而得若神表。至如天真挺拔之句，与造化争衡，可以意冥，难以言状，非作者不能知也。"认为立意重要，造句用语同样重要，而那些造化争衡的神来之句才是作者所应追求的，他在《诗式·三不同：语、意、势》批评"偷语最为钝贼"，无非是强调文学语言的新奇和独创性。吴中诗派的诗歌作品在选词用语方面可谓极具创意，别开生面。

首先表现在有关佛道题材的诗歌作品中，言辞瑰奇，色彩浓烈。葛兆光论述佛道二教语言传统对中唐诗歌的影响甚为精辟："道教在中唐以来仍然恪守其凭借'他力'救赎的立场，他们还是以神秘力量拯救世人的困厄，于是，上章、缭绕、符箓、经咒、步虚等等仪式与技术，仍然是他们用以保持宗教神秘性和垄断性的关键所在，而那些夹杂了古奥典故和生僻汉字的赞颂、形制怪异、难以认识的符字、充满神异色彩而且来历久远的祭祀仪式，常常使普通信仰者处在一种震慑与战栗的心境中，也常常使那些有古典知识的信仰者感到，又回到了自己所熟悉的古典文化氛围中，不仅拥有了自信，也拥有了文化的传统与特权，于是在诗歌中也不免总是要模仿这种古奥与神秘。唐代诗歌中那些佶屈聱牙的涩僻文辞、诡谲古奥的意象，如'碧落''灵风''蕊珠''丹霞''赤城'，那些瑰丽、浓烈的色彩，如'金''紫''绿''赤'，多少都与道教的符箓图咒以及道教的神仙传说有关。而唐代凡是诗歌风格多少有些琦丽神奇、诡秘变怪的诗人，如陈子昂、李白、顾况、李商隐、李

≪ 第4章 中唐吴中诗派的诗歌创作讨论

贺也多少都有一些道教经历和经验。"① 吴中诗派佛道文化底蕴，常常赋予诸家诗歌以瑰奇浓丽的艺术风貌，在秦系诗中，溪是云溪，杏花可以虚结子，石髓可以变成泥，更有青牛、白鹤，美丽的仙女（《题女道士居》）。在皎然诗中，一个世间独一无二的药瓢，被诗人称为"灵瓢"，"全如浑金割如月"（《观裴秀才松石障歌》）。在顾况诗中，草是"软草"，云是"鲜云"；景是"赪景"，不仅色彩鲜艳，而且"叠丽"；波是"绀波"，青绿中透着艳红（《大茅岭东新居忆亡子从真》）。群峰泼黛、浴鲜积翠，写山色；木叶堕黄，石泉停绿，写山中的静谧；唅呀，写山谷的深广②，等等。韦夏卿《送顾况归茅山》云："鸾凤文章丽，烟霞翰墨新。"琦丽神奇、诡秘变怪，正是顾况诗歌语言的审美风格之一。

其次表现在抒情咏物等类诗歌中，以粗语熟字入诗，化俗为奇。"坠栗添新味，寒花带老颜"，"老"字形容花岂不太煞风景，可是秦系用它来形容秋花，顿时便给人一种秋气飒然的沧桑之感（《晚秋拾遗朱放访山居》），感觉生新起来。灵澈《道边古墓》云："松树有死枝，冢上唯毒苔。石门无人入，古木花不开。"颓败的古墓，垂死的老树，厚厚的莓苔透出的是幽冷死亡之气。诗人极力渲染墓地死寂，"石门无人入，古木花不开"，一切生命的迹象似乎不存在了。然而已有死枝的松树一定也曾欣欣向荣；垂死的古木也曾姹紫嫣红，而冢中的枯骨也曾有过青春容颜，但所有一切犹如过眼烟云、转瞬即逝，这即是诗歌所展示的生命真谛。语言凝练平易，不着痕迹，却蕴涵深刻。比如"粗"字极俗，但顾况却用它来写少年胆气，那种好逞血勇的少年精神一下子便活了起来③。"鸣"虽然不俗，但却是形容动物叫声的熟字，可诗人

---

① 葛兆光：《佛教与道教的语言传统及其对中国古典诗歌的影响》，文学遗产，1998年第1期。
② 顾况：《华山西冈游赠隐玄叟》，《全唐诗》卷二六四；《同裴观察东湖望山歌》，《全唐诗》卷二六五。
③ 顾况：《从军行二首》其二，《全唐诗》卷二六四。

193

偏说"沧江枫叶鸣",便给人以新奇之感;而且"心"可以"折","骨"可以"惊","寸心久摧折,别离重骨惊"(《酬本部韦左司》)。"缠"字,一旦成为"紫陌""春风""马足"之间的黏合剂,就具备了有别于传统意义的新奇意味,"紫陌春风缠马足"(《公子行》);同诗中"红肌拂拂酒光狞","狞"字就不只是生僻与新奇,而是由生新奇特转入了怪异险恶。查《全唐诗》,"狞"字44见,皆为中晚唐诗人诗作,而顾况此诗为首见。之后多见于韩孟、李贺、刘叉诗中,如韩愈"生狞多忿很"(《江陵途中寄赠王二十补阙李十一拾遗……员外翰林三学士》),"狞飙搅空衢"(《送无本师归范阳》),"惟蛇旧所识,实惮口眼狞"《初南食贻元十八协律》;孟郊"擘裂风雨狞"(《品松》);李贺"花楼玉凤声娇狞"(《秦王饮酒》),"狞色虬紫须"(《感讽五首》其一),"乳孙哺子,教得生狞"(《猛虎行》);刘叉"狞松抱雪姿"(《勿执古寄韩潮州》),"棘针生狞义路闲"(《野哭》)等。再如"阴火"一词,给人以阴森惊悚的感觉,顾况《送从兄使新罗》诗云:"阴火暝潜烧。"谢榛评曰:"木玄虚《海赋》:'阴火潜然。'顾况《送从兄使新罗》诗:'阴火暝潜烧。'张祜《送徐彦夫南迁》诗:'阴火夜长然。'王初《南中》诗:'阴火雨中生。'凡作诗不惟专尚新奇,虽雷同必求独胜。王能链句,晚唐亦知此邪?"① 而"血"字,常给人以死亡、血腥、残忍、秽恶的感受,而顾况诗中多次使用,如"囝别郎罢,心摧血下"(《囝一章》),"老夫哭爱子,日暮千行血"(《伤子》),"杀人蓬麻轻,走马汗血滴"(《从军行二首》其二),"苦哉千万人,流血成丹川"(《归阳萧寺有丁行者能修无生忍担水施僧况归命稽首作诗》),"睢水英雄多血刃,建章宫阙成煨烬"(《行路难三首》其三),"玉润犹沾玉垒雪,碧鲜似染苌弘血"(《露青竹鞭歌》),"杜宇冤亡积有时,年年啼血动人悲"(《子规》),"栖霞山中子规鸟,口边血出啼不了"(《听子规》)。"血"字共出现八次。谢榛评曰:"诗中罕用

---

① 明·谢榛:《四溟诗话》卷三。

'血'字，用则流于粗恶。李长吉《白虎行》云：'衮龙衣点荆卿血。'顾逋翁《露青竹鞭歌》云：'碧鲜似染苌弘血。'二公妙于句法，不假调和，野蔬何以有味。"①正道出了顾况与李贺之间诗风的相似和其间的传承关系。

4.2.4 别具一格的艺术匠心

刘勰《文心雕龙·神思》云："独照之匠，窥意象而运斤；此盖驭文之首术，谋篇之大端。"②强调了诗文创作中立意构思的重要性。皎然《诗式》中也论及构思之法，说"前无古人，独生我思。驱江、鲍、何、柳为后辈，于其间或偶然中者，岂非神会而得也？"强调立意构思的独创原创，认为即使偶合了古人的意匠，那也是英雄所见略同的结果，而非剽窃抄袭之故。又说"诗人意立变化，无有倚傍，得之者悬解其间"③。这种一空依傍特立独行的创作精神，使皎然诗歌在众多诗僧中独标异帜，大放异彩。福琳《皎然传》称其"好为《五杂俎》篇，用意奇险，实不忝江南谢之远裔矣。"而好奇爱奇的审美趣尚，可说是吴中诗人的共性，如张志和是有名的奇人，行为奇异，书画风格奇异，吟诗作文也奇异，其《鸑鷟》一文，想象造化之初大风、云气、雷声、海涛、烈火、日耀、地震、天鸣、空寥九物竞相比大之事，恢宏怪诞，颇似道家徒的夸大之辞④。权德舆《秦征君校书与刘随州唱和诗序》称秦系"彼汉东守（长卿）尝自以为五言长城，而公绪以偏伍奇师，攻坚击众，虽老益壮，未尝顿锋，……奇采逸响，争为前驱。"而从顾况《右拾遗吴郡朱君集序》赞朱放诗文："朱君能以烟霞风景，补缀藻绣，符于自然。山深月清，中有猿啸。复如新安江水，文鱼彩石，其杳攸倏飒，若有人衣薜荔而隐女萝，立意皆新可创。"可知好奇尚奇也是朱放

---

① 明·谢榛：《四溟诗话》卷四。
② 范文澜：《文心雕龙注》，北京：人民文学出版社1998年版，第493页。
③ 《诗式》卷五，文章总评。
④ 《全唐文》卷四三三。

的嗜好。皎然《答权从事书》论灵澈诗独标"章挺环奇"四字。顾况爱奇更是著名,他自称"奇人"(《游子吟》),欣赏奇异音乐"弹尽天下崛奇曲"(《李供奉弹箜篌歌》),作画追求"奇趣",写诗作文也提倡新奇,他对于中唐时期盛行的文言小说"传奇"很感兴趣,曾给予热情的鼓励和赞美,并亲自尝试。论刘太真作品:"游名山而窥洞壑者,略举奇峰,纪胜境至于鬼怪不可纪焉。"(《信州刺史刘府君集序》)如此称道他们,当缘于两人尚怪求新的诗风与顾况独重奇幻鬼怪的审美趣味的契合。他为戴孚所写的《戴氏广异记序》中说:"予欲观天人之际,察变化之兆,吉凶之源,圣有不知,神有不测,其有干元气,汨五行。圣人所以示怪、力、乱、神,礼乐行政,著明圣道以纠之。故许氏之说天文垂象,盖以示人也。古文'示'字如今文'不'字,儒者不本其意,云'子不语',此大破格言,非观象设教之本也。"从"观象设教"的考虑出发,对古代神话、志怪之作予以充分肯定。作者为了证明自己的观点正确,首先对孔子不语怪、力、乱、神的古训进行修正,指出"不语"乃"示语"传抄之误,实际上儒家圣贤也是言鬼神的。其妄自改字以助己说,虽然有失治学严谨,但却生动地说明了顾况不拘成法、刻意标新立异的胆识和艺术追求。后面具体叙述,列举了大量的神异志怪典籍和人死复生、男女转化等反常现象,并认为此乃"大钧播气,不滞一方"之结果,也就是说在作者看来,反常现象的出现可以从上天的角度来加以说明。因此志怪、述异便有了"可以辅于神明"作用,从而肯定这部记异之作。《仙游记》一文,就是顾况自己创作的传奇,叙温州人李庭等大历六年(771)入山迷路,至一世外桃园。其人知礼,问李所从来,袁晁贼平否。庭等求留,辞以地窄。辞还后沿迹再访,已不可寻。文中言及袁晁贼事,指宝应元年(762)袁晁于瓮山率众起义事。本文系模仿陶渊明《桃花源记》中桃花源先人避秦入山,以写避袁晁之乱入山隐居。然大历六年距宝应元年仅不足十年,远非桃花源人"不知有汉何论魏晋"之遥远。且桃花源并非仙境，本篇更不涉仙迹。作者盖以此篇名神秘其事，寄托隐逸之情。此文收入李剑国编《唐五代志怪传奇叙录》（上册），以及宁稼雨撰《中国文言小说总目提要》。因此我们说，吴中诗派尚奇好奇的艺术个性，也是出于他们特殊的哲学观念和文学理论。

吴中诗人们顺其自然地将这种好奇传奇意识融入其诗歌创作中，皎然、顾况等人的许多七言长篇，在布局谋篇上都有传奇的影子，极尽曲折变化、开阖逸宕、夭矫腾挪之能事。如皎然的《答韦山人隐起龙文药瓢歌》《桃花石枕歌赠康从事》《赋得吴王送女潮歌》《戛铜碗为龙吟歌》等用散文语言表达出来，就是一篇篇传奇，而其中尤以《戛铜碗为龙吟歌》最为典型：

逸僧戛碗为龙吟，世上未曾闻此音。一从太尉房公赏，遂使秦人传至今。初戛徐徐声渐显，乐音不管何人辨。似出龙泉万丈底，乍怪声来近而远。未必全由戛者功，真生虚无非碗中。寥亮掩清笛，萦回凌细风。遥闻不断在烟杪，万籁无声天境空。乍向天台宿华顶，秋宵一吟更清迥。能令听者易常性，忧人忘忧躁人静。今日铿锽江上闻，蛟螭奔飞如得群。声过阴岭恐成雨，响驻晴天将起云。坐来吟尽空江碧，却寻向者听无迹。人生万事将此同，暮贱朝荣动还寂。

此诗前面有作者自序："唐故太尉房公琯，早岁尝隐终南山峻壁之下，往往闻龙吟，……时有好事僧潜戛之。以三金写之，唯铜声酷似。他日房公偶至山寺，闻林岭间有此声，乃曰：龙吟复迁于兹矣。僧因出其器以告。"唐才子传亦收录此事，"初，房太尉琯早岁隐中南峻壁之下，往往闻湫中龙吟，声清而净，涤人邪想。时有僧潜戛三金以写之，惟铜酷似。房公往来，他日至山寺，闻林岭间有声，因命僧出其器，叹曰：'此真龙吟也。'大历间，有秦僧传至桐江，皎然戛铜椀效之，以

197

警深寂。缁人有献讥者，公曰：'此达僧之事，可以嬉禅。尔曹胡凝滞于物，而以琐行自拘耶？'时人高之。"可见，本事已是颇具传奇色彩，而诗人有意猎奇而显放达之意。诗的前四句以简括之笔概述自序内容，交代事情的来龙去脉，一句"世上未曾闻"极言其音乐的不同凡响。从第五句起，开始正面描写倾听夏铜碗为龙吟的音乐过程，初夏时，缓慢悠扬的龙吟声似从万丈深渊中传来，渐近渐清晰，忽又渐渐远去，时而嘹亮如闻清笛，时而萦回婉转如在微风中飞翔盘旋，远远的又如烟雾在树梢缠绵，使人仿佛进入了万籁无声自然空境，乍如秋夜良宵在天台山顶留宿，吟声清而高远，可以使人心静使人忘忧。再夏时，则恰似群龙腾飞，过阴岭，驻晴空，伴云夹雨，铿锽噌吰，听者因之神驰心动，待收视返听，则唯见秋江之上一片空碧。在用博喻描绘音乐过程的同时，时而插入议论笔墨，交代诗人因听乐而产生的人生感悟，"未必全由夏者功，真生虚无非碗中"，"能令听者易常性，忧人忘忧躁人静"，"人生万事将此同，暮贱朝荣动还寂"，更给人以虚虚实实光怪陆离之感。与韩愈后来的名篇《山石》《听颖师弹琴》《石鼓歌》的意匠风格已经相当接近了。即便是短制，也可以形成出奇制胜，如灵澈《归湖南作》："山边水边待月明，暂向人间借路行。如今还向山边去，惟有湖水无行路。"灵澈此篇令皎然生罢笔之意，皎然在《赠包中丞书》中说："此僧诸作皆妙，独此一篇使老僧见欲弃笔砚。"这首诗语言散漫，颇不讲究，似绕口令，极为简单的"水""月""山"三个意象，却创造"我法两空"人境俱夺的境界。再如《天姥岑望天台山》："天台众峰外，华顶当寒空。有时半不见，崔嵬在云中。"这首诗的视点颇奇特，站在天姥山遥望天台山，天姥天台各据天台县西和北，前两句极写其势，后两句突出其韵。天台山崔巍孤峭、高标独绝的神韵呼之欲出。灵澈诗语言平易简洁，构思精巧，以奇取胜。灵澈诗中之奇，引起不少评家注意，皎然称"挺壤奇"，惠洪谓"熟味之有奇趣"，白居易《读灵彻诗》云："东林寺里西廊下，石片镌题数首诗。言句怪来还校别，看名

第4章 中唐吴中诗派的诗歌创作讨论

知是老汤师。"赵昌平亦曰:"善营清迥之境,警策之句,颇见逸荡之气,又每以仄韵促节,助成拗峭意象,显见寒山一脉的影响。"[①] 灵澈是吴中诗人中跨越大历、贞元进入元和的诗人,对元和诗坛影响是不言而喻的。白居易《新乐府》中的《秦吉了》体式,即绝类灵澈之《听莺歌》。

顾况的《露青竹杖歌》,写一竹枝由鲜于仲通蜀中采制称为马鞭,到为杨氏家族所用,再到安史之乱后流落至扬州,极尽想象之能事,全篇近乎一篇完整的传奇小说,读完之后,给人以南柯一梦之感。《庐山瀑布歌送李顾》本是一首送别诗,但开篇突兀而来的是对神奇的庐山瀑布的描写:"飘白霓,挂丹梯,应从织女机边落,不遣浔阳潮向西。火雷劈山珠喷日,五老峰前九江溢。"既写景也营造出了送别的氛围,"九江悠悠万古情,古人行尽今人行",写尽送别的情谊。"老人也欲上山去,上个深山无姓名",送别兼示自己归隐的心意,类似于连环画的三幅图画,将诗人的意旨清晰简洁地表示出来。再如《苔藓山歌》,写帖藓粘苔作假山以慰乡思,可谓奇思异想。《梁广画花歌》没有一字直接描述或赞美梁生之画,通篇从侧面立意,大肆铺写仙人的生活场景和欲望,从而收到了"不着一字,尽得风流"的审美效果。《悲歌三》歌咏男女之间的相思之情,本为古典诗歌的传统主题,诗人却在井绳和辘轳的关系上立意,不但贴切,而且新奇巧妙。《龙宫操》更是一篇奇幻之作,据小序可知,此诗分明是为滁州洪水而做,诗人却为我们描绘成出一幅龙宫里严重缺水、众水族慌乱奔忙的怪异景象,让读者在会心一笑中去理解江淮之地翻江倒海般的洪水灾害,并产生诙诡奇诞的审美快感,从中可以看出作者的良苦用心,正所谓"意匠惨淡经营中"(杜甫《丹青引》)。《险竿歌》一诗,从取材而言,已是十分新奇,更为我们塑造出一个技艺了得,思想开放的艺女形象,"岂肯身为一家妇",便是她为技艺而献身的誓言。其中对表演过程的描写,险象环生,令人称快。顾诗中,像这样构思奇特的例子还很多。

---

① 赵昌平:《吴中诗派与中唐诗歌》,中国社会科学,1984年第4期。

第 5 章

中唐吴中诗派的文学史地位

吴中诗派亦俗亦奇的诗歌趣尚，从实质上说，是对时代审美潮流的通变或复变。刘勰论"通变"曰："夫设文之体有常，变文之数无方，何以明其然耶？凡诗赋书记，名理相因，此有常之体也；文辞气力，通变则久，此无方之数也。名理有常，体必资于故实；通变无方，数必酌于新声；故能骋无穷之路，饮不竭之源。"① 皎然论"复变"曰："作者须知复、变之道，反古曰复，不滞曰变。若惟复不变，则陷于相似之格，其状如驽骥同厩，非造父不能辨。能知复变之手，亦诗人之造父也。"② 所谓通变与复变，即诗文创作的继承与创新。李肇《国史补》卷下《叙时文所尚》在概括"元和体"特征之后接着写道："大抵天宝之风尚党，大历之风尚浮，贞元之风尚荡，元和之风尚怪也。"③ 所谓"大历之风尚浮"，是指大历诗风的基本特点，何为"尚浮"？也许皎然《诗议》中的文字可以用来诠释"尚浮"："顷作古诗者，效得庸音，竞壮其词，……意熟语旧"；"律家者流，拘而多忌，失于自然……句句区同，篇篇共辙……习俗师弱弊之过也。"所谓庸音、熟语，正是箧中复古诗人们的通病，而拘忌多病、重复雷同、失于自然的律家者流，说

---

① 范文澜：《文心雕龙·通变》，北京：人民文学出版社，1998 年版，第 519 页。
② 李壮鹰：《诗式校注》，北京：人民文学出版社，2003 年版，第 330 页。
③ 《唐五代笔记小说大观》，上海：上海古籍出版社，2000 年版，第 194 页。

的正是大历才子诗人们。面对大历诗坛气骨顿衰、浅易平熟的"尚浮"风气，吴中诗人在理论和创作上力矫时弊，追求亦俗亦奇的诗美理想，一变而为清狂放荡，成为"贞元之风尚荡"的典型代表，为稍后的元和新变拉响了前奏。

5.1 吴中诗派与贞元诗风

因为李肇《国史补》论及唐代诗风极为简略，在很长时间里后人并未给予重视，没有进一步实质性的申说。南宋严羽在其《沧浪诗话·诗体》中将唐代诗歌划为五个阶段，用五体概述它们的阶段性特征：唐初体（唐初体，唐初犹袭陈隋之体），盛唐体（景云以后，开元天宝诸公之诗），大历体（大历十才子之诗），元和体（元白诸公）和晚唐体。此说一出，影响深远，大历、元和两阶段思维定势随之逐渐形成。而中间的贞元时期常常被诗论家所忽略模糊。但是，考究起来，大历仅14年，元和亦仅15年，而介乎两者之间的贞元却长达21年。自严羽之后，"对贞元年间之诗坛诗风，或将之分解于大历、元和之两端，或视之为'大历之后''元和中兴'之间'流于委靡'"①。实际上，贞元年间实为中唐诗坛上甚为重要的阶段，高棅《唐诗品汇叙》有云："大历、贞元中，则有韦苏州之雅淡，刘随州之闲旷，钱、郎之清澹，皇甫之冲秀，秦公绪之山林，李从一之台阁，此中唐之再盛也。下暨元和之际，则有柳愚溪之超然复古，韩昌黎之博大其词，张、王乐府，得其故实，元、白序事，务在分明"，已约略触及贞元作为大历至元和之间的过渡性意义，惜对其独具特征之认识尚付阙如②。今人所著

---

① 许学夷：《诗源辨体》，北京：人民文学出版社，1987年版，第248页。
② 这段文字参见许总《论贞元士风与诗风》，广西师范大学学报，1995年第4期，第1页。

代表性文学史，如社科院《唐代文学史》，袁行霈《中国文学史》等对贞元诗坛的论述依然模糊，语焉不详。如果我们回头来看看，李肇的四句话却是最为精辟的，所谓贞元之风尚荡，不但将贞元视为唐代诗歌流变中一个独立重要的阶段，而且准确地描述了这一时期的诗坛风尚，且与前之大历和后之元和相衔接。既明确了其新变的过渡性，又标示出其与众不同的独特风貌。

唐德宗李适在位二十六年（780—805），其中贞元时期长达二十一年（785—805），因而整个德宗朝诗坛可被视为贞元诗坛。这二十一年间，诗坛因自然法则悄然进行着新旧交替，活跃在大历年间的诗人们在贞元前期纷纷凋零辞世，如钱起卒于贞元元年，李端卒于贞元，韩翃约卒于贞元三年，刘长卿卒于贞元四年，戴叔伦卒于贞元五年，司空曙卒于贞元六年，韦应物约卒于贞元七年……创作自然跌入低谷期。韩孟诗派的成员们在成长中因各种人生机缘渐渐走到一起，贞元十一年（796）到贞元十六年（800）间，孟郊、韩愈、张籍、李翱等先后在汴州和徐州会合，这一诗派初步形成。但是，除孟郊外，韩愈等人在贞元后期的诗歌创作成就都不大[1]。到贞元十八年（802），年轻的白居易和元稹在长安应吏部试时方始订交，其时二人作品还不多，名气还小。其他如刘禹锡、柳宗元等人的创作状况和文学地位与元白相仿。可见，除辈分较高的孟郊外，韩、白、元、刘、柳等人到元和时期才在诗坛大放异彩。而当时支撑贞元诗坛的中流砥柱，正是以皎然、顾况为代表的吴中诗派。

吴中诗派成员现实中多郁郁不得志，性格清狂奇倔，行为放诞不羁，即便是释道仙隐亦难浇胸中块垒，因而其创作具有强烈的自我表现色彩。皎然在其《诗式》中提出三格四品的理论主张，跌宕格二品，淈没格一品，调笑格一品，而"放荡"正是它们的共同特征。如越俗：

---

[1] 贾晋华：《论韩孟集团》，唐代文学研究第五辑，桂林：广西师范大学出版社，1994年版，第403-405页。

其道如黄鹤临风，貌逸神王，杳不可羁。骇俗：其道如楚有接舆，鲁有原壤，外示惊俗之貌，内藏达人之度。淡俗：此道如夏姬当垆，似荡而贞。采吴楚之风，虽俗而正。并在淡俗中直接以"荡"品诗。什么是荡？荡就是放得开，就是放纵不羁的风格，摆去拘束，不主故常。三格四品评后所称引的八个诗例，包括郭景纯《游仙诗》，鲍明远《拟行路难》，王梵志《道情诗》，贺知章《放达诗》，卢照邻《劳作》和《古歌》等，在体格和语言上都体现了向古今诗人和民歌俗曲学习，以俗为奇的诗学旨趣，意在提倡这种跌宕不羁、惊世骇俗的风格。从皎然、顾况等人的诗歌渊源及其创作上来看，亦皆有放荡的特点。皎然把谢灵运当作他论诗的标的，学习的楷模，钟嵘《诗品》评谢诗云："源出陈思……而逸荡过之"，齐高帝则评其为"康乐放荡作体，不变首尾"（《南史·齐武陵王传》）。谢客诗歌是以体势的开阖排荡而著称的，皎然论诗开篇明势，所谓"萦回盘礴，千变万态……气腾势飞，合沓相属"，即是对开阖排荡之势的表述。吴中诗人善于学习吴中民歌（吴音或吴楚民歌），而吴体民歌的特点，即音声清激，俳调，失于典裁，险诨，俚俗等，可见在精神上，也是与"放荡"相通的。在创作上，吴中诗人既不满元结复古派泥古不化的格局，也不屑拘守王孟、十才子以来的清淡家数，而是另辟蹊径，向前人学习的同时，还向吴地民歌中汲取营养，从而开拓出一种亦俗亦奇、奇崛放任、疏荡磊落的清狂诗风①，这在顾况、皎然等人的古诗歌行绝句中有很好的体现。刘长卿称李冶为"女中诗豪"，高仲武认为李冶"形气既雄，诗意亦荡。自鲍照以下，罕有其伦"。又说："上方班姬（婕妤）则不足，下比韩英（兰英）则有余。不以迟暮，亦一俊妪也"。（何校本《中兴间气集》）皎然在《答权从事书》中论灵澈诗"章挺环奇"，惠洪《石门文字禅》卷二十四《题彻公石刻》赞灵澈："彻上人诗，初若散缓，熟味之有奇趣。字随不工，有胜韵。想其风度清散，如北山松下见永道人耳。公虽

---

① 参见赵昌平：《"吴中诗派"与中唐诗歌》，中国社会科学，1984年第4期。

游戏翰墨,而持律甚严。与道标、皎然齐名。"钟惺在《唐诗归》中称赞皎然《苕溪草堂》诗"法变气老,犹有唐人风韵",而皇甫湜《顾况集序》称顾况"穿天心,出月胁,意外惊人语,非常人所能及。"综合以上评论,不难看出,吴中诗派的创作,正共同体现了李肇所谓"贞元之风尚荡"的特点。

5.2 吴中诗派与元白诗派

至于吴中诗派与元和诗坛两大诗派的关系,要分开来讲。先从尚俗的一面说起,吴中诗派自非俗文学的滥觞,其远源,应该是《诗经》和汉魏六朝乐府民歌(包括唐代吴中民歌或吴楚民歌);其近脉,早在初唐时期,僧人王梵志在诗歌语言的口语化通俗化上就做出过努力探索,只是他的诗作说理太甚,佛家偈语色彩太浓。真正打破精雅含蕴的都城诗美学规范,追求通俗化倾向,应该始自杜甫。这不仅是指杜甫诗歌的写实倾向,国难家忧、民情民俗尽载诗章,村妇农夫、邻人奴仆皆入歌咏;还包括他在诗歌体式和语言方面所进行的通俗化尝试。杜甫以朴实真切的语言乃至口语入诗,力求通俗浅显。尤其是入蜀以后,这种倾向更得到新的发展,有时直以方言俚语作诗,"朴野气象如画"(王嗣奭《杜臆》卷四)。他还仿效夔州民歌"竹枝词",创作《夔州歌十绝句》,学习吴楚民歌而"戏为吴体"①。明人胡震亨引焦竑批评杜诗说:"杜公往往要到真处、尽处,所以失之。""雅道大坏,由老杜启之也。"(《唐音癸签》卷六)这些批评,正好反证了杜甫在打破精雅的古典诗歌传统,将诗歌引向通俗、写实方面所做的突出贡献。而元结和

---

① 杜甫《愁》诗题下自注。吴体可能是采用江东吴歌俗曲中的声调而变化成的一种拗体律诗。参见韩成武、张志民:《杜甫诗全译》,石家庄;河北人民出版社,1997年版,第897页。

第5章 中唐吴中诗派的文学史地位

《箧中集》诗人们进一步将写实倾向自觉化，不仅有创作上的实践，而且提出理论主张，"吾欲极帝王理乱之道，系古人规讽之流。"（元结《二风诗论》）将写实倾向与"兴寄说"结合在一起。很显然，吴中诗人的诗歌思想和创作上的通俗化追求，是杜甫、元结的接武与进一步发扬，尤其是在通俗化方面，新变的成分更多。至长庆、元和年间，尚实、尚俗、务尽成为诗歌创作的主要倾向之一，张、王、元、白相继在诗坛亮相，他们的诗歌一方面详尽揭示了民生疾苦，发挥讽谕时政的功能，另一方面又以略无雕饰的白描手法，构成一幅幅细密的民俗画卷。并从理论上大造声势，形成一种自觉的通俗化倾向，而所谓新乐府运动便是这一倾向发展的极致。

吴中诗派对元白的影响，主要体现在向俗体诗的学习上。香山新乐府与长短句词形式，吴中诗派的创作中早已存在[1]，白香山《自吟拙作》云："上怪落声韵，下嫌拙言词"，其《白氏长庆集后序》又称，"拙音狂句亦已多矣"。这与皎然三品四格所论是一致的。检元白二集，这种拙音狂句类作品占了大半，后世所谓白体即指此。白《道宗上人十韵序》中提及皎然，他还有《读僧灵澈诗》"言语怪来还校别，看名知是老汤师"。而白居易和顾况的渊源要更深，白居易以诗《赋得古原草送别》谒见顾况的佳话，虽然存有不少疑点，但事件的真实性是不容怀疑的。而顾况凭着《上古之什补亡训传十三章》被文学史家定位为杜甫、元结的同道，元、白新乐府运动的重要衔接。这是因为，顾况以十三章为代表的乐府诗，集中而深刻地反映了中唐时期极为广阔的社会生活面，揭示了当时存在的社会矛盾，提出了异常尖锐的社会问题。这种对社会民生的清醒认识、对社会政治的理性批判，表现出一个传统知识分子的责任意识和人文关怀。反映了中唐的社会现实，具有鲜活的时代气息、鲜明的写实色彩。它们所传承的直面现实直面社会人生的风雅精神，及其所开创的体制形式。十三章仿《诗经》体制，诗前加小

---

[1] 赵昌平：《"吴中诗派"与中唐诗歌》，中国社会科学，1984年第4期。

序综括诗意,《上古一章》"上古,愍农也";《左车二章》"凭险不已,君子忧心,而作是诗";《筑城二章》"筑城,刺临戎也。寺人临戎,以墓砖为城壁";《十月之郊一章》"君子造公室,当思布德行化焉";《苏方一章》"苏方,讽商胡舶舟运苏方";《陵霜之华一章》"陵霜之华,伤不实";《囝一章》"囝,哀闽也";《我行自东一章》"我行自东,不遑居也";《采蜡一章》"采蜡,怨奢也"。将创作者要表达的思想感情明明白白地公之于众,或哀愍,或讽刺,或怨怼,等等。这种"首句标其目"的表达方式,在皎然四言古诗中也有,如《浮云三章》诗前有小序说明诗之旨意及写作动机。"浮云,刺谗也。盖取夫盛明之时,为浮云所蒙,非不明也。小人比于君侧谗言荧惑,亦如浮云之害明。予览古史,极观君臣之际,败亡兆,生于谗愚,遂作是诗。"可见,与顾况十三章一样,具有讽喻目的,显然为元、白新乐府的先声。晚唐张为《诗人主客图》以白居易为广大教化主,列顾况为升堂,正见出顾况与中唐通俗诗派的关系。

5.3 吴中诗派与韩孟诗派

从奇的一面而言,吴中诗人远承屈原香草美人的比兴传统和发愤抒情的哀怨情调,以及鲍、谢、吴均等南朝江左优秀诗人的自然英旨、主意重势、奇崛放荡的创作原则和审美风格,近受高岑李杜尤其贺知章吴中四士的影响,而能新变,突破时代的藩篱,创造了一种奇险诙怪的艺术风格,往往在虚幻怪诞的境界、光怪陆离的诗歌意象、跳跃动荡的语言中抒发自己的人生感受,风骨兴象略通盛唐风蕴,惊挺奇诞而开法变先河。而细究起来,皎然受鲍、谢等南朝诗人,这在其《诗式》和五古七古诗中均有很好的体现。另外,皎然早年兼习盛唐两大诗派,既有《南池杂咏》五首这样的风格清新之作,近王孟而露峻峭之气,同时又

第5章 中唐吴中诗派的文学史地位

有《从军行》五首这样的慷慨之音,格调颇近高岑①。后又因时代风会,风格渐趋逸宕。皎然与韩孟诗派的元老孟郊有交往,孟郊集中今存与皎然、陆羽互相唱和诗五首,其《题陆鸿渐上饶新开山舍》云:"惊彼武陵状,移归此岩边。开亭拟贮云,凿石先得泉。"可见孟郊和陆羽有直接交往。孟郊还有一首《送陆畅归湖州,因凭题故人皎然塔、陆羽坟》,其中云"追吟当时说,来者实不穷。江调难再得,京尘徒满躬",在大历贞元吴中诗派活动的两个高潮期,孟郊都在吴中,并由湖州乡贡,与皎然、陆羽等人交游,亲见当时湖州诗会空前的盛况,而对其诗歌创作产生了直接的影响。皎然《诗式》提倡苦思取境,孟郊以苦吟而著名,由此可窥二者之间的关系。

至于顾况,则受屈原、贺知章、李杜等人的影响甚巨,如胡应麟评顾况诗说:"为骚者太白外,王维、顾况三二家,皆意浅格卑,相去千里。"②朱熹说也说:"归来子录其楚语三章,以为'可与王维相上下',予读之信然。"③皆道出了顾况与屈原之间的关系。而历代诗论者更是常常为吴中诗派的作品称奇道绝,贯休《读顾况歌行》云:"李白不知谁拟杀"。而皇甫湜序云:"李白杜甫已死,非君将谁与哉?"皆把顾况比作李白,将其视为李、杜的继承人。确实,顾况与李白,在思想人格,以及诗歌的手段、语言、风格、境界方面皆有许多相似之处,其受李白之影响是显而易见的④。至于杜甫"好奇"也是很出名的,他说,"老夫平生好奇古"(《题李尊师松树障子歌》),"为人性僻耽佳句,语不惊人死不休"(《江上值水如海势聊短述》)。欣赏奇异惊险之美,"或看翡翠兰苕上,未掣鲸鱼碧海中"(《戏为六绝句》其四)。陆时雍说:"子美之病,在于好奇。作意好奇,则于天然之致远矣。"

---

① 赵昌平:《"吴中诗派"与中唐诗歌》,中国社会科学,1984年第4期,第209页。
② 胡应麟《诗薮》,内编卷一。
③ 朱熹《楚辞后语》卷四。
④ 参姜剑云:《审美的游离——论唐代怪奇诗派》,北京:东方出版社,2002年版,第197页。

(《诗镜总论》)在杜甫的五、七言古诗中,尚奇求险倾向和议论化倾向是很明显的。皇甫序将顾况放在李、杜之后,实为允当。而与李、杜不同的是,顾况诗歌在尚奇意识之外,又发展了"踔厉"和"怪异"(皇甫湜《唐故著作左郎顾况集序》)的审美倾向,化俗为奇,甚至化丑为奇,直接开启了元和诗坛尚怪奇、重主观的文学思潮①。如果说顾况崇尚怪奇的倾向,尚未提出正式的理论主张,缺乏自觉意识,而到韩、孟、李贺等人那里,不仅从理论而且从创作实践上,均将"怪奇"风格发挥到淋漓尽致,尤其是"怪"的一面。为顾况集作序的皇甫湜,乃中唐古文大家,韩门弟子,追求奇僻险奥的文风,他对顾诗艺术风格的高度评价,正说明顾况与韩孟怪奇诗派的关系。

罗宗强先生论大历、贞元诗歌:"当时创作思想的主要倾向,是避开战乱的现实生活,追求一种宁静闲适、冷落寂寞的生活情调,追求一种清丽纤弱的美。"而这一时期诗学思想的主要倾向,"趋向于崇尚高情、丽辞、远韵,趋向于艺术上的理论探索"②。吴中诗派除了亦俗亦奇的变格之外,同时具备时代风会的全部信息,他们的诗作中,既不乏宁静闲适的隐逸情趣,如思乡怀乡或歌咏隐逸的作品;又有清丽绝尘的意境之美,顾况、皎然山水、景物诗中颇多"词清妙绝"③的佳作。皎然《诗式》本就提倡不拘一格:他说诗有七至,至丽而自然;诗有七德,三典丽,四风流;在文章宗旨中论康乐公诗,"不顾词采,而风流自然。彼清景当中,天地秋色,诗之量也;庆云从风,舒卷万状";在《诗式·辨体》中将诗分为十九体,首标"高""逸",说"风韵朗畅曰高","体格闲放曰逸"④。更认为律诗应以"情多、兴远、语丽为上"。《宋高僧传·皎然传》评皎然"文章隽丽,当时号为释门伟器"。

---

① 罗宗强:《隋唐五代文学思想史》,北京:中华书局,1999年版,第275页。
② 罗宗强: 《隋唐五代文学思想史》,北京:中华书局,1999年版,第133页、141页。
③ 唐·佚名:《桂苑丛谈》"史遗"。
④ 李壮鹰:《诗式校注》,北京:人民文学出版社,2003年版,第69页。

而韦夏卿也以"丽"和"新"(《送顾况归茅山》)表达面对顾况诗产生的美感,顾况的确对"丽"和"藻采"也有自觉的追求,他在《送张鸣谦适越序》中说:"盘桓乎弋阳,其山霞锦,其水绀碧,其鸟好音,其草芳菲,夺人眼睛,犹未丽也。"其《右拾遗吴郡朱君集序》:"朱君能以烟霞风景,补缀藻绣,符于自然。"皎然以"高且逸"(《送顾处士歌》)评价顾况人格精神,皇甫湜认为"英淑怪丽"的吴中山水孕育了顾况的个性气质进而影响到他的艺术风格,所谓"煦鲜荣以为词",即言其诗歌语言有"新"和"丽"的特点,又以"逸"评价其审美风格。因此,任何时代和个人甚至流派的具体创作情况都是复杂的,除了主导风格之外,还有其丰富性多样性。吴中诗派亦然。贞元八年,德宗令地方官于岫征集皎然文集入集贤殿书院收藏①。以帝王之尊,朝廷之重推举某一家创作,正说明以皎然为代表的吴中诗派已被社会上层接纳,产生了轰动效应,而主导了当时诗坛的审美走向,这对于中唐诗坛和吴中诗派来说,都是一件大事。

---

① 此事参见皎然《杼山集》附录。

结 论

　　结论一：中唐吴中诗派，是大历、贞元年间由盛唐向元和诗坛过渡时期活跃在三吴、两浙地区的一个诗歌流派，是一个地域乡土型与风格型的混合型诗人群体，具有鲜明的地域色彩和风格特点。它与箧中复古诗人、大历京洛才子诗人、江南地方官诗人同时并存而稍后。其主要构成人员包括如下几位：皎然、顾况、颜真卿、陆羽、张志和、秦系、朱放、李冶、灵澈。该派的核心成员为皎然，起领导作用。它形成的时间大致为大历初年前后，标志是皎然与顾况、陆羽交游唱和，大历八年颜真卿刺湖，几个成员全部集齐，是吴中诗派的兴盛时期，贞元末到元和初，吴中诗人相继辞世或凋零，吴中诗派走向衰落。

　　结论二：在这样一个地区，这样一个诗坛低迷时期，吴中诗派的出现并非偶然，而有它形成与存在的合理基因。首先，吴中地区特殊的山水地理风貌、行政区域地位，与深厚的经济人文积养，为吴中诗派的生成提供了可贵的温床；其次，大历、贞元时期社会的动荡不安，政治的黑暗腐败，奸佞当权、直臣遭殃的冷酷现实，给胸怀兼济理想的士人阶层以沉重的打击，他们本就身处乱世，在国家用人之际反而备受排挤，既然如此，何不乐得逍遥，在江南的青山秀水间消隐，于是隐逸和享乐之风滋长。再有，随着社会政治的突变，中唐时期的文化界也是风起云涌，儒道衰微，纲纪不举，释道大兴，而日趋世俗化，最明显的标志就是,禅宗的兴起与普及,尤其是洪州禅的出现,完全颠覆了传统的价值观、人生观,它给士人心理造成的冲击是可想而知。刘勰说:文变染乎世情,兴废系乎时序。而除了地域、时代的因素作用之外,还在于该派成员有着相似的身世遭遇,有着相似的个性气质、人格精神。他们都有坎坷的身世或人生经历,除了颜真卿一生身居要职之外,其他几位或短时为官,或一生布衣,颇多失意。该派成员个性精神也极其相似,清越潇散,放逸不拘,是他们共同的精神特质,可以用清狂二字来概括。正是这些条件因素,共同促成了吴中诗派的生成。

结论三:中唐吴中诗派成员之间交往密切,酬唱不断。其中起纽带作用的人物是皎然,他的诗集中存有与其他各个成员酬唱的诗作,而其他人由于存诗较少,其交游情况只能从皎然诗作或其他文献资料中获取信息。他们或以道义相尚,或以人格相高,或以才艺相倾,彼此交游唱和。当然,在颜真卿刺湖期间,由于其特殊的身份地位和名望才识,曾一度成为核心人物。吴中诗派的人员构成极为复杂,包括了释子、道徒、郡守、渔父、山人、女冠、野客、茶圣,完全可以说它是一个三教九流的集合体,他们大多兼具儒释道文化修养,秉持一端,而同时吸收其他,即便如名儒颜真卿也不例外,因此,该派成员具有很高的宗教修养,他们在吴中的青山绿水间参禅论道,以道会友。同时,该派成员大都多才多艺,或擅书法,或通琴乐,或精绘画,甚至杂艺,更有人身兼数长。这样一个具有浓郁的艺术气息的诗人群体,赏景作画,听歌起舞,酣酒醉书,即兴赋诗,便自然成为该派成员重要的活动内容,因此,它是一个典型的艺术沙龙。当然,除了前述交游酬唱、谈禅论道、品书赏画之外,举办诗会才是吴中诗派最重要的文学活动。此所谓诗会,即著名的湖州诗会。它分前后两个时期,前期由皎然主持,后期由颜真卿组织。湖州诗会期间,一次次大小规模的诗会,诞生了许多联句诗,这些联句,形式多样,题材丰富多彩。其意义大致有三点:体现了"以文载道"的文学思想和济世情怀,体现了"以诗会友"的自觉意识和文人情趣,体现了"以文滑稽"的游戏观念和娱情心态。它对皎然理论著作《诗式》的写定以及中晚唐联句之风的盛行都有重大的意义。由于该派诗人大多嗜茶,懂茶,茶的价值和文化意义在得到发掘和研究,它不但在吴中诗人的生活中成为非常重要的必需品,而且在诗人们的雅集聚会中开始扮演重要角色,湖州诗会,大多时候就是茶会。这一现象,昭示着社会风俗的变化,也昭示着文人心性和诗文风格的变迁。

结论四:吴中诗派的诗歌创作,表现出鲜明的地域特色,与他们的人格精神是一致的。亦俗亦奇是他们共同的审美趣尚。现实生活中,他们通脱狂放;而在艺术上,则追求不主故常、惊世骇俗、以谐俗为奇。从实质上说,是对时代审美潮流的通变或复变。他们力矫诗坛宿弊,向前人学习的同时,还向吴地民歌中汲取营养,从而开拓出一种奇崛放任、疏荡磊落的清狂诗风。集中体现了李肇所谓"贞元之风尚荡"的特点。从其尚俗的一面而言,他们远绍承汉魏六朝乐府民歌近承杜甫的写实倾向,而下开元白。自其奇的一面而言,远承屈原香草美人的比兴传统和发愤抒情的哀怨情调,以及鲍、谢、吴均等南朝江左优秀诗人的自然英旨、主意重势、奇崛放荡的创作原则和审美风格,近受高岑李杜尤其贺知章吴中四士的影响,而能新变,突破时代的藩篱,创造了一种奇险诙怪的艺术风格,往往在虚幻怪诞的境界、光怪陆离的诗歌意象、跳跃动荡的语言中抒发自己的人生感受,风骨兴象略通盛唐风蕴,惊挺奇诞而开法变先河,直接影响了韩孟诗派。

余论:本文不足之处十分明显,即对该派诗歌理论讨论甚少;论共性多一些,对诗人个性稍有忽略;而对同时代流派与流派之间的交流互动,亦讨论不足。因此,本课题尚有可拓展的空间。

参考文献

[1] 彭定求等编《全唐诗》，北京：中华书局，1960年点校本。

[2] 陈尚君辑校《全唐诗补编》，北京：中华书局，1992年版。

[3] 王重民辑录《全唐诗外编》，北京：中华书局，1982年版。

[4] 殷璠等《唐人选唐诗》，上海：上海古籍出版社，1979年版。

[5] 郭茂倩《乐府诗集》，北京：中华书局，1979年版。

[6] 董诰等编《全唐文》，北京：中华书局，1983年版。

[7] 陈贻焮主编《增订注释全唐诗》，北京：文化艺术出版社，2001年版。

[8] 李善注《文选》，上海：上海古籍出版社，1986年版。

[9] 富寿荪选注《千首唐人绝句》，上海：上海古籍出版社，1988年版。

[10] 顾况《华阳真逸诗》二卷，刻本，明嘉靖十九年（1540）重印。

[11] 顾况《顾况集》二卷，北京：北京图书馆，1986年版。

[12] 顾况撰 黄贯曾编《顾况集》二卷，黄氏浮玉山房明嘉靖三十三年（1554）刻本。

[13] 顾况撰，明·顾名端辑《华阳集》三卷，台北：台湾商务印书馆，1983年版。

[14] 皎然《皎然集》，四部丛刊本。

[15] 皎然《杼山集》，内府藏本。

[16] 颜真卿《颜鲁公集》，四部备要本。

[17] 赵昌平校编《顾况诗集》，南昌：江西人民出版社，1983年版。

[18] 王启兴 张虹注《顾况诗注》，上海：上海古籍出版社，1994年版。

[19] 杨炯《杨炯集》，北京：中华书局，1980年版。

[20] 李琦注《李太白全集》，北京：中华书局，1977年版。

[21] 仇兆鳌《杜诗详注》，北京：中华书局，1979年版。

[22] 杨世明校注《刘长卿集编年校注》，北京：人民文学出版社，1999年版。

[23] 杨文生编著《王维诗集》，成都：四川人民出版社，2003年版。

[24] 元结《元次山集》，北京：中华书局上海编辑所，1960年版。

[25] 王建《王建诗集》，北京：中华书局上海编辑所，1960年版。

[26] 张籍《张籍诗集》，北京：中华书局上海编辑所，1960年版。

[27] 白居易《白氏长庆集》，上海：上海书店，1989年版。

[28] 陈寅恪《元白诗笺证稿》，上海：上海古籍出版社，1978年版。

[29] 朱金城《白居易集校笺》，上海：上海古籍出版社，1988年版。

[30] 钱仲联《韩昌黎诗系年集释》，上海：上海古籍出版社，1984年版。

[31] 王琦等注《李贺诗歌集注》，上海：上海古籍出版社，1978年版。

[32] 皇甫湜《皇甫持正文集》，《四部丛刊》景宋刊本。

[33] 刘禹锡《刘梦得文集》，上海：上海人民出版社，1975年版。

[34] 司马迁撰《史记》，北京：中华书局，1959年版。

[35] 班固撰《汉书》，北京：中华书局，1975年版。

[36] 范晔撰 李贤等注《后汉书》，北京：中华书局，1965年版。

[37] 陈寿撰 裴松之注《三国志》，中华书局，1959年版。

[38] 房玄龄等《晋书》，北京：中华书局，1974年版。

[39] 李百药撰《北齐书》，中华书局，1972年版。

[40] 沈约著《宋史》，北京：中华书局，1974年版。

[41] 姚思廉著《陈书》，北京：中华书局，1972年版。

[42] 李延寿著《南史》，北京：中华书局，1976年版。

[43] 魏徵等著《隋书》，北京：中华书局，2000年版。

[44] 刘昫等撰《旧唐书》，北京：中华书局，1975年版。

[45] 欧阳修 宋祁《新唐书》，北京：中华书局，1975年版。

[46] 司马光编著 胡三省音注《资治通鉴》，中华书局，1956年版。

[47] 赞宁《宋高僧传》，北京：中华书局，1987年版。

[48] 辛元房著 傅璇琮校笺《唐才子传校笺》，北京：中华书局，1987年版。

[49] 徐松撰 孟二冬补正《登科记考补正》，北京：北京燕山出版社，2003年版。

[50] 孟棨撰《本事诗 本事词》，上海：古典文学出版社，1957年版。

[51] 段成式《酉阳杂俎》，北京：中华书局，1985年版。

[52] 计有功《唐诗纪事》，北京：中华书局，1965年版。

[53] 王定保《唐摭言》，上海：古典文学出版社，1979年版。

[54] 李肇《唐国史补》，上海：上海古籍出版社，1979年版。

[55] 赵璘《因话录》，上海：上海古籍出版社，1979年版。

[56] 欧阳询《艺文类聚》，上海：上海古籍出版社，1965年版。

[57] 刘肃撰 许德楠 李鼎霞点校《大唐新语》，北京：中华书局，1984年版。

[58] 刘悚、张鷟撰《隋唐嘉话 朝野佥载》，北京：中华书局，1979年版。

[59] 冯翊子撰《桂苑丛谈》，台北：台湾商务印书馆，1983年版。

[60] 李吉甫《元和郡县图志》，北京：中华书局，1983年版。

[61] 杜佑《通典》，北京：中华书局，1983年版。

[62] 王谠撰、周勋初校正《唐语林校正》，北京：中华书局，1987年版。

[63] 张彦远《历代名画记》，北京：人民美术出版社，1993年版。

[64] 封演《封氏闻见记》，上海：上海古籍出版社，1985年版。

[65] 朱景玄《唐朝名画录》，文渊阁四库全书本。

[66] 王溥《唐会要》，日本京都：株式会社中文出版社。

[67] 李昉等《太平广记》，北京：中华书局，1961年版。

[68] 李昉等《文苑英华》，北京：中华书局，1966年版。

[69] 王钦若等《册府元龟》，北京：中华书局，1960年版。

[70] 乐史撰《太平寰宇记》，文渊阁四库全书本。

[71] 郑樵《通志略·乐略》，上海：上海古籍出版社，1990年版。

[72] 陈振孙《郡斋读书志》，光绪六年刻本。

[73] 晁公武《直斋书录解题》，上海：上海古籍出版社，1987年版。

[74] 郑樵《通志》，北京：中华书局，1987年版。

[75] 马端临《文献通考》，上海：上海古籍出版社，1987年版。

[76] 沈作宾修 施宿等纂《会稽志》二十卷，影印本。

[77] 刘大彬《茅山志》，北京：北京图书馆出版社，2005年版。

[78] 林宝撰 郁贤皓、陶敏整理《元和姓纂附四校记》，北京：中

华书局，1994年版。

[79] 留元刚《颜鲁公年谱》一卷本，明嘉靖间铜活字。

[80] 朱关田《颜真卿年谱》，杭州：西泠印社出版社，2008年版。

[81] 顾炎武撰《顾氏谱系考》一卷，蓬瀛阁清末重印。

[82] 贾晋华《皎然年谱》，厦门：厦门大学出版社，1992年版。

[83] 顾宝琛纂修《顾氏分编支谱》十卷，木活字本：惇叙堂民国22年（1933）。

[84] 顾景璐等纂修《顾氏宗谱》十九卷，木活字本：清光绪二十三年（1897）。

[85] 樊维城 胡震亨等《天启海盐县图经十六卷》，四库存目丛书，济南：齐鲁书社，1996年版。

[86] 夏浚 徐泰纂修《海盐县志》，四库存目丛书，济南：齐鲁书社，1996年版。

[87] 徐松撰 李健超增订《增订唐两京城坊考》，西安：三秦出版社，1996年版。

[88] 康熙二十三年（1684）刻《天台县志》，咸丰六年（1856）修补重印本。

[89] 雍正《浙江通志》（缩微），北京：全国图书馆文献缩微中心，2005年。

[90] 史能之《咸淳毗陵志》，台湾成文出版社影印本。

[91]《南宋临安二志》，杭州：浙江人民出版社，1983年版。

[92] 范成大《吴郡志》，南京：江苏古籍出版社，1999年版。

[93] 王象之《舆地纪胜》，台湾文海出版社，1980年版。

[94]《吴兴志》，嘉业堂刊本。

[95] 沈冬梅《茶经校注》，北京：中国农业出版社，2007立年版。

[96] 吴觉农《茶经述评》，北京：中国农业出版社，1985年版。

[97] 马蓉等《永乐人典方志辑佚》，北京：中华书局，2004年版。

[98] 刘纬毅《汉唐方志辑佚》，北京：北京图书馆出版社，1997年版。

[99] 王谟《汉唐地理书钞》，北京：中国书局，1961年版。

[100] 周勋初《唐人佚事汇编l》，上海：上海古籍出版社，1995年版。

[101] 刘熙《释名》，《丛书集成丛编》，长沙：商务印书馆，1939年版。

[102] 遍照金刚撰 卢盛江校考《文镜秘府论汇校汇考》（全4册），北京：中华书局，2006年版。

[103] 皎然著 李壮鹰校注《诗式校注》，北京：人民文学出版社，2003年版。

[104] 刘知几《史通·叙事》，上海：上海古籍出版社，1978年版。

[105] 永瑢等《四库全书总目》，北京：中华书局，1965年版。

[106] 刘勰著 范文澜注《文心雕龙注》，北京：人民文学出版社，1958年版。

[107] 郭绍虞主编《诗品集解 续诗品集解》，北京：人民文学出版社，1963年版。

[108] 颜延之著 庄辉明等注《颜氏家训译注》，上海：上海古籍出版社，2006年版。

[109] 洪迈《容斋随笔》，上海：上海古籍出版社，1996年版。

[110] 严羽著、郭绍虞校释《沧浪诗话校释》，北京：人民文学出版社，1981年版。

[111] 范晞文《对床夜语》，北京：中华书局，1985年版。

[112] 胡仔纂集《苕溪渔隐丛话前后集》，北京：中华书局，1985年版。

[113] 方回选评 李庆甲集评校点《瀛奎律髓汇评》，上海：上海

古籍出版社，1986年版。

［114］胡应麟《诗薮》，上海：上海古籍出版社，1958年版。

［115］胡震亨《唐音癸签》，上海：上海古籍出版社，1981年版。

［116］高棅《唐诗品汇》，上海：上海古籍出版社，1988年版。

［117］王夫之等撰《清诗话》，上海：上海古籍出版社，1999年版。

［118］郭绍虞、富寿荪编《清诗话续编》，上海：上海古籍出版社，1983年版。

［119］何文焕《历代诗话》，北京：中华书局，1981年版。

［120］王闿运《王闿运手批唐诗选》，上海：上海古籍出版社，1989年版。

［121］丁福保《历代诗话续编》，北京：中华书局，1983年版。

［122］王大鹏《中国历代诗话选》，长沙：岳麓书社，1985年版。

［123］陈伯海《历代唐诗论评选》，保定：河北大学出版社，2003年版。

［124］陈伯海《唐诗汇评》，杭州：浙江教育出版社，1992年版。

［125］沈子丞《历代论画名著汇编》，北京：文物出版社，1982年版。

［126］郭绍虞《中国历代文论选》，上海：上海古籍出版社，2001年版。

［127］杜晓勤《隋唐五代文学研究》，北京：北京出版社，2001年版。

［128］陶敏 李一飞著《隋唐五代文学史料学》，北京：中华书局，2001年版。

［129］潘景郑《著砚楼书跋》，上海：古典文学出版社，1957年版。

［130］周勋初《周勋初文集·唐诗文献综述》，南京：江苏古籍出

版社，2000年版。

[131] 吕玉华著《唐人选唐诗述论》，台北市：文津出版社，2004年版。

[132] 陈伯海 朱易安《唐诗书录》，济南：齐鲁书社，1988年版。

[133] 万曼《唐集叙录》，北京：中华书局，1980年版。

[134] 陶敏编《全唐诗人名考证》，西安：陕西人民教育出版社，1996年版。

[135] 吴汝煜、胡可先《全唐诗人名考》，南京：江苏教育出版社，1990年版。

[136] 傅璇琮《唐代科举与文学》，西安：陕西人民出版社，1986年版。

[137] 傅璇琮《唐代诗人丛考》，北京：中华书局，2003年版。

[138] 郁贤皓《唐刺史考全编》，合肥：安徽大学出版社，2001年版。

[139] 王达津《唐诗丛考》，上海：上海古籍出版社，1986年版。

[140] 顾易生《顾易生文史论集》，上海：复旦大学出版社，2002年版。

[141] 叶哲明《浙江文史资料选辑第五十三辑·台州专辑》，杭州：浙江人民出版社，1993年版。

[142] 孙琴安《唐诗选本提要》，上海：上海书店出版社，2005年版。

[143] 王铁《中国东南的宗族与宗谱》，上海：汉语大辞典出版社，2002年版。

[144] 王永平《六朝江东世族之家风家学研究》，南京：江苏古籍出版社，2003年版。

[145] 王卫平 王国平《苏南社会结构变迁研究》，北京：北京图书馆出版社，2004年版。

[146] 王勋成《唐代铨选与文学》，北京：中华书局，2001年版。

[147] 李元华《中国古代科举与考试》，北京：北京出版社，1994年版。

[148] 罗宗强《隋唐五代文学思想史》，北京：中华书局，1999年版。

[149] 贾晋华《唐代集会总集与诗人群研究》，北京：北京大学出版社，2001年版。

[150] 姜剑云《审美的游离——论唐代怪奇诗派》，北京：东方出版社，2002年版。

[151] 陈伯海《唐诗学引论》，上海：东方出版中心，1988年版。

[152] 蒋寅《大历诗风》，上海：上海古籍出版社，1992年版。

[153] 蒋寅《大历诗人研究》，北京：中华书局，1995年版。

[154] 孟二冬《中唐诗歌之开拓与新变》，北京：北京大学出版社，1998年版。

[155] 吴怀东《唐诗流派通论》，北京：新华出版社，2004年版。

[156] 潘明福《茗雪诗音自古传 湖州诗词文化研究》，杭州：杭州出版社，2008年版。

[157] 吴怀东《唐诗流派通论》，北京：新华出版社，2004年版。

[158] 胡大雷《中古文学集团》，南宁：广西师范大学出版社，1996年版。

[159] 陈文新《中国文学流派意识的发生和发展》，武汉：武汉大学出版社，2003年版。

[160] 艾菲《中国当代文学流派》，北岳文艺出版社，1994年版。

[161] 胡可先《政治兴变与唐诗演化》，北京：中国社会科学出版社，2003年版。

[162] 闻一多《唐诗杂论 诗与批评》，上海：三联书店，1999年版。

［163］闻一多《唐诗大系》，北京：人民出版社，2002 年版。

［164］袁行霈《中国诗歌艺术研究》，北京：北京大学出版社，1987 年版。

［165］荣格《人·艺术和文学中的精神》，北京：工人出版社，1988 年版。

［166］萧驰《佛法与诗境》，北京：中华书局，2005 年版。

［167］孙昌武《道教与唐代文学》，北京：人民文学出版社，2001 年版。

［168］孙昌武《中国佛教文化》，天津：南开大学出版社，2000 年版。

［169］孙昌武《佛教与中国文学》，上海：上海人民出版社，1991 年版。

［170］葛兆光《道教与中国文化》，上海：上海人民出版社，1987 年版。

［171］葛兆光《禅宗与中国文化》，上海：上海人民出版社，1986 年版。

［172］《道教的历史与文学》（三），南华大学宗教文化研究中心，2000 年。

［173］方立天《佛教哲学》，北京：中国人民大学出版社，1986 年版。

［174］程蔷、董乃斌《唐帝国的精神文明》，中国社会科学出版社，1996 年版。

［175］俞剑华《中国绘画史》（上册），北京：商务印书馆，1998 年版。

［176］郭因《中国古典绘画美学中的形神论》，合肥：安徽人民出版社，1982 年版。

［177］郭因《中国绘画美学史稿》，北京：人民美术出版社，1981

年版。

[178] 近藤秀实、何庆先编著《图绘宝鉴校勘与研究》，南京：江苏古籍出版社，1997年版。

[179] 王有三《吴文化史丛》上册《序言》，南京：江苏人民出版社，1993年版。

[180] 王卫平《吴文化与江南社会研究》，北京：群言出版社，2005年版。

[181] 许贤瑶《中国茶书提要》，台湾博远出版有限公司，1990年版

[182] 陈文华《长江流域茶文化》，武汉：湖北教育出版社，2004年版。

[183] 梅新林《中国古代文学地理形态与演变》，上海：复旦大学出版社，2006年版。

[184] 钱仲联、傅璇琮等《中国文学大辞典》，上海：上海辞书出版社，1997年版。

[185] 周勋初《唐诗大辞典》（第二版），南京：凤凰出版社，2003年版。

[186] 萧涤非、程千帆等编《唐诗鉴赏辞典》，上海：上海辞书出版社，1983年版。

[187] 张忠纲《全唐诗大辞典》，北京：语文出版社，2000年版。

[188] 范之麟、吴耕舜《全唐诗典故辞典》，武汉：湖北辞书出版社，2001年版。

[189]《中国历史大辞典·历史地理卷》，上海：上海辞书出版社，1996年版。

[190]《中国大百科全书》，北京：中国大百科全书出版社，1989年版。

[191] 刘钧仁著《中国地名大辞典》，北平研究院出版部，1930

223

年版。

[192] 罗竹风等《汉语大词典》第二册，北京：汉语大词典出版社，1990年版。

[193]《辞源》第二册，北京：商务印书馆，1979年版。

[194] 周啸天《唐绝句史》，重庆：重庆出版社，2006年第2版修订增补本。

[195] 袁行霈《中国文学史》，北京：高等教育出版社，1999年版。

[196] 中国社会科学院《中国文学史》，北京：人民文学出版社，1962年版。

[197] 罗宗强、郝世峰《隋唐五代文学史》，北京：高等教育出版社，1990年版。

[198] 童庆炳《文学理论教程》（修订二版），北京：高等教育出版社，2005年版。

[199] 金宝样《唐史论文集》，兰州：甘肃人民出版社，1982年版。

[200] 范文澜《中国通史简编》（修订版），北京：人民出版社，1965年。

[201] 史念海主编《唐史论丛》第二辑，西安：陕西人民出版社，1987年版。

[202] 中国唐代文学学会《唐代文学研究年鉴》（1989—1990年），广西师范大学出版社1991年版。

[203] 卢盛江《皎然〈诗议〉考》，南开学报（哲社版），2009年第4期。

[204] 贾晋华《皎然出家时间及佛门宗系考述》，厦门大学选报，1990年第1期。

[205] 姚垚《皎然年谱稿》，台湾《书目季刊》第十三卷第二期。

[206] 陈向春《皎然早年事迹考略》，古籍整理与研究，1991 年第 5 期。

[207] 贾晋华《皎然非谢灵运裔孙考辨》，江海学刊，1992 年第 2 期。

[208] 杨芬霞《论释皎然的世俗诗和中唐佛教的世俗化》，宗教学研究，2006 年第 4 期。

[209] 周尚兵《唐诗人张志和事迹考》，郧阳师范高等专科学校学报，2000 年 8 月第 20 卷第 4 期。

[210] 周志刚《陆羽年谱》，农业考古，2003 年第 2 期。

[211] 周志刚《陆羽年谱》续，农业考古，2003 年第 4 期。

[212] 周志刚《陆羽著述辑考》，农业考古，2007 年第 5 期。

[213] 赵昌平《秦系考》，中华文史论丛第四辑，上海古籍出版社，1984 年版。

[214] 顾易生《顾况和他的诗》，复旦学报，1960 年第 1 期。

[215] 赵昌平《关于顾况生平的几个问题》，苏州大学学报，1984 年第 1 期。

[216] 赵昌平《"吴中诗派"与中唐诗歌》，中国社会科学，1984 年第 4 期。

[217] 蒋寅《陆鸿渐生平考实》，农业考古，1992 年第 2 期。

[218] 查屏球《由皎然与高仲武对江南诗人的评论看大历贞元诗风之变》，复旦学报，2003 年第 6 期。

[219] 漆绪邦《皎然生平及交游考》，北京社会科学，1991 年第 3 期。

[220] 巩本栋《关于唱和诗词研究的几个问题》，江海学刊，2006 年第 3 期。

[221] 杨琳《论五杂俎诗文的发展过程》，古籍整理研究学刊，2006 年第 4 期。

［222］赵睿才 张忠纲《中晚唐茶、诗关系发微》，文史哲，2003年第4期。

［223］李新玲《从皎然的茶诗看皎然与陆羽的关系》，《农业考古》，2004年第4期。

［224］周萌《诗式研究》，卢永璘指导，北京大学，2005年博士论文。

［225］贾晋华《论韩孟集团》，唐代文学研究第五辑，桂林：广西师范大学出版社，1994年。

［226］梅新林《中国古代文学地理形态与演变》，上海师范大学博士学位论文，2004年。

［227］王启兴《顾况的文学思想和诗歌创作》，文学遗产，1985年第3期。

［228］邓红梅《顾况诗歌新论》，苏州大学学报，1988年第3期。

［229］胡正武《顾况任新亭监时地新考》，台州师专学报，1996年第1期。

［230］雷恩海《天心月胁 骏发踔厉—顾况诗歌新论》，周口师专学报，2001年第3期。

［231］周明秀《顾况：在李白与李贺之间》，天津师范大学学报，2002年第1期。

［232］周明秀《逸歌长句 骏发踔厉—对顾况诗歌的再评价》，许昌师专学报，2002年第6期。

［233］柏秀娟《论顾况与佛教的因缘及其诗歌创作》，龙岩师专学报，2004年第1期。

［234］胡正武《顾况浙东行踪考略》，台州学院学报，2005年第1期。

［235］杨曦《颜真卿与湖州文人群体》，河北师范大学，硕士论文，2009年7月。

［236］俞樟华 盖翠杰《论古代六言诗》,《文学评论》,2002年第5期。

［237］嵇发根《颜真卿湖州联句与中唐"吴中诗派"》,湖北职业技术学院学报,2005年第3期。

附论：

顾况长寿之秘考论

　　古代社会，由于经济、政治、社会、医疗、卫生等多方面的原因，人的寿命普遍较短。即便是在唐代这样的盛世，杜甫在他的《曲江》诗中依然慨叹"人生七十古来稀"，白居易《感秋咏意》诗中也有类似的诗句："旧话相传聊自慰，世间七十老人稀。"不妨以自然死亡为例，数一数唐代诗人的年寿：李贺27岁；韦应物49岁，祖咏47岁，卢仝40岁，杜牧49岁，李商隐45岁，柳宗元46岁，皆不到50岁；王之涣54岁，孟浩然51岁，高适59岁，岑参55岁，杜甫58岁，钱起58岁，戴叔伦57岁，韩愈56岁，元稹52岁，温庭筠54岁，杜荀鹤58岁，均不到60岁；张九龄62岁，李颀61岁，王维61岁，李白62岁，王建63岁，张籍63岁，孟郊63岁，贾岛64岁，都未到70岁。所以，白居易在年逾七十之际，颇感自慰，"人生七十稀，我年幸过之"（《对酒闲吟赠同老者》），他活了74岁。当然，诗人中也有偏于长寿的，李益79岁，刘禹锡70岁，李绅74岁，罗隐76岁，姚合79岁，贺知章86岁。与以上诗人相比，而顾况的长寿是更令人羡慕。他身历玄、肃、代、德、顺、宪六朝，据皇甫湜《唐故著作佐郎顾况集序》载，晚年"起屋于茅山，意飘然若将续古三仙，以寿九十卒"。可说是难得的长寿诗人。笔者在阅读有关顾况的文献资料时发现，他的长寿与他的人生观念、生活习惯、个性气质等密切相关。

一、清心寡欲，生活节制

顾况一生受佛道二教影响甚巨，尤其是道教。佛教是著名的禁欲之学，而道教乃是有名的性命之学，《道藏》首经《元始无量度人经》即谓"仙道贵生"。"贵生"是因有人生有涯，《抱朴子内篇·勤求》为人们算了一笔生命细账："百年之寿，三万余日耳。幼弱则未有所知，衰迈则欢乐并废，童蒙昏耄，除数十年，而险隘忧病，相寻代有，居世之年，略消其半。计定得百年者，喜笑平和，则不过五六十年，咄嗟灭尽，哀忧昏耄，六七千日耳，顾昐已尽矣，况于百年者，万未有一乎！谛而念之，亦无以笑夏虫朝菌也。盖不知道者所至悲矣。里语有之：人在世间，日失一日，如牵牛羊以诣屠所，每进一步，而去死转近。此譬虽丑，而实理也。"因此，道教中人总是千方百计地增加自己生命的长度。二者影响于顾况，使他一生保持着朴素的生活观念：清心寡欲，生活节制。

这首先表现在他对山中的生活向往上。这种向往每每见诸他的诗作。他直言不讳地宣布："野人爱向山中宿，况在葛洪丹井西。庭前有个长松树，夜半子规来上啼。"（《山中》）因为山中的生活是闲适的，没有世俗的迎来送往，没有俗事的挂碍牵缠；山中的生活是清静的，没有尘世的喧嚣，只有大自然的松声和鸟鸣。他时时怀念山中的旧居，"关情命曲寄惆怅，久别山南山里人"（《幽居弄》），闻音声而起故园之情。"春还不得还，家在最深山。蕙圃泉浇湿，松窗映月闲。薄田邻谷口，小职向人间。去处但无事，重门深闭关。"（《忆山中》）这里的家，指茅山旧居。山中的日子是纯朴的，引泉浇蕙，松窗映月。有薄田耕种可以养家户口，有门虽设而常关可以安然度日。山已深，而门亦深。这是何等安静美好的田园生活！然而，现在却被小小的职务牵绊着，不能归去。诗人的向往之情溢于言表！即使身在京城任职之时，依然对山中生活心存向往，"长安道，人无衣，马无草，何不归来山中老"(《长安道》)。在送别朋友之时,他表示"老人也欲上山去,上个深山无姓名"(《庐山瀑布歌送李顾》),自己甘愿隐姓埋名,深山终老。因此,朋友失意南归,他也一点不替朋友难过,而是为他展示出一幅归隐生活的美好图画:"衣挥京洛尘,完璞伴归人。故国青山遍,沧江白发新。邻荒收酒幔,屋古布苔茵。不用通姓名,渔樵共主宾。"(《送友失意南归》)别离的伤痛完全化作了对未来生活的美好展望,这既是对朋友的巧妙劝慰,也是诗人自己心向往之的生活理想。最后,他终于摆脱了红尘的名缰利锁,回到了时时梦着的山中,"心事数茎白发,生涯一片青山。空林有雪相待,古道无人独还。"(《归山作》)虽然仍不免壮志未酬的些许惆怅,然而,他的心里踏实多了,山的妩媚,家的温馨,使他深感欣慰,他在《题明霞台》一诗中写道:"野人本自不求名,欲向山中过一生。莫嫌憔悴无知己,别有烟霞似弟兄。"而《闲居自述》正是诗人归山后山居生活的真实写照:"荣辱不关身,谁为疏与亲。有山堪结屋,无地可容尘。白发偏添寿,黄花不笑贫。一樽朝暮醉,陶令果何人。"人在山中,心境是平和的,俗世所谓亲疏荣辱的概念已不复存在,茅草结屋,黄花做伴,没有一点尘俗之气,山中的空气是清新的,山中的生活是清贫的,山中的人事是简约的。在顾况看来,山中的好处,世俗之人是难以了解的,"山中好处无人别,涧梅伪作山中雪。野客相逢夜不眠,山中童子烧松节。"(《山中赠客》)而这样的生活,才是延年益寿的生活。

其次,还表现在对他对养生之术的熟稔上。中医学认为,人的生命过程,就是人体内气血阴阳的对立统一,五脏六腑的相互协调的过程。在此过程中,肾脏起着十分重要的作用。而节食禁欲,乃防病延寿的重要方法。顾况是深谙此道的,他在《宜城放琴客歌(柳浑封宜城县伯)》一诗中写道:"佳人玉立生此方,家住邯郸不是倡。头鬓鬑鬑手爪长,善抚琴瑟有文章。新妍笼裙云母光,朱弦绿水喧洞房。忽闻斗酒初决绝,日暮浮云古离别。巴猿啾啾峡泉咽,泪落罗衣颜色歇。不知谁家更张设，丝履墙偏钗股折。南山阑干千丈雪，七十非人不暖热。人情厌薄古共然，相公心在持事坚。上善若水任方圆，忆昨好之今弃捐。服药不如独自眠，从他更嫁一少年。"诗前本有诗人自序："琴客，宜城爱妾也。宜城请老，爱妾出嫁。不禁人之欲而私耳目之娱，达者也。况承命作歌。"诗中先写琴客的容貌才学，亭亭玉立的身材，倭堕髻垂，十指纤纤，弹得一手好琴。将一个妙佳人形象推到读者面前。次写二人的聚合与旋别，突出佳人的缠绵多情和离别的伤感，并致以叹惋之词，"不知谁家更张设，丝履墙偏钗股折"，一边是两情断绝，一边是张灯结彩迎娶新人，令人情何以堪！继而转写对朋友的劝慰，说你都是七十岁的老翁了，自古嫦娥爱少年，你就不要放在心上啦。因为这样一来，于人方便，也于己方便。《礼记·王制》云："五十始衰，六十非肉不饱，七十非帛不暖，八十非人不暖，九十虽得人不暖矣。"诗人为朋友的身体设想，认为"服药不如独自眠，从他更嫁一少年"，这样更有利于身体健康。宋·吴开《优古堂诗话》中云："世所传道书杂载神仙秘诀，有云：'服药千朝，不如独寝一宵。'此最有理。予近读顾况《琴客》诗云：'服药不如独自眠，从他别嫁一少年。'乃知古有此语。然《太平广纪》《彭祖传》云：'服药百里，不如独卧。'又知道书本此。"古人认为，任情肆意，纵欲过度则伤肾，因此日常摄养尤重保肾气。所谓"上士别床，中士异被，服药百裹，不如独卧"（《神仙传·彭祖》）。要人们注意"戒色欲以养精，养精以保肾"，从而达到养生防病的目的。顾况对朋友的劝慰之词体现了诗人对养生之道的熟谙精通。

二、体力劳动、丹药与茶

从诗人的作品来看，他始终向往一种田园式生活，自己亲自参加体力劳动。比如前面所举《忆山中》："春还不得还，家在最深山。蕙圃泉浇湿，松窗映月闲。薄田邻谷口，小职向人间。去处但无事，重门深闭关。"其中的引泉浇蕙，有田可种，表达的就是对农业劳动的一种向往。在归隐茅山之后，这种向往终于成为现实。其《闲居怀旧》云："日长鼓腹爱吾庐，洗竹浇花兴有余。"夏日长昼，酒足饭饱之后，闲来无事，不时地拿着剪刀修整一下屋后阶前的竹丛，把那些繁乱的枝杈削掉，使其更加美观，或者引来一脉山泉浇一浇庭前那些花草们。像归隐南山的陶渊明一样，诗人欣然于目前的生活环境，时刻都在享受着这种简单而快乐的生活，兴致勃勃！这样的体力劳动，既不至于过于疲劳，同时也达到了锻炼的目的，而且它还是一种美的享受。泉水的清澈，花木的葱茏，无不展示着美的诱惑和大自然的欣欣向荣、蓬勃生机，给人以心灵的启迪和审美的快感。这无疑对人的身心健康是大有益处的。

下面看他的《山居即事》一诗："下泊降茅仙，萧闲隐洞天。杨君闲上法，司命驻流年。崦合桃花水，窗芬柳谷烟。抱孙堪种树，倚杖问耕田。世事休想扰，浮名任一边。由来谢安石，不解饮灵泉。"关于杨羲和茅盈的神仙传说，为茅山增添了神秘的仙境气氛，而福地洞天的隐居生活是悠闲的，身心的舒展竟使人真的相信有长生之术的仙话呢。而实际上，诗人一生虽然与道教结下了不解之缘，早年读书茅山元阳观，中年与道教信徒柳浑、李泌为友，过从甚密，晚年授上清箓，归隐茅山，加入道教。然而，从他所流传下来作品看，顾况并没有像其他道教信徒那样去炼丹服药，沉迷其中。因为他对丹药之事有着清醒的认识，并对李唐最高统治者祈求长生而终归尘埃的事实进行讥讽："武帝祈灵太乙坛，新丰树色绕千官。那知今夜长生殿，独闭空山月影寒。"(《宿昭应》)一二句言昔日之繁华，三四句见今朝之寂寞。乃讥玄宗祈祷无益也。这与同时的李约《华清宫》诗："君王游乐万国轻，一曲霓裳四海兵。玉辇升天人已尽，故宫犹有树长生。"讥讽求仙无效，只留树名长生罢了；晚唐吴融《华清宫四首》之二诗："渔阳烽火照函关，玉辇匆匆下此山。一曲霓裳听不尽，至今遗恨水潺潺。"有异曲同工之妙，而顾诗则更隐含委婉，深刻蕴藉。清人宋顾乐《唐人万首绝句选》

评曰:"此刺求仙也。长生殿闭,求长生者安在哉!"规警之意寓于言外。关于"祈灵太乙坛",用的是汉武帝事,据《史记》卷一二《孝武本纪》载:"亳人薄诱忌,奏祠泰一方,曰:'天神贵者泰一,泰一佐曰五帝。者天子以春秋祭泰一东南郊,用太牢具,七日,为坛开八通之鬼道。'于是天子令太祝立其祠长安东南郊,常奉祠如忌方。其后人有上书,言'古者天子三年一用太牢具祠神三一:天一,地一,泰一'。天子许之,令太祝领祠之忌泰一坛上,如其方。后人复有上书,言'古者天子常以春秋解祠,祠黄帝用一枭破镜。冥羊用羊。祠马行用一青牡马。泰一、皋山山君、地长用牛。武夷君用干鱼。阴阳使者以一牛'。令祠官领之如其方,而祠于忌泰一坛旁。"所以曹唐《汉武帝于宫中宴西王母》诗说:"鳌岫云低太一坛,武皇斋戒不胜欢。长生碧宇期亲署,延寿丹泉许细看。"诗中以汉代唐,曹唐《三年冬大礼》诗说:"太乙天坛降紫君,属车龙鹤自成群。"这该是指的懿宗咸通三年。其实,玄宗、肃宗父子都祭祀过太乙。《旧唐书》卷二四志第四礼仪四记载:"开元二十四年七月乙巳,初置寿星坛,祭老人星及角、亢等七宿。天宝三年,有术士苏嘉庆上言:'请于京东朝日坛东,置九宫贵神坛,其坛三成,成三尺,四阶。其上依位置九坛,坛尺五寸。东南曰招摇,正东曰轩辕,东北曰太阴,正南曰天一,中央曰天符,正北曰太一,西南曰摄提,正西曰咸池,西北曰青龙。五为中,戴九履一,左三右七,二四为上,六八为下,符于遁甲。四孟月祭,尊为九宫贵神,礼次昊天上帝,而在太清宫太庙上。用牲牢、璧币,类于天地神祇。'玄宗亲祀之。如有司行事,即宰相为之。肃宗乾元三年正月,又亲祀之。初,九宫神位,四时改位,呼为飞位。乾元之后,不易位"《旧唐书》卷一〇《肃宗本纪》记载:"六月辛丑朔,吐火罗、康国遣使朝贡。己酉,初置太一神坛于圆丘东。是日,命宰相王玙摄行祠事。癸丑夜,月入南斗魁。戊午,诏:'三司所推劾受贼伪官等,恩泽频加,科条递减,原其事状,稍近平人,所推问者,并宜释放。'"诗中以汉喻唐的意味是很明显的，玄宗肃宗父子迷信神仙之术，妄想长生不老。另据《旧唐书》卷九《玄宗本纪》下记载："冬十月丁酉，幸温泉宫。辛丑，改骊山为会昌山，仍于秦坑儒之所立祠宇，以祀遭难诸儒。新成长生殿名曰集灵台，以祀天神。"然而，富有讽刺意味的是，大唐的辉煌竟在玄宗手中毁于一旦，肃宗五十二岁时竟崩于长生殿上（《旧唐书》卷一〇《肃宗本纪》）。当诗人到长安任职时，这里已是山门紧闭，月的光辉照着它，殿阁的影子阴阴地给人以寒冷的感觉。当年玄宗祈灵时，千官围绕的盛景已不复存在了。昔日的热闹辉煌与今日的冷清凄凉所构成的巨大反差，所产生的讽刺效果是很强烈的。而诗人自己的对求仙之事和长生之术的认识也就昭然若揭，他是不相信人能长生不老的。诗人在《山居即事》一诗的开头似乎对杨羲、茅盈的神仙之法、长生之术充满了向往之情，然而接下来却写山居生活的美好，"崦合桃花水，窗分柳谷烟"，真正能够延年益寿的正是茅山优美的自然环境。这里没有世俗的纷扰，没有浮名的诱惑，它所带给人心灵的闲适与安谧，是任何仙丹妙药也无法代替的。而抱孙、倚杖的天伦之乐，种树、耕田的体力劳动，才是怡悦心灵、强健体魄的延寿之方。

　　顾况对道教的清醒认识和理性态度，成就了他的高寿。在这一点上，顾况是高于李白的。李白与顾况一样信奉道教，曾"五岳寻仙不辞远，一生好入名山游"（《庐山谣寄卢侍御虚舟》），他不慕儒家圣人，愿为道教仙侣。李白游名山，访仙道，采药炼丹，耽于美酒。幻想着药酒和道箓能使自己长生不老，永登仙界。为此，他"弃剑学丹砂，临炉双玉童"（《流夜郎半道承恩放还，兼欣克服之美，书怀示息秀才》）。然而，所谓的灵丹妙药，竟不过是一种以硫化汞的丹砂为基础，掺杂以别种矿石粉末，用火化炼出来的东西。因为硫化汞是呈红色的矿物，故称之为"丹砂"。水银中毒极大地损害了他的健康。等他幡然醒悟、破除了对求道炼丹的迷信时，可惜无法疗救他陈疴多病的躯体了。李白嗜酒，"百年三万六千日，一日须倾三百杯"（《襄阳行》），

"黄金白璧买歌笑，一醉累月轻王侯"（《忆旧游寄谯郡元参军》），一喝就是三百杯，一醉就是几个月，甚至"但愿长醉不复醒"（《将进酒》），豪放是豪放，这固然为他赢得了"酒仙"的美誉，然而，体内大量的酒精与丹药一齐吞噬着他的健康，连他的最后归宿都与酒有了关系，传说他是喝醉了酒到水中捞月亮去了。这位处处带着仙气的谪仙人享年62岁。与之相比，顾况要明智得多，他只是把道教作为自己精神的寄托，和灵魂的栖息地，他也喜欢山，但他喜欢的不是什么名山大川，而是家乡的深山，可以隐姓埋名的地方。即使是心目中所神往的，也是其《莽墟赋》和《仙游记》中具有浓郁的人情味的莽然之墟，"有好田泉竹果药，连栋架险，三百余家。四面高山，回还深映。有象耕雁耘，人甚知礼，野鸟名鸲，飞行似鹤。"（《仙游记》）实际上，他是将家乡和道教合二为一了，他不是去寻，而是回归，回到梦中的精神家园——茅山，那里是道教胜地，更是故乡所在。因此，在顾况的作品中，看不到任何的炼丹之举，他对酒似乎也不是十分狂热，决不会像李白那样豪饮。可见，顾况性格中虽也有清狂的一面，但还是非常节制的，他的长寿与此不无关系。

另外，要探讨顾况的长寿之秘，他的《茶赋》就不能不提。从中可以看出顾况对茶的嗜好和研究。在这篇咏物小赋中，他以优美的语言描绘了茶叶的生长环境，饮用场合，所起的作用，以及功效。"稽天地之不平兮，兰何为兮早秀，菊何为兮迟荣。"作者使用先抑后扬的手法，抱怨天地的不公平，兰生得太早，而菊又开得太迟。"皇天既孕此灵物兮，厚地复糅之而萌。"只有茶才是皇天厚地共同孕育的灵物。而这样的灵物却生于"下国"，生于民间的山野，天子的皇家园林"上林"苑是不会生长的。以茶叶的品格，可以荐之于华美的宴席，"罗玳筵，展瑶席"，可以活跃人们的灵感，醒目提神，"凝藻思，开灵液"。以茶之高雅，可以用来"赐名臣，留上客"。茶叶可以润喉生津，"谷莺啭，宫女嚬。泛浓华，漱芳津"，因此，"君门九重，圣寿万春。此茶上达于天子也。"以茶叶的功效而论，可以去油腻，助消化，"滋饭蔬之精素，攻肉食之膻腻"；可以消暑，解困乏"发当暑之清吟，涤通宵之昏寐。"因此，"此茶下被于幽人也"。最后，对煎茶之水、煎茶工具、煎茶之情状进行了描写："可怜翠涧阴，中有碧泉流。舒铁如金之鼎，越泥似玉之瓯。轻烟细沫霭然浮，爽气淡烟风雨秋。"形象而生动，竟是一篇地道的茶经。古书中关于饮茶与健康的记载很多，三国神医华佗《食论》中云："苦荼久食益思意"；唐朝陈藏器《本草遗》说："止渴除疫，贵哉荼也……诸药为各病之药，茶为万病之药"；《随息居饮食谱》谓茶能"清心神醒酒除烦，凉肝胆涤热消疫，肃肺胃明目解渴"；《本草备要》说：茶"解酒后油腻、烧炙之毒，利大小便，多饮消脂肪、去油"；明代顾元庆所著《茶谱》中，对茶叶功用的叙述则更为全面："茶能止渴、消食祛痰、少睡，利尿道、明目益思，除烦、去腻"；李时珍在《本草纲目》中也说："茶苦而寒，最能降火，火为百病，火降则上清矣"；《神农本草》中云："茶味苦，饮之使人益思、少卧、轻身、明目。"由此可知，顾况对茶有着近乎科学的认识，这自然是他亲身实践的结果。

三、幽默诙谐、性情放达

顾况的长寿还与他的个性气质有关。凡所记载顾况的文献，无一例外地均称其具有幽默诙谐的个性。如《旧唐书·顾况传》云："顾况者，苏州人。能为歌诗，性诙谐，虽王公之贵与之交者，必戏侮之，然以嘲诮能文，人多狎之。柳浑辅政，以校书郎征。复遇李泌继入，自谓已知秉枢要。当得达官，久之方迁著作郎。况心不乐，求归于吴。而班列群官，咸有侮玩之目，皆恶嫉之。及泌卒，不哭，而有调笑之言，为宪司所劾，贬饶州司户。有文集二十卷。其《赠柳宜城》辞句，率多戏剧，文体皆此类也。"（卷一三四列传第八十《李泌传》附）史书记载应该是信而有征的，可举一旁证，如［唐］范摅《云谿友议》（卷下)《杂嘲谑》载:"贺秘监、顾著作,吴越人也;朝英慕其机捷,竞嘲之,乃谓南金复生中土也。每在班行,不妄言笑。贺知章曰:'钑镂银盘盛蛤蜊,镜湖莼菜乱如丝。乡曲近来佳此味,遮渠不道是胡儿。'顾况和曰:'钑镂银盘盛炒虾,镜湖莼菜乱如麻。汉儿女嫁吴儿妇,吴儿尽是汉儿爷。'"这是顾况在贺知章去世之后所写的追和前贤之作,作于长安时期。顾况不仅可以跟前辈诗人开玩笑,而且连朋友去世,他不但不哭,反而还致以调笑之辞,大有庄子鼓盆而歌的放达气象。《唐诗纪事》卷二十六和《唐才子传》卷三所记与此略同。

现代研究表明,幽默是一种积极的心理预防形式,运用幽默可以维持人的心理平衡,幽默能使人高兴,能够调节人的神经中枢,增强血液循环,有利于排泄积郁,解除疲劳和烦恼。顾况的幽默诙谐是伴其一生的,早年在江南任地方属官时就如此,如宋代王谠《唐语林》卷五补遗记载:"顾况从辟,与府公相失,掴出幕,况曰:'某梦口与鼻争高下。口曰:我谈今古是非,尔何能居我上?鼻曰:饮食非我不能辨。眼谓鼻曰:我近鉴豪端,远察天际,惟我当先。又谓眉曰:尔有何功,居我上?眉曰:我虽无用,亦如世有宾客,何益主人?无即不成礼仪。若无眉,成何面目?府公悟其讥,待之如初。'又旧说:顾况与韦夏卿饮酒,时金气已残,夏卿请席徵秋后意,或曰'寒蝉鸣',或曰'班姬扇',而况云'马尾',众哂之,曰:'此非在秋后乎?'"前一个故事犹如单口相声,在轻松的笑声中使自己化险为夷,充分表现了顾况的幽默和机智。虽然后来他在官场上吃了大亏,但依然不改幽默诙谐的本色,据宋人孙光宪《北梦琐言》卷七记载,"顾著作况披道服在茅山,有一秀才行吟曰:驻马上山阿。久思不得。顾曰:何不道'风来屁气多'?秀才云:贤莫无礼。顾曰:是况。其人惭惕而退。"现在人们嘲笑恶诗,名其曰"屎诗",即出于此。在这里,幽默是智慧和优越感的表现,是对生活中的平庸居高临下的"轻松"审视。

与幽默诙谐相连,顾况性格中还有任情任性的一面。在任职湖南之时，顾况就曾幻想是否扔掉官印，回归故里，只为了品尝故乡莼菜羹的美味，"便抛印绶从归隐，吴渚香莼漫吐春"（《湖南客中春望》）。其风流放达任情任性直逼魏晋名士。他不想约束自己的意志，希望能得到自如的舒展。该笑时能痛快地笑，该哭时就痛快地哭。现代医学认为，任何负面情绪，如悲伤、愤怒、抑郁、忧愁等，都会在身体细胞中产生毒素，损害人体健康，所以绝大部分的身病其实是源于心病。当你遇到不顺心或挫折时，恶性心理情绪便会与之俱来。特别是一些长期的消极情绪，是蚕食人的健康和气质的慢性毒素。必须使这种心理得到及时地调整，才能排除由不良情绪产生的毒素。笑和哭泣便是排除体内毒素的重要途径。顾况也有哭的时候，其《伤子》诗云："老夫哭爱子，日暮千行血。声逐断猿悲，迹随飞鸟灭。"丧子之痛，竟使年迈的顾况泣血千行。

当然，他的任情任性更多地表达为一种旷达的行为和心态。他在《别江南》一诗中写道："降底求名宦，平生但任真。"任真，率真自然，不加矫饰。此诗为诗人贞元三年离开江南判官任应征入京时而作，由地方而京城，是多少仕途之人所羡慕的啊，照说，本该写得意气风发，甚至得意忘形，才合情合理。然而，诗人却担心自己不适合红尘滚滚的京城生活，因为自己的性格太直爽，太真诚了。这就在极度欢喜之时保持了一份冷静和坦然，以一颗平常心泰然处之。由于豁达，即使在蹀躞失意的日子里，他依然不忘赞美那些美好的事物，"政是垂头蹋翼时，不免向君求此物"（《剡纸歌》），向朋友索求美玉般的剡纸。独在异乡，难免思乡之苦，而顾况想家的时候，就用苔藓粘成假山，时时观望，以慰乡思。（《苔藓山歌》）顾况能及时地调整自己的情绪，使之向积极的正面的方向转化，从而保持积极开朗的心态。而旷达正是排解不良情绪的最佳良方，使人不至于长期处于某种极端的情绪之中，如狂喜、狂怒或极愁极悲。现代医学研究表明，人的意志长期压抑，得不到伸展，从而变得情绪不佳，李贺短暂的生命之旅，应该与他的抑郁气质有关,他自己在诗中就说得很明白,"我生二十不得意,一心愁谢如枯兰"(《开愁歌》),又其《金铜仙人辞汉歌》写道"衰兰送客咸阳道,天若有情天亦老"。一个二十岁的人,正是花朵一般的年龄,可是因为过于多愁善感,心情抑郁,无法排解,便迅速凋谢了。而顾况却完全不同于此,即使在长安备受排挤的之时,他依然能够保持平和的心境,将自己所受的委屈付与江南家乡的江月古寺、烟霞胜景,"忽忆秋江月,如闻古寺钟","为报烟霞道,人间共不容"(《寄江南鹤林寺石冰上人》)。红尘难于久留,那就去亲近白云好了,"青琐应须长别,白云漫与相亲"(《思归》)。在他深知"骚客空传《成相赋》,晋人已负《绝交书》。贫居谪所谁推毂,仕向侯门耻曳裾"(《闲居怀旧》)的情况下,依然能够自我排解,"即日思来总皆罔,汗青功业又何如?"一己之得失就这样为宇宙人生的大智慧而超脱成一片空明的心境。体内毒素自然也就不会积压了。

　　如上所论,作为现代人,我们认为顾况的长寿有着其自身的主客观因素。然而,在顾况生活的那个年代,由于宗教和迷信气氛浓重[①],顾况的皈依道山和罕见的长寿,自然会令一些不知内情的社会人士产生种种联想甚至幻想,来对其进行解释。如唐李绰《尚书故实》载:"后吴中皆言况得道解化去。"所谓"得道解化",就是成仙,长生不老。五代王定保《唐摭言·入道》与此说法基本类似:"顾况,全家隐居茅山,竟莫知所止。其子非熊及第归庆,既莫知况宁否,亦隐于旧山。或闻有所遇长生之秘术也。"(卷八〇)将顾况的长寿归结为长生之术,而避开了成仙之说,在认识上应该说是一种进步。到了元代辛文房《唐才子传》的记载,所谓长生之术就具体化了,"况素善于李泌,遂师事之,得其服气之法,能终日不食",又说"遂全家去,隐茅山,炼

---

① 唐代尤重道教,唐代开国,便正式宣布道教为国教。唐高祖、唐太宗、唐高宗、唐玄宗都曾大力崇尚道教。唐代大批名士如李白、贺知章、孙思邈等人,都先后成为道士。

金拜斗,身轻如羽"(卷三)。认为顾况长寿有三个方面的原因:一是得李泌服气之法;二是炼金,即炼丹,服食丹药;三是祭拜北斗,祈求长生①,结果修炼得"身轻如羽"。而辛氏在《唐才子传》卷十吕岩传论中将顾况列于吕岩等"玄化"之流,认为"晋嵇康论神仙非积学所能致,斯言信哉。原其本自天灵,有异凡品,仙风道骨,迥凌云表"。将"神仙"看作是一种不同凡响的秉性和气质风度,并非后天的锻炼学习所能获得。他进一步分析道,"解化一事,似或玄微,正非假房中黄白之小端,从而服食颐养,能尽其道者也",只要"无七情以夺魂魄,无百虑以煎肺肝",就可以"庶几指识玄户,引身长年"了,"然后一跃,顿乔、松之逸驭也"。认为之所以有仙风道骨,一是个人的气质秉性,二是心境的闲适平和。这与本文的论述正可以契合。而顾况一生,除去早年的洛下之游和中年短暂的京城生活,绝大部分时间在江南度过。那里山清水秀,风景优美,气候温润,空气清新,是非常养人的。"衣挥京洛尘,完璞伴归人",顾况在《送友失意南归》中如是说,上句化用陆机《为顾彦先赠妇》的诗句:"京洛多风尘,素衣化为缁。"解诗的人大都着眼于诗的比喻义和象征义,即京洛政治风气的恶劣,而很少提及它的写实性。顾况和陆机都是吴人,他们对吴中和京洛的地理环境、自然气候有着亲身感受,也就有了比较,宋代陆游《临安春雨初霁》"素衣莫起风尘叹,犹及清明可到家",同样讽刺京城情味薄、风尘多的生活环境,而热切神往于家乡"小楼一夜听春雨,深巷明朝卖杏花"的细腻和温润。贞元五年,顾况像朋友一样终于告别了的京洛地区,回到了梦中的江南。数年之后,顾况归隐茅山,烟霞为伴,亲近农桑,享年九十。

---

① 道教认为:北斗注死,南斗注生;若能朝拜北斗,便可得道成仙,从死籍上永远除名。晋干宝《搜神记》中引用管辂的话曰:"南斗注生,北斗注死。"

a